THOMAS DRIMM *

La fin du monde tombe un jeudi

Didier van Cauwelaert est né à Nice en 1960. Depuis ses débuts, il cumule prix littéraires et succès publics. Il a reçu plusieurs prix parmi lesquels le prix Del Duca en 1982 pour son premier roman, *Vingt ans et des poussières*, le prix Goncourt en 1994 pour *Un aller simple* et le Grand Prix des lecteurs du Livre de Poche pour *La Vie interdite* en 1999. Les combats de la passion, les mystères de l'identité et l'irruption du fantastique dans le quotidien sont au cœur de son œuvre, toujours marquée par l'humour. Ses romans sont traduits dans le monde entier et font l'objet d'adaptations remarquées au cinéma.

Paru dans Le Livre de Poche :

L'Apparition
Attirances
Cheyenne
Cloner le Christ ?
Corps étranger
La Demi-Pensionnaire
L'Éducation d'une fée
L'Évangile de Jimmy
Hors de moi
Karine après la vie
La Maison des lumières
La Nuit dernière au XVe siècle
Le Père adopté
Rencontre sous X
Les Témoins de la mariée
Thomas Drimm
1. La fin du monde tombe un jeudi
2. La guerre des arbres commence le 13
Un aller simple
Un objet en souffrance
La Vie interdite

DIDIER VAN CAUWELAERT

La fin du monde tombe un jeudi

Thomas Drimm *

ROMAN

ALBIN MICHEL

ISBN : 978-2-253-17411-0 – 1re publication LGF

À Romain,
dont l'énergie
continue d'alimenter
le monde de Thomas…

DIMANCHE

Le cerf-volant de la mort

1

J'ai treize ans moins le quart, je n'ai l'air de rien, mais je suis en train de sauver la Terre. Et pas seulement en triant mes déchets.

Officiellement, je vais au collège, comme un ado normal ; j'ai des parents à problèmes, des kilos en trop et je suis nul en tout. Au moins, on ne se méfie pas de moi. Et ça tombe bien, parce que j'ai une double vie secrète : je suis super-héros à mi-temps, avec des pouvoirs incroyables et une assistante de vingt-huit ans.

Vous pensez que je délire ? Moi aussi, c'est ce que je me suis dit au début, pour essayer de me rassurer. Genre « tout ça n'est qu'un rêve ». Le problème, c'est que le vrai cauchemar, c'est la réalité. Ce qu'on croit être la réalité. Et je suis le seul à pouvoir arrêter ce cauchemar.

Tout a commencé un dimanche, à cause de XR9. C'est mon seul copain, et c'est un cerf-volant. Le plus sauvage de toute la plage, avec ses couleurs violette et rouge zébrées de bandes noires. Il file comme un éclair, se cabre au moindre coup de vent, et je sens toutes ses vibrations dans mon corps à travers les ficelles qui le relient à mes manettes de contrôle. Il est libre comme l'air, et pourtant je suis son maître. J'adore.

Ensemble, on a volé par tous les temps, par tous les nuages, bravé les tempêtes et subi le calme plat, échoués sur le sable l'un contre l'autre en attendant que ça se lève. On a même échangé nos sangs : je me suis écrit « XR9 » au couteau dans la peau du poignet, et je lui ai gravé « Thomas Drimm » au sommet de la voilure. Sauf que j'ai dû scotcher mon nom, après, parce que ça faisait prise d'air et que ça le déséquilibrait. On est liés par le sang et le scotch, XR9 et moi, et tous les week-ends on est frères de vent.

Quand je vole avec lui, j'oublie tous mes problèmes. Le premier de mes problèmes, jusqu'à ce dimanche après-midi, c'était ma mère – même si elle a des circonstances atténuantes. Elle travaille comme chef de la psychologie au casino de la plage, et c'est horrible comme métier. Quand les gens gagnent le jackpot aux machines à sous, il paraît que ça leur file un choc épouvantable, alors c'est elle qui doit leur remonter le moral, les consoler d'être devenus soudain millionnaires et les aider à s'en sortir dans leur nouvelle vie. Elle qui rame en heures sup pour que j'aie de quoi manger. Du coup elle déprime à la maison, mais elle n'a pas le droit de se soigner elle-même, en tant que psychothérapeute : c'est puni par la justice si jamais on la trouve sur son divan en train de se poser des questions. Alors c'est moi qui prends. Elle dit que c'est à cause de moi qu'elle a raté sa vie. Et c'est vrai qu'il y a une loi qui s'appelle la Protection de l'enfance : lorsqu'on n'a pas d'enfants, on a le droit de divorcer.

Comme remède anti-mère, j'avais Internet, avant, pour penser à autre chose et chatter avec des potes inconnus. Depuis que c'est interdit aux mineurs pour raisons de santé, il ne me reste plus que le cerf-volant sur la plage, le week-end, pendant que ma mère travaille au casino. La plus belle plage du monde, disent les panneaux au-dessus des poubelles. Sauf que je n'ai pas le droit de me baigner, à cause du taux de mercure et des poissons morts. L'océan est dans un tel état que, l'autre jour, il paraît qu'un surfeur est quand même allé s'entraîner et, lorsqu'il est sorti de la vague, il n'y avait plus que son squelette debout sur la planche. C'est Richard Zerbag qui raconte ça. Mais je crois qu'il exagère un peu : c'est le chef de la sécurité. Je n'ai pas le droit de me baigner, alors je vole.

C'est un cadeau de mon père, le cerf-volant. En me le donnant, il avait un air très grave. Il m'a dit : « C'est un symbole, tu verras : l'aspiration vers la liberté, l'illusion de voler au gré du vent, et en même temps la réalité de la corde qui nous retient sur terre. » J'avais l'impression qu'il s'identifiait, en tant que prof de lettres ou mari de maman – peut-être les deux. Personnellement, j'aime beaucoup mon père. Je sais bien que je suis le seul, mais je m'en fiche. J'ai mes raisons.

D'abord, il a un terrible secret : il boit et il fume. Sauf que ce n'est pas un secret, parce que la chef de l'Éducation s'en est rendu compte, alors elle l'a muté dans un collège pourri à l'autre bout de la banlieue. On a dû le suivre, et ma mère ne lui pardonne pas qu'on ait dégringolé comme ça dans l'échelle sociale. Vous imaginez l'ambiance, à la maison. Il n'y a que mon cerf-volant qui me fasse oublier combien c'est lourd, la vie que je mène. Il me reste les études, vous me direz, mais comme je suis nul ça n'arrange rien.

De toute façon, avec un père qui boit, je n'ai pas d'avenir : il paraît que c'est héréditaire, et qu'on attrape l'alcoolisme dans le ventre de sa mère. Sauf qu'il s'est mis à boire après ma naissance, mais ça ne fait rien : c'est marqué dans mon dossier scolaire et, avec un truc comme ça, je n'irai jamais bien loin. C'est toujours un fils de non-buveur qui obtiendra à ma place le travail que je demande. À force d'être refusé partout, je finirai par me mettre à boire moi aussi ; je deviendrai héréditaire et comme ça tout rentrera dans l'ordre : je ne ferai plus mentir mon dossier.

Enfin bref, ce dimanche après-midi commençait comme tous les autres et on était bien, XR9 et moi, chacun à un bout des ficelles. Mais dans moins de cinq minutes, il allait m'arriver la chose la plus terrible du monde.

2

J'ai la plage pour moi tout seul, à cause de la pluie et du vent force 8. Je m'éclate, les bras complètement vibrants, les mains crispées sur les manettes pour garder le contrôle. À chaque bourrasque, j'ai l'impression que XR9 va m'entraîner dans les airs avec lui, et on ne nous reverra plus. Mais je garde quand même les pieds sur terre, c'est comme ça, il paraît que ça s'appelle la loi de la Pesanteur. Un enfant qui vole, c'est sûrement illégal.

À travers le brouillard de pluie qui me colle aux yeux, je devine une silhouette qui marche dans ma direction. La brume est si épaisse que je ne vois plus XR9 ; je ne le repère que grâce au sifflement suraigu par lequel il réplique au vent, et c'est lui qui a le dernier mot. La silhouette approche, en boitant dans le sable avec une canne. C'est un vieux.

— Ne joue pas au cerf-volant par un temps pareil, enfin, tu vas le déchirer !

Il a crié d'une voix aigrelette. Je lui réponds bonjour, parce que je suis poli, mais dans le sens de « Ta gueule ». Je n'aime pas ces gens qui se permettent de donner des ordres à un enfant qu'ils ne connaissent pas. D'abord je ne suis plus un enfant, je suis un préado, et il me doit le respect. C'est moi qui paierai sa retraite, un jour, s'il est encore vivant.

Néanmoins, pour avoir la paix, je réduis la voilure et j'actionne l'enrouleur qui fait descendre XR9. Mais brusquement le vent change de sens, l'aile se rabat et fonce en piqué vers le sol. Schblog ! Le vieux s'écroule sous le choc. XR9 a rebondi, et se plante dans le sable à côté de sa tête.

— Monsieur, ça va ?

Je m'agenouille au-dessus de lui. Il y a un trou dans son crâne, et les vaguelettes de la marée viennent diluer le filet de sang qui s'en échappe. Il a les yeux ouverts. Je le secoue, mais il ne bouge pas. Ou il fait semblant, ou il est mort.

— Monsieur ! Tout va bien, c'est rien ! Je m'excuse ! Monsieur…

Aucune réaction. Il est tout raide et tout mou à la fois, avec une expression d'étonnement dans les sourcils au-dessus du regard fixe.

Je me relève, fouille la brume autour de nous. Personne. Je ramasse XR9, je le nettoie dans l'océan, et je cours vers le casino. C'est la cata, la méga cata, la cata cosmique. Heureusement, il n'y a pas de témoin, grâce au temps qu'il fait. Mais, d'un autre côté, je suis le seul cerf-volant de la plage, et on saura que c'est moi. Si le chef de la sécurité compare la plaie du vieux avec l'armature de XR9, on est foutus. Comme je suis mineur, ça retombera sur mon père et il sera jeté en prison. Conduite de cerf-volant en état d'alcoolisme héréditaire. Je ne peux pas lui faire ça. Il ne faut pas qu'on trouve le corps.

Je m'arrête de courir, à bout de souffle, le cœur dans la gorge. Un bruit de moteur me fait sursauter. C'est le bateau de David, là-bas derrière moi, dans le petit port à l'abri de la digue. À chaque marée haute, il part ramasser les poissons morts pour que ça fasse moins pollué. Il est fou de sortir par un temps pareil, mais il est obligé par la loi de Protection du littoral.

Je regarde XR9. Une idée complètement dingue me saute à la tête. C'est affreux, ce que je vais faire, mais je n'ai pas d'autre solution. Les larmes dans les yeux, je supplie mon seul copain de me pardonner, je déplie mon couteau et je tranche les ficelles au ras de la voilure. Puis j'enfouis XR9 dans le sable sous le ponton. Les fils enroulés dans mon blouson, je ramasse les plus gros galets que je trouve autour des poteaux de soutènement, et je retourne vers le vieux. Il est toujours mort. J'enfouis les pierres dans ses poches. Après quoi je lui attache les pieds, et je cours jusqu'au port en priant pour que les ficelles soient assez longues.

— Bonjour, Thomas ! Quoi de neuf ?

— Rien, rien. Salut, David. Pas trop galère, de sortir avec ce temps ? Je t'envoie les amarres.

— Sympa, merci.

Le visage noyé par la pluie, je lui tourne le dos. Le vent bourdonne à mes oreilles, emplit mes yeux d'embruns et de sable. Je fais semblant de peiner à défaire le nœud – en réalité j'en profite pour attacher mes ficelles de nylon à son amarre, avec des boucles assez lâches pour qu'elles glissent le long de la corde quand je l'enverrai à bord.

— OK, David ! Bonne mer !

— Tu parles. À plus, Thomas !

Il attrape le cordage, le tourne et le bloque dans un taquet, lance son moteur. Je regarde les ficelles de XR9 glisser dans l'eau. Le bateau quitte le port. Je reviens en courant vers le corps du vieux, histoire de lui adresser une prière pour le salut de son truc, je ne sais plus comment ça s'appelle – ah oui, son âme. Le genre d'hologramme invisible qui s'échappe du cadavre pour aller tenter sa chance au ciel, comme l'a expliqué ma prof de physique.

Je ne sais pas si les gens entendent encore après la mort, ou si ça coupe le son. Dans le doute, je lui souhaite bonne route. Je suis désolé de ce que je fais, par rapport aux personnes de sa famille, mais d'un autre côté, grâce à moi, ils économiseront l'enterrement. Et puis comme ça, ils garderont l'espoir de le retrouver en vie. Ils se diront que c'est une fugue.

Les ficelles se sont tendues et le corps glisse sur le sable, entre dans l'eau. Il s'enfonce, de vague en vague. Je le suis des yeux jusqu'à ce qu'il ait disparu. Je pense qu'au bout d'un moment, avec la résistance de l'eau et la loi de la Pression, le poids de son corps va couper les fils de nylon. C'est ce que j'ai appris au collège, en tout cas. Si jamais on découvre son cadavre, un jour, on croira que c'est un suicide, à cause des pierres dans les poches. Tout est bien. Enfin non, c'est l'horreur totale, je suis devenu un assassin prémédité après coup, mais je serai le seul à le savoir et puis, de toute manière, je n'avais pas d'autre solution.

Bref, je pensais que le drame était derrière moi. En réalité, il venait juste de commencer.

3

Le dos voûté, je suis reparti vers le casino. Quand même, je n'arrive pas à croire ce que je viens de faire. Et le pire, c'est que j'ai l'impression de n'avoir rien fait. Comme si le vieux n'était pas mort, comme si son corps n'était pas parti à la traîne d'un bateau de pêche, des cailloux dans les poches. En fait, la seule réalité qui grossit comme une boule dans ma gorge, c'est que j'ai mutilé mon cerf-volant. Mon copain à moi, mon frère de vent. Enterré sous le ponton, avec le sang du vieux. Je serai obligé de raconter qu'une bourrasque me l'a arraché des mains, et qu'il est parti dans l'espace. Peut-être que mon père voudra m'en racheter un pour mon anniversaire. Mais c'est dans trois mois, et ma mère dira qu'à treize ans je suis trop vieux.

Le moral en dessous de zéro, je monte les marches du casino. Le physionomiste qui garde la grande porte à tambour me sourit d'un clin d'œil en ébouriffant mes cheveux trempés. Un physionomiste, c'est un type qui reconnaît les tricheurs et qui les empêche d'entrer. D'ailleurs, sur son badge, il y a marqué « Physio ». Comme on écrit « Chien méchant » sur un portail. Je l'aime bien, Physio, parce qu'il a perdu la mémoire et qu'il fait semblant de se rappeler chaque personne pour garder son boulot. Alors, dans le doute, il sourit à tout le monde. C'est moins grave pour lui que le contraire. S'il laisse entrer un tricheur par erreur, le tricheur n'ira pas se plaindre à la direction.

— Salut, Physio ! je lui lance comme si c'était un dimanche ordinaire, comme si je n'avais assassiné personne.

— Heureux de vous voir, il me répond comme à tout le monde.

C'est moche, ce qui lui est arrivé. C'est une maladie qui s'appelle Alzheimer, du nom de son fondateur. Les tuyaux qui ne se raccordent plus, dans le cerveau. Ça ne se soigne pas, ça s'élimine. Au dernier stade de la maladie, Physio ne se rappellera même plus qu'il est malade, alors il oubliera de le cacher, il se fera repérer et on le mettra dans une de ces fourrières à êtres humains où, si personne ne vient vous réclamer, on vous désosse pour les pièces détachées. C'est le genre de choses que m'explique mon père, le soir, avant que je m'endorme. La face cachée de la société, comme il dit. Celle qu'on ne voit qu'avec un verre dans le nez.

Je grimpe lentement le grand escalier en marbre décoré d'un gros tapis rouge où s'enfouit le sable. De chaque côté, au bout des marches, les gens s'arrêtent devant les lecteurs de puces, et ils mettent la tête dans un rayon pour connaître leur solde. C'est le plus grand progrès de la société, ça. La face visible. À treize ans, l'âge de la majorité cérébrale, chaque individu se fait implanter une puce dans le cerveau. Comme ça il se retrouve intégré dans la société. C'est obligatoire pour tout le monde, ça permet aux scanners de la police, de la banque, de l'Éducation, des agences pour l'emploi et des hôpitaux d'accéder sans perdre de temps au dossier de chacun. Et ça évite de se faire voler son argent ou sa carte bancaire, les moyens de paiement qui existaient autrefois. Si jamais un pickpocket vous coupe la tête pour utiliser votre puce, une mesure de sécurité modifie aussitôt votre numéro d'identification à seize chiffres, et votre compte est bloqué : vous ne risquez rien.

Depuis la loi sur l'Égalité des chances, le même crédit de départ est donné à chacun. On est tous égaux devant le jeu, c'est écrit dans la Constitution des États-Uniques. Les machines à sous alimentent les caisses de la Sécurité sociale et de l'Assistance pauvreté, et on doit y passer au moins huit heures par semaine, sous peine d'amende en cas de contrôle des puces. Le monde est bien fait, quoi. En tout cas il paraît qu'avant, c'était pire.

Dans trois mois, ça sera mon tour de me faire empucer. Je me réjouis, comme on dit. C'est l'un des quatre événements principaux de la vie, avec le mariage, l'insémination artificielle et les obsèques. Ça permet de faire une grande fête, et on reçoit plein de cadeaux. En fait, l'Empuçage, ça a remplacé la Communion, la Bar-mitsva et les autres cérémonies des religions d'autrefois, que mon père m'enseigne en cachette pour éviter, dit-il, que je meure idiot comme les autres. Entre nous, je ne vois pas l'avantage. De toute façon, une fois qu'on est mort, le gouvernement nous dépuce, et tout ce qu'on a gagné au jeu dans notre vie revient à la communauté, puisque la puce est recyclée comme source d'énergie pour produire du courant et faire tourner les machines. Alors, qu'on meure idiot ou pas, on a rempli notre devoir de citoyen et on va au paradis. Voilà. Il n'y a pas à se prendre la tête, surtout quand on voit mon père. Quand on voit où ça mène, la mémoire de ce qui n'existe plus. Mais bon, c'est son problème. Il a trop d'intelligence, et j'espère que ce n'est pas comme l'alcool. J'espère que ce n'est pas héréditaire.

J'ai des doutes, en fait. Quand j'ai passé comme tout le monde le test de dépistage des surdoués, au collège où il est prof, il m'a dit le lendemain un truc qui m'a plu moyen : « Je viens d'inverser l'ordre des questions, sur le logiciel d'évaluation : même si tes réponses sont justes, elles ne correspondent plus. » Un peu choqué, je lui ai demandé pourquoi il avait fait ça. Il a murmuré en détournant les yeux : « On n'est jamais trop prudent. Par les temps qui courent, c'est moins dangereux d'être con. »

Je veux bien, mais je vais quand même avoir besoin d'un minimum de finesse, là, pour annoncer à ma mère sans trop la perturber que je viens d'assassiner un vieux.

4

Dans la grande salle pleine de jingles et de crépitements, je me faufile entre les joueurs qui fixent d'un air concentré les séries d'étoiles, de bananes, de singes ou de pistolets qui se forment sous leurs yeux, en priant la machine pour qu'elle déclenche des gains.

— Maître du Jeu qui êtes aux cieux, faites que ça tombe sur les trois bombes, implore une dame en lançant les rouleaux.

Autrefois, il paraît que les gens allaient prier dans des endroits gratuits où ils ne gagnaient rien. Ça s'appelait des églises, des temples – et d'autres noms compliqués que j'ai oubliés. Les religions d'autrefois ont disparu, comme ça il n'y a plus de guerres : il n'y a plus que le hasard. Tout le monde est obligé d'y croire, et de prier pour gagner.

La prière, on nous l'apprend à l'école, c'est une énergie qui influence le sort. Ceux qui ont le plus de chance dans la vie sont donc les meilleurs, et on leur donne les postes de responsabilité dans la société. À dix-huit ans, vous passez le test d'orientation : on fait le bilan de vos gains au jeu et on calcule votre QPL, le quotient de puissance ludique. Plus il est haut, plus vous êtes un gagneur et plus vous serez chef. Ça s'appelle la ludocratie, et il paraît que c'est le meilleur système de gouvernement. La preuve : il n'y en a plus d'autre.

— Germinator, donnez-moi les trois lapins bleus ! supplie un grand monsieur au visage dur, en transpirant dans son uniforme de général à quatre étoiles.

Les rouleaux s'arrêtent sur un lapin vert et deux carottes. Il crispe les mâchoires, et appuie son front contre la machine, désespéré. Le problème des généraux, m'a expliqué ma mère, c'est qu'ils perdent leurs étoiles quand ils ont trop perdu au jeu. Normal : pour garantir la paix, on ne peut pas faire confiance à des malchanceux. Et comme le jeu est obligatoire, ils sont souvent obligés de tricher, alors on les fusille.

Il faut dire qu'on n'a plus trop besoin de généraux, depuis qu'on a gagné la Guerre Préventive. On est le seul pays qui reste sur Terre, officiellement, et même si un jour on était attaqués par des extraterrestres, ils seraient détruits tout seuls par le Bouclier d'antimatière qui protège notre espace aérien. Du coup, ça m'étonne un peu que des gens veuillent encore devenir général, mais ça s'appelle l'ambition sociale. C'est une maladie que mon père a réussi à vaincre grâce à l'alcool. D'un autre côté, je me demande ce qui est pire, le remède ou la maladie.

Je continue à traverser la grande salle du casino. Normalement, en tant que mineur sans puce, je n'ai pas le droit d'être là. Mais les hôtesses de contrôle me laissent passer avec un sourire encourageant, car ma mère n'aime pas que je vienne sur son lieu de travail, et le personnel la déteste. Comme tous les gens malheureux, d'après ce que j'ai compris de la vie, ma mère humilie les plus petits qu'elle, pour s'excuser de ramper devant les plus grands.

Cela dit, moi, ce n'est pas en tant qu'inférieur qu'elle me pourrit l'existence. Elle a honte de moi parce que je suis trop gros pour mon âge. Ça se remarque moins dans la banlieue minable où on habite, mais ici les kilos sont des signes extérieurs de pauvreté, donc de malchance, et c'est mauvais pour l'image professionnelle de ma mère. Lorsqu'on est bien dans sa peau, on reste mince et on a de la chance – c'est écrit dans la Constitution du pays, on l'apprend par cœur à l'école, et c'est pour ça qu'on paiera une amende quand on sera grand si on devient gros.

Le cœur serré, je pousse la porte « Réservé au personnel ». Je remonte le couloir, et j'entre dans le bureau marqué « Nicole Drimm, direction de l'Assistance psychologique ».

Ma mère se lève d'un bond, retirant ses doigts de la main du type assis près d'elle. Je le connais : c'est Anthony Burle, l'inspecteur de la Moralité envoyé par le ministère du Hasard. Il vient tous les mois contrôler si ma mère fait bien son travail, si elle console avec succès les gros gagnants, s'ils arrivent grâce à elle à surmonter le choc terrible d'être devenus riches d'un coup, enviés par tout le monde, et s'ils vont se montrer à la hauteur de leur destin. C'est ça, la moralité. Un gagnant qui fait la gueule ou qui se ronge les ongles à la télé, c'est mauvais pour l'image du bonheur par la chance, qui doit faire rêver toute la population.

— On frappe avant d'entrer ! glapit ma mère en me fusillant du regard.

— Nous parlions de toi, justement, grimace l'inspecteur en tournant vers moi sa face de faux cul aux dents neuves. Ta maman m'expliquait ton problème.

Je soutiens son regard, épouvanté. Je me tourne vers ma mère. Ce n'est pas possible, elle n'a pas pu me voir noyer le cadavre : la fenêtre du bureau donne sur une cour intérieure ! J'éclate en sanglots, pitoyable, incapable de résister plus longtemps à la pression nerveuse.

— Qu'est-ce que je vous disais, soupire ma mère. Regardez dans quel état ça le met.

L'inspecteur pose une main poisseuse sur ma joue.

— Ne t'inquiète pas, mon garçon, ce n'est qu'une question d'hormones. Tu deviens un petit homme : il faut rééquilibrer ton métabolisme, c'est tout. J'ai dit à ta maman d'appeler de ma part le Dr Macrosi, c'est le plus grand des pédonutritionnistes. Moi-même, il a remis mes enfants dans la norme pondérale : à deux, ils ont perdu quarante kilos en trois semaines, dans un camp de dénutrition. Le ministère prendra ta cure en charge.

— Dis merci, s'empresse ma mère.

— Y a pas de quoi, je réponds malgré moi.

Silence de glace.

— Il a de la personnalité, ce gamin, déclare gravement Anthony Burle comme s'il parlait d'une maladie.

— C'est la surcharge pondérale, explique aussitôt ma mère. Il est mal dans sa peau, alors il agresse. Présente immédiatement tes excuses à M. Burle, Thomas !

Pour ne pas aggraver mon cas, je me retourne vers l'autre blaireau et je lui présente mes excuses.

— Enchanté, répond-il, puis il regarde ma mère en gloussant : Eh oui, moi aussi, j'ai de l'humour.

Elle le félicite. Il reboutonne sa veste et ramasse son cartable.

— Au revoir, madame Drimm, et au plaisir.

— Mes respects, monsieur l'inspecteur, et encore merci pour tout, s'incline ma mère avec un sourire suave.

Dès que la porte s'est refermée, elle me balance une baffe qui me dévisse la tête.

— Tu te rends compte du comportement que tu viens d'avoir ?

Je ravale mes larmes et je lui dis qu'elle a raison : c'est horrible, ce que j'ai fait, je suis un monstre et je n'aurais jamais dû venir au monde. Elle se radoucit immédiatement, inquiète, m'assied sur son divan en disant de sa voix professionnelle que je ne dois pas non plus exagérer ma culpabilité, sinon je vais encore prendre un kilo. Je baisse les yeux, résigné. Elle ajoute aussitôt qu'elle me pardonne pour cette fois. Je la remercie. Je me sens un petit peu mieux, du coup, sous l'effet de son pardon, même si elle n'a pas tout à fait compris que je m'accusais, en réalité, d'avoir zigouillé un vieux en maquillant sa mort en suicide.

— Je t'aime, allez, murmure-t-elle à contrecœur.

À mi-voix, je réponds :

— Y a pas de quoi.

5

À dix-neuf heures, on est rentrés à la maison. Dans le silence de la voiture, à l'arrière, je regardais un bout de ma mère dans le rétroviseur. Tendue, elle remâchait sa dernière consultation de l'après-midi, un très beau type qu'elle avait dû consoler parce qu'il venait de gagner, en deux minutes, quarante ans de son salaire à elle. La première fois qu'il jouait sur le Domo Alligator, et il avait aligné les trois crocodiles d'un coup. Dans le bureau d'à côté, j'avais baissé le son de la télé pour écouter. Il était en état de choc, il braillait qu'il allait racheter le groupe d'assurances où travaillait son ex-épouse, et le mettre en faillite parce qu'elle l'avait quitté pour l'assureur. Ensuite, il s'était demandé avec angoisse s'il devait ou non dire à sa maîtresse qu'il était devenu millionnaire, car il n'était pas sûr qu'elle l'aimait vraiment et il n'avait pas envie qu'elle s'accroche à lui pour son fric, maintenant qu'il pouvait se payer de plus jolies femmes.

Ma mère lui avait recommandé d'attendre un mois avant de prendre des décisions. Je sentais bien qu'elle mourait d'envie de lui faire observer qu'elle-même était une jolie femme, mais elle n'avait pas le droit à cause du secret professionnel. Alors elle lui avait simplement demandé sur quoi, là, tout de suite, elle pouvait lui apporter son aide psychologique. Il avait répondu : « Vous me conseillez une limousine à chauffeur ou une voiture de sport ? »

Quand les gagnants étaient des vieilles dames ou des types moches, elle était moins énervée en rentrant à la maison.

Un embouteillage nous ralentit, à la hauteur du stade de man-ball. C'est notre sport national. Une gigantesque roulette où les joueurs atterrissent, roulés en boule, projetés de case en case par la force centrifuge, en essayant de s'arrêter sur le numéro que le public a joué. Ça fait des morts à chaque match, et tout le monde adore – de toute façon, on n'a pas le choix. Quand j'aurai treize ans, je serai obligé d'y aller, moi aussi, une fois par mois, pour soutenir l'équipe de Nordville parce que je suis de Nordville.

— Comment peut-on perdre un cerf-volant d'un tel prix ? a-t-elle lancé brusquement en tapant sur le tableau de bord, pour se changer les idées en me faisant culpabiliser.

— Le vent était trop fort…

— C'est toi qui es trop faible. Avec ta graisse. Même pas de muscles. On dirait vraiment que tu es fier quand tu me fais honte. Un pervers narcissique, voilà ce que j'ai mis au monde ! Mais ça va changer, tout ça !

Elle s'est tue en klaxonnant, et j'ai commencé à faire semblant de dormir, pour avoir la paix. C'est là, dans les à-coups de l'embouteillage, que j'ai peu à peu changé de réalité, et que j'ai fait mon premier voyage dans ce que j'ai pris pour un rêve.

J'étais tout seul dans une espèce de ville morte, complètement envahie par les arbres qui poussaient au milieu des immeubles éventrés. C'était magnifique. Tous ces feuillages, ces milliers de verts différents qui s'entremêlaient d'une branche à l'autre, ces fleurs, ces parfums, ces chants d'oiseaux… Je n'avais jamais vu une telle beauté sauf à la télé, dans les vieux films, au temps où il restait de la nature sauvage. D'ailleurs j'entendais un bourdonnement gênant, autour de moi, comme un problème de son dans une vieille vidéo. J'ai fini par me rendre compte que c'étaient des abeilles. Cette espèce disparue qui pollinisait les fleurs pour fabriquer les fruits et légumes, autrefois, avant que tout ce qu'on mange devienne OGM par mesure de sécurité. Là, il y en avait des millions qui butinaient à tous les coins de rue.

Lentement, je marchais en enjambant les racines qui défonçaient les trottoirs, traversaient les carcasses de voitures rouillées. Il n'y avait plus aucun être humain, sauf sur d'anciennes affiches accrochées aux immeubles en ruine. Des femmes délavées par la pluie, qui se tartinaient du déodorant sous le bras ; des familles déchirées par le vent qui se régalaient autour d'un yaourt dont le nom ne me disait rien… J'étais seul au monde dans la ville morte colonisée par les arbres, et pourtant j'entendais comme une voix, un murmure qui se glissait entre le vent, le bourdonnement des abeilles et le clapotis de l'eau claire qui coulait dans les caniveaux.

Brusquement, je me suis arrêté. Un grand chêne bouchait la vue, devant moi, au milieu des décombres d'une station-service.

— Vas-y, attaque ! a sifflé la voix du vent dans mes oreilles.

À ce moment-là, une espèce de liane, sortie d'une bouche d'égout, s'est enroulée autour de ma jambe droite. En se contractant sur mon mollet, elle a commencé à m'entraîner vers le caniveau, à me tirer vers le trou noir où s'engouffrait l'eau claire.

— Thomas, je te parle !

Je me suis retrouvé à l'arrière de la voiture, qui roulait sur la voie express à présent dégagée.

— Je t'ai demandé si tu avais pris ton Stopic !

Je réponds oui. C'est la pilule bleue qui commence à me faire digérer une heure avant les repas, pour éviter que je gonfle. Je la sors en douce de ma poche et je commence à la sucer discrètement, tout en essayant d'évacuer les morceaux de cauchemar qui s'accrochent dans ma tête. J'espère que je n'ai pas parlé en dormant. Pas besoin d'être fils de psy pour comprendre ce que je viens de rêver. C'est le cauchemar typique de l'assassin qui a peur de se faire choper.

Mais ce que je ne sais pas, c'est que le vrai cauchemar n'a pas encore commencé.

6

La voiture s'arrête devant chez nous, une baraque en briques et tôle. C'est la plus moche et la plus petite que l'Éducation nationale nous ait donnée comme logement de fonction, depuis que mon père est classé alcoolique. En tant que fonctionnaire, il est invirable, à cause de la loi sur la Protection de l'emploi, alors on le mute, on le déménage et on l'humilie pour le pousser au suicide, d'après lui. Jusqu'à présent, il résiste.

— Tu vas directement dans ta chambre finir tes devoirs avant de dîner, sans passer dire bonsoir à ton père.

— Bien, maman.

Elle a raison. Le dimanche soir, si je vais l'embrasser dans son bureau, il me bourre le crâne pendant une heure avec les civilisations disparues dont on n'a pas le droit de parler à l'école, puisqu'elles n'existent plus, alors ça ne sert à rien. Chinois, Gréco-Romains, Africains, Israéliens, Arabes… Moi, j'aime bien toutes ces légendes, ces histoires de guerres, d'invasions, de cataclysmes et de religions qui se tapent dessus, mais c'est vrai que ça perturbe parce que c'était quand même un monde moins ennuyeux que le nôtre, et, quand je reviens dans la réalité, je n'ai plus envie de faire mes devoirs.

Sur la pointe des pieds, je monte dans ma chambre qui est un grenier où je touche déjà le plafond – si mon père continue à boire, j'ai intérêt à arrêter de grandir, sinon je finirai voûté comme le vieux que j'ai tué sur la plage.

Ça y est : il revient. J'avais réussi à ne plus trop y penser, en me concentrant sur les problèmes de mes parents, mais, à peine refermée la porte de ma chambre, je me retrouve tout seul avec l'horreur de mon crime.

J'appuie le front contre la lucarne qui donne chez Brenda Logan. Il n'y a pas encore de lumière chez elle, ce soir. Brenda Logan, c'est mon soleil, mon coin de ciel bleu, la fenêtre où je m'évade. Brenda Logan, c'est une blonde d'enfer avec des yeux caramel, des seins à tomber et des muscles incroyables. Chaque soir, elle s'entraîne des heures à cogner dans un sac de sable qu'elle traite de salaud, pourri, fumier. C'est mon spectacle avant de me coucher, et il continue souvent quand je dors, sauf qu'au bout d'un moment, dans mes rêves, je deviens le sac de sable, alors elle arrête de me cogner et elle me serre contre elle en disant « mon amour ».

Elle a au moins le double de mon âge, et mon unique chance avec elle c'est qu'elle est seule comme moi, sans boulot, malheureuse, et qu'il y a des bouteilles d'alcool dans ses poubelles à elle aussi. Si ça ne la bousille pas trop vite, ça nous fera un point commun quand je serai grand.

Je n'oublierai jamais la fois où on s'est rencontrés, dans la rue, un jeudi, en sortant nos sacs orange. Ça faisait gling-gling dans le sien, presque aussi fort que dans le mien… On a croisé nos regards, elle a rougi, moi aussi. On a baissé les yeux, on les a relevés en même temps, et du coup on s'est fait un sourire de complicité, comme un signe de ralliement, comme si on s'était reconnus et que le reste du monde n'existait plus. Le tri sélectif, quoi. Et puis sa poubelle a craqué, elle s'est mise à l'engueuler aussi fort que son sac de sable, alors je les ai laissés, par discrétion. Mais depuis ce jour-là, avec déjà mes kilos en trop, mon avenir alcoolique et mes notes en dessous de zéro, je me suis mis dans la tête un amour impossible. J'ai l'horizon deux fois plus bouché, quoi.

Je me laisse tomber sur le lit, à côté du vieil ours en peluche de mon enfance, que j'ai ressorti du coffre à jouets pour faire diversion. Comme ça, ma mère me croit arriéré, et elle ne passe plus son temps à chercher dans ma chambre des magazines de filles nues. Les filles nues, je les cache au fond du coffre à jouets.

Cela dit, je n'en ai rien à fiche de ces magazines. Ce n'est pas pour tromper Brenda Logan avec des inconnues qui me sourient sans savoir qui je suis. C'est juste pour grandir plus vite, m'entraîner à être un homme. Comme ça, le jour où j'oserai lui adresser la parole, elle sentira que j'ai de l'expérience avec les femmes…

Mais tout ça, c'était hier. Quand j'avais encore le cœur à rêver. Maintenant c'est fini. Je suis un assassin.

La tête sur l'oreiller, je ferme les yeux pour revoir la scène de la plage, chercher les indices qui permettraient de remonter jusqu'à moi. Tant qu'à penser à mon crime, puisque je ne peux pas faire autrement, autant penser utile.

Je ne trouve rien. J'ai beau fouiller dans tous les recoins mes souvenirs de cet après-midi, je ne vois pas quelle preuve j'aurais pu laisser contre moi. À six heures et demie, avant de repartir avec ma mère, j'ai fait un saut jusqu'au port, pour assister au retour de

David. Je l'ai aidé à amarrer son bateau de pêche, et j'ai récupéré discrètement, avec mon couteau, le bout des ficelles du cerf-volant qui, comme prévu, s'étaient dénouées des pieds du vieux à cause du poids du corps et de la résistance de l'eau. Si on le retrouve, avec ses galets dans les poches, il n'y aura plus aucun doute : c'est un suicide. Maintenant que je ne risque plus rien, je peux culpabiliser tranquille.

Les mains jointes, les yeux au plafond, je rassemble ce qu'on m'a appris à l'école en instruction civique, et je commence à prier de toutes mes forces à mi-voix, pour que le Créateur m'entende mais pas mes parents.

— Maître du Jeu qui êtes aux cieux, rien ne va plus ! dis-je en traçant sur ma figure mon signe de Roue. Je m'accuse d'avoir tué un vieux sans le faire exprès, comme vous avez vu tout à l'heure, alors merci de l'accueillir au Grand Tapis vert du Paradis, pour qu'il tente sa chance à la Roulette du Destin, et qu'il tire un bon numéro pour se réincarner mieux.

— N'importe quoi !

Je sursaute. J'ai entendu une voix. *Sa* voix. La voix aigrelette avec laquelle le vieux m'avait agressé à propos de mon cerf-volant. Je deviens fou, ou quoi ? Dans les romans interdits que mon père me passe en cachette, on raconte des histoires comme ça où les assassins entendent la voix de leur victime, à cause du remords et des fantômes. Mais les fantômes, dans la vie, ça n'existe pas.

— Eh si. La preuve.

Je plonge la tête sous le sommier. Rien, à part le piège à souris et le bout de fromage.

— Mais qu'est-ce que tu cherches sous ton lit ? Tu vois bien que je suis là !

Je me redresse d'un bond. On se calme. J'hallucine, c'est tout. Il n'y a personne, dans cette chambre, à part moi et mon ours en peluche. Dans un réflexe venu de l'enfance, je serre dans mes poings l'ancien copain de mes nuits d'orage.

— Arrête de me comprimer comme ça ! Tu m'as tué une fois, ça suffit !

Je lâche d'un coup la peluche, dévisage avec horreur le vieil ours miteux qui me fixe de son regard en plastique noir.

— C'est moi, oui. On se réincarne où on peut.

La bouche ouverte, je sens mon visage se pétrifier. Je ne rêve pas : je vois bouger à un mètre de moi les lèvres en poils marron et blanc.

— Re-bonjour, Thomas Drimm.

— Vous connaissez mon nom ?

— N'aie pas peur, je ne vais pas aller trouver la police. Ça restera entre nous. Tout ce que je te demande, c'est de continuer à penser à moi, d'accord ?

Je lève la main et je balbutie « Je le jure », comme à la télé. J'ajoute vivement :

— Ne me faites pas de mal, monsieur ! Je m'excuse de ce qui vous est arrivé, je l'ai pas fait exprès !

— Et qu'est-ce que ça change, crétin ?

J'avale ma salive en serrant les dents. Il faut que je sois raisonnable. Il faut que je me répète que je suis en train de faire une hallucination morbide, comme me l'a expliqué ma mère, l'an dernier, quand j'ai cru la voir allongée sur son bureau par-dessous M. Burle, du ministère du Hasard, qui venait contrôler sa moralité. Elle m'a dit : « C'est hormonal, c'est tout. Tu es un préado, un préobèse, tu as le comportement qui se détraque, tu entends des voix et tu as des visions. Voilà. On appelle ça une hallucination morbide. C'est clair ? »

D'un ton froid, en observant le plafond, je déclare solennellement :

— Maître du Jeu qui êtes aux cieux, c'est pas ma faute si j'ai tué ce vieux, mais je regrette qu'il soit mort.

— Moi aussi, je te signale : j'avais plein de choses à faire, je n'ai pas du tout fini mes travaux ! Bon, l'essentiel, c'est que tu m'entendes. Et puis il faut quand même que je te dise merci.

Je sursaute, dévisage à nouveau la peluche à la gueule tordue.

— Merci ? Merci de quoi ?

— Je t'expliquerai plus tard. Dans l'immédiat, prends ton couteau et découds-moi le coin des lèvres. Déjà que je n'ai pas l'habitude de loger dans un corps en mousse synthétique, ça m'épuise d'articuler avec deux millimètres de bouche.

Je plonge mes yeux dans les billes de plastique noir inexpressives, et je réplique :

— Vous êtes une hallucination morbide, compris ?

— Si ça peut te rassurer.

— Comment vous pouvez parler, d'abord ? Vous n'avez pas de cordes vocales !

— Je ne te parle pas avec des cordes vocales, gamin, je m'adresse à ton cerveau par télépathie ! Mais tu n'es pas assez évolué pour entendre directement les pensées : il faut que tu voies des mots sortir d'une bouche. Alors je suis obligé d'en passer par là. De te faire une traduction simultanée, de refabriquer ma voix humaine en la greffant sur un support réel. Et ce n'est pas une partie de plaisir, crois-moi !

— Mais je vous ai rien demandé !

— Et moi, je t'ai demandé de me défoncer le crâne avec ton cerf-volant ?

— C'était un accident !

— Justement : un accident, ça se répare ! Tu es responsable : il faut que tu m'aides, tu n'as pas le choix. Et découds-moi ces maudites lèvres !

— Criez pas comme ça : y a mes parents, en bas !

— C'est toi qui cries, gamin. Moi, je suis une hallucination morbide, non ? Donc tu es le seul à m'entendre.

— Mais je veux pas vous entendre ! Vous allez sortir de cet ours, oui ?

— Hors de question.

— C'est ce qu'on va voir !

Je l'attrape par une patte arrière, et je l'envoie valdinguer contre le mur.

— Aïe !

Il a hurlé. Je me précipite, affolé, je le prends dans mes bras. Il a perdu un œil.

— Monsieur, ça va ?

— Non mais c'est ça, retue-moi à titre posthume ! Ah, j'ai tiré le gros lot, moi ! Quelle andouille ! Renfonce-moi mon œil !

À quatre pattes, je cherche la bille de plastique noir qui a roulé sous ma chaise. Je la reclipse dans son logement.

— Merci. Ce n'est pas que j'aie besoin de ce truc pour te voir, mais ça me gêne que tu louches en me regardant. Couteau !

Le souffle court, les doigts tremblants, je déplie mon canif et je tranche les fils pour agrandir le sourire de l'ours.

— À la bonne heure ! Tu m'entends mieux, comme ça ?

En retenant mes larmes, je lui dis que je l'entendais déjà très bien.

— Ah, ne pleure pas, je t'en prie ! Ça brouille les transmissions, je n'arriverai plus à me faire capter !

— Mais comment ça se fait ?

— Comment ça se fait que tu me captes ? Parce que tu penses à moi et que tu te sens coupable. Ne change rien, c'est parfait : j'ai plein de choses à te dire, extrêmement urgentes et d'une importance vitale. Et tu es le seul à qui mon âme puisse s'adresser : personne d'autre ne sait que je suis mort.

L'estomac noué, je lui demande s'il a des proches à prévenir.

— Ah non, surtout pas ! Si tu voyais ma famille… Restons entre nous. Bien. Première chose : quel est ton niveau ?

— Mon niveau ?

— En sciences, en maths, en biologie, en physique… Tu es bon ou pas ?

— Non.

L'ours en peluche pousse une sorte de soupir qui fait pffrrtt.

— C'est bien ma chance. Me faire trucider par un nul. Tant pis, on se débrouillera avec les moyens du bord. Prends une feuille.

— Pour quoi faire ?

— J'ai des calculs à te dicter. J'avais une formule en tête au moment où tu m'as tué, et j'ai peur d'oublier. On n'a pas de super-pouvoirs quand on est mort, je te signale. Première révélation. La seule chose qui change, c'est qu'on n'a plus de rhumatismes. Note !

— Mais pourquoi moi ?

— Tu as déjà vu un ours prendre des notes ? Je te répète que mes pensées font bouger ces lèvres en peluche pour que tu fixes ton attention sur quelque chose, mais c'est très fatigant pour moi. Je ne vais pas me crever en plus à remuer pour rien des pattes sans doigts qui ne peuvent pas tenir un stylo. Note ! Sept multiplié par dix puissance douze…

— Attendez, vous allez trop vite !

— Je n'ai pas l'éternité devant moi, gamin ! Du moins, je n'en sais rien. Mon état présent peut très bien n'être que transitoire. Peut-être que mon esprit va se dissoudre d'un moment à l'autre.

— C'est vrai ? dis-je avec une montée d'espoir.

— Rassieds-moi sur ton lit, je suis ridicule dans cette posture.

Il n'a pas tort. Posé en biais contre la plinthe, une patte arrière repliée et le nœud papillon de travers, il a l'air d'une publicité pour assouplissant. Je le soulève par les épaules, lui cale le dos contre un coussin.

— Merci. Reprends ton stylo, ça se bouscule dans mes pensées. Donc, si j'ai une intensité de sept fois dix puissance douze protons par cycle…

— À table ! crie ma mère.

— Et ça y est, la famille ! soupire l'ours. M'énerve… Bon, va manger, et remonte vite.

Je pose mon stylo, la main tremblante, me dirige vers la porte. Avant de sortir, je glisse un œil en arrière. La tête de l'ours a pivoté pour me suivre du regard.

— Je m'excuse, monsieur, mais…

— On dit : « Je vous prie de m'excuser. »

— Pardon. Mais vous êtes qui, exactement ?

— Dorénavant, je suis ton ange gardien. J'ai besoin de toi, alors je te protège. Va manger, tu vas te faire engueuler.

— Non, je veux dire… Vous étiez qui, dans la vie ?

— Thomas, je t'ai appelé ! crie ma mère.

— Allez hop ! ordonne l'ours. Lave tes mains, à table, et dépêche-toi de revenir. Toi et moi, on a une planète à sauver.

7

Comme un automate, je descends les escaliers, la tête remplie des phrases de l'ours. Je rate une marche.

— Fais attention, enfin ! gueule ma mère en sortant de la cuisine avec la soupière. À quoi tu rêves, encore ?

Je demande pardon, et j'entre derrière elle dans la salle à manger qui sert de chambre à mon père, entre les heures de repas. Son oreiller, sa couverture et ses livres sont cachés sous le canapé, si jamais on reçoit de la visite. Là, un morceau de pain dans la bouche, il tourne le dos à la télé où parle un ministre.

— Bonsoir, mon grand, tu t'es bien amusé ?

— Chut, lui dit ma mère en désignant l'écran, comme s'il avait coupé la parole au ministre.

Je m'assieds entre eux, et on mange la soupe comme tous les soirs en regardant le Journal Obligatoire de 20 heures. Leurs puces cérébrales enregistrent les fréquences propres à chaque chaîne, et, en cas de contrôle d'audience, s'ils n'ont pas regardé National Info, ils sont condamnés à une réduction du temps de présence devant les émissions de loisirs. C'est la loi sur l'Instruction civique. Comme ça tout le monde est au courant de tout, on sait de quoi parler et on pense la même chose : ça évite les malentendus. Les mineurs non encore empucés, comme moi, ne sont pas obligés de suivre l'actu, mais ma mère préfère que je m'entraîne, déjà que je suis du genre rêveur, pour ne pas être largué le jour où j'entrerai en vie active.

— La lutte contre la dépression nerveuse, poursuit Boris Vigor en gros plan sur fond bleu, demeure plus que jamais la priorité numéro un du gouvernement. Trois dépressifs nerveux qui tentaient de casser le moral de leurs collègues de travail ont été arrêtés ce matin, et seront reprogrammés conformément à la loi sur la Sécurité des personnes.

Boris Vigor, c'est le héros national. Le plus grand joueur de man-ball, et le ministre de l'Énergie. Un cerveau de génie dans un corps d'athlète. Il fait fantasmer toutes les filles, et tous les garçons rêvent d'être lui, sauf moi qui le trouve aussi sexy qu'une porte de frigo, mais c'est parce que je suis en échec scolaire, trop gros et nul en sport : il incarne tout ce qui me gonfle. Alors je me tais, je pense à autre chose quand il parle et j'applaudis avec les autres, pour avoir la paix.

— Tous ceux qui, suicidaires potentiels ou pervers déviants, se révèlent inaptes au bonheur et refusent de saisir leur chance, continue le ministre, seront immédiatement retirés de la circulation, mis hors d'état de nuire et soignés dans les centres de Retraitement, pour leur salut personnel et dans l'intérêt général. Santé, prospérité, bien-être !

— Santé, prospérité, bien-être ! répète ma mère avant d'enfourner une cuillerée de soupe.

— Connard, marmonne mon père.

Elle le fusille des yeux et me dit de manger pendant que c'est chaud. Je fixe mon père dans la fumée du potage. Il a les lèvres rentrées, le regard rétréci derrière les lunettes rondes, l'index sur le bouton d'arrêt de la télécommande.

— Dernière minute, enchaîne la présentatrice en montrant son oreillette. Nous venons d'apprendre la disparition d'un très grand savant, le professeur Léonard Pictone, de l'Académie des sciences.

Une photo apparaît sur l'écran. Je lâche ma cuillère qui tombe dans la soupe.

— Mais attention, enfin ! s'écrie ma mère. Une chemise toute propre !

— Âgé de quatre-vingt-neuf ans, docteur en physique nucléaire, celui qui fut le créateur de nos puces cérébrales et l'inventeur du Bouclier d'antimatière a quitté son domicile à quatorze heures pour une courte promenade sur la plage de Ludiland, la station balnéaire de Nordville. Depuis, sa famille est sans nouvelles. Nous partageons son inquiétude et l'espoir de retrouver au plus vite l'immense savant…

— L'immense salaud, oui, grommelle mon père. Collabo du pouvoir, inventeur du système qui nous contrôle le cerveau !

— Ta soupe refroidit, lui dit ma mère.

— J'ai lu ses Mémoires, moi : je sais de quoi je parle ! Heureusement qu'on l'a censuré, son livre !

— Les recherches se poursuivent activement, continue la journaliste, et les autorités n'excluent pour l'instant aucune hypothèse : amnésie, perte du sens de l'orientation, enlèvement ou noyade accidentelle. Rappelons que le vent souffle actuellement en tempête sur la côte de Ludiland, avec des vagues extrêmement dangereuses… Si vous rencontrez Léonard Pictone, ou si vous détenez le moindre renseignement permettant de le retrouver, vous devez immédiatement appeler ce numéro.

Les chiffres s'inscrivent sur la photo où le professeur fait la gueule, avec dix ans de moins que tout à l'heure sur la plage. Du bout de ma cuillère, je note vivement le numéro dans le restant de soupe figé au fond de mon assiette. Un savant. J'ai tué le plus grand savant du pays.

La photo disparaît de l'écran.

— Ainsi se termine ce journal, sourit la présentatrice en gonflant les seins. Heureuse soirée à tous, et rendez-vous pour…

La télé s'éteint.

— Attends le générique, enfin ! glapit ma mère.

— Alors, Thomas, enchaîne mon père, comment s'est passé ton dimanche ?

Je fais semblant d'avaler mon verre d'eau de travers, pour avoir une raison de parler faux, et je réponds que ça va, rien de spécial.

— XR9 a bien volé ?

J'acquiesce en toussant.

— Terminé, ces jeux de gamin, tranche ma mère. Il faut qu'il travaille sa musculation.

— Et tu crois qu'avec un vent pareil, elle n'a pas travaillé ? riposte-t-il.

— Une bourrasque lui a emporté son cerf-volant.

Un silence mortel s'installe autour de la table. Mon père me dévisage, consterné. Malheureux pour moi et gêné devant elle. Je vois le prix de XR9 passer dans ses yeux.

— C'est une bonne chose qu'il l'ait perdu, décide ma mère en se resservant une assiette de soupe. Ça marque la fin de son enfance : place aux choses sérieuses.

— C'est quoi, les choses sérieuses ? grommelle mon père.

— Je comptais l'inscrire dans un club de fitness…

— Tu rêves, Nicole ? On n'a pas les moyens, c'est abrutissant et c'est malsain.

— … mais ce n'est plus d'actualité, enchaîne-t-elle. Grâce à l'inspecteur du ministère du Hasard, j'ai pu avoir un rendez-vous avec le Dr Macrosi.

La cuillère de mon père se crispe au-dessus de l'assiette à soupe. Ma mère tourne vers moi un regard où brille, pour la première fois, une sorte de fierté. Et encore, elle ne sait pas qui j'héberge dans mon ours en peluche.

Elle avale une cuillerée de soupe, s'essuie la bouche, puis déclare d'un ton solennel en fixant mon père :

— Je t'annonce une excellente nouvelle. Ton fils va être admis dans un camp de dénutrition où on lui fera un nouveau corps, tout mince, tout beau et tous frais payés. C'est une chance inespérée.

— Il n'en est pas question, réplique lentement mon père entre ses lèvres serrées.

— Je te rappelle que ton salaire est la moitié du mien : c'est moi qui exerce l'autorité parentale.

Il baisse le nez vers son assiette. C'est la loi sur la Protection de l'enfance : il n'a rien à dire. Un grand élan d'amour et de tristesse mouille mes yeux, mais il ne le voit pas ; il regarde les grumeaux en légumes de synthèse qui flottent dans la soupe en sachet. Je demande :

— Je pars quand ?

— Aux vacances d'été, j'espère, dit-elle. Le Dr Macrosi décidera après t'avoir examiné, j'attends que son secrétariat me fixe le rendez-vous. Mais avec la recommandation de M. Burle, tu auras une place, ne t'en fais pas.

Je ne m'en fais pas. Du moins pas pour ça. Je pense au fantôme du savant qui m'attend là-haut dans mon ours, soi-disant pour me faire sauver la planète, et je suis plutôt rassuré de me tirer de ce cauchemar. Mais c'est loin, l'été. Dans l'immédiat, il va falloir que j'apprivoise ce professeur Pictone. Pas question de me laisser pourrir la vie par un inconnu : j'ai déjà ma mère, ça me suffit. Et puis qu'est-ce qu'il vient me bassiner avec ses calculs, moi qui attrape des boutons devant la plus petite racine carrée ! Je ne vais pas devenir le secrétaire d'un mort, non ? Maintenant que je connais son nom, je vais le rapporter à sa famille. Et s'il raconte que je l'ai tué, ça sera la parole d'un ours en peluche contre celle d'un être humain. Voilà. Les fantômes, ça n'existe pas, et moi je suis reconnu officiellement. Je relève de la loi sur la Protection de l'enfance. Je suis une espèce protégée ; lui non.

Je me lève pour débarrasser, ramasse les assiettes en laissant la mienne sur le dessus. À la cuisine, je recopie sur un bout de papier le numéro de téléphone que j'ai noté dans ma soupe. Je trouve que je réagis plutôt bien à la situation. Je n'ai pas peur ; je me prends juste la tête pour trouver des solutions. J'ai l'impression d'avoir mûri d'un coup, d'être devenu un homme. C'est peut-être le fait d'avoir tué quelqu'un.

Je reviens au salon avec le gâteau de céréales et les yaourts maigres. Depuis que mes parents se sont alignés sur mon régime, les repas sont de plus en plus sinistres. Je n'ai pas perdu un gramme : c'est eux qui maigrissent à vue d'œil. Il est vraiment temps que je parte.

Mon père vide sa bière, repose son verre, le regard trouble, et me sourit avec un air vaguement sadique :

— Tu sais ce que Jésus fait le plus souvent, dans les Évangiles ?

— Pas à table, dit ma mère.

Je me creuse pour trouver la devinette. Je propose, par rapport à ce que je subis du côté maternel :

— Il pardonne à ceux qui l'ont offensé ?

— Non, il fait des exorcismes. Il ordonne aux démons de sortir du corps des gens…

— Jésus n'a jamais existé, Dieu merci ! coupe ma mère. Tu veux du gâteau, Robert ?

— Non, je n'en veux pas, mais ça n'empêche pas ton gâteau d'exister. C'est comme pour Jésus.

— Je crois en un seul Dieu qui est le Hasard, récite ma mère, et donc ton soi-disant fils de Dieu, même s'il a existé, n'est que le fruit du Hasard.

— Arrête de parler comme une machine ! Jésus est venu sur Terre pour libérer l'homme de sa mauvaise image de Dieu.

— Alors c'était un pervers déviant, comme tous les personnages de légende ! s'énerve-t-elle. Nous avons été créés par le Hasard et nous lui rendons grâce en jouant. Mange ton yaourt, Thomas.

— En jouant, nous rendons grâce au Diable, réplique-t-il. Le dieu du jeu, le « Mammon » de la Bible, c'est le Diable !

— Comment peux-tu dire des horreurs pareilles devant ton fils ? s'indigne-t-elle en faisant le signe de Roue. Ne l'écoute pas, Thomas. Nous vénérons la Roulette, car elle est le symbole de la Terre qui tourne pour nous apporter les bienfaits cycliques de la Bille qui choisit le bon numéro ! Un point c'est tout !

— Thomas, si tu fais la somme de tous les nombres inscrits dans les cases de la roulette, tu arrives à 666. Le Chiffre de la Bête, la Marque du Diable !

— Mais arrête, Robert ! Le Diable, c'est la malchance, c'est tout, et ça n'existe pas ! Le Hasard nous donne à tous le même capital de chance au départ : à chacun de le faire travailler !

— Hasard mon cul, riposte mon père. Jésus est venu prouver aux hommes qu'ils sont sur Terre par amour et non par hasard !

— Fiche-nous la paix avec ces légendes ! Tu trouves qu'on n'a pas assez d'ennuis comme ça ? Et arrête de boire devant ton fils !

— Ça me gêne pas, maman.

— On t'a demandé ton avis ? me jette-t-elle avec hargne, comme chaque fois que je défends sa victime. Mange ton yaourt, si tu veux dissoudre tes graisses.

Mon père vide son verre, le repose et prend appui sur ses bras pour se relever, en soupirant :

— *Ite, missa est.*

Je lui demande ce que ça veut dire.

— Qu'il va se coucher, traduit-elle.

— Obéis à ta mère, mais n'écoute jamais ses réponses. Ça veut dire : « Allez en paix, la messe est dite. »

— C'est du latin ?

— Ça suffit ! lance ma mère. Si jamais il y a des micros…

— Et qui penses-tu intéresser, ma pauvre Nicole ?

— Je protège l'avenir de notre fils contre les risques que tu lui fais courir !

— Quels risques ? L'intelligence, la culture, l'esprit critique ?

— La perversion suicidaire de ton esprit ! Ton refus de te faire soigner !

— Je suis insoignable ! Ça n'a jamais marché sur moi, le lavage de cerveau ! Je reste sale et fier de l'être ! Pour vivre heureux, vivons incultes ? Je dis non ! Vivre heureux, je m'en fous !

— Et faire notre malheur, tu préfères ? Tu veux être arrêté comme dépressif nerveux ?

— Allez vous coucher, j'ai sommeil.

Il fait trois pas en titubant, tombe à genoux et sort de sous le canapé son oreiller et sa couette. La porte claque. Ma mère est allée pleurer dans sa chambre.

Je n'aime pas trop quand on parle de Dieu : ça finit toujours comme ça. C'est d'ailleurs la raison pour laquelle le gouvernement a supprimé les religions. Mais ça laisse quand même des traces, surtout chez nous. Le problème de mon père, c'est qu'il sait trop de choses, parce qu'il a fait partie du Comité national de censure. Et pour interdire un nouveau livre, non seulement il faut le lire, mais il faut avoir lu aussi tous les autres livres déjà interdits, pour savoir s'il tombe sous le coup de l'interdiction. Ça fait beaucoup de culture, et pas grand monde avec qui la partager. Depuis qu'on l'a viré du Comité pour cause d'alcool, il ne censure plus, mais il se souvient. Alors il me fait profiter. Il me dit : « Tu es le trop-plein de ma culture. Mon déversoir. » Je ne comprends pas tout, mais j'éponge. Sinon, il se noierait.

Tout à coup, je me dis que le vieux savant qui s'est installé dans mon ours en peluche, c'est peut-être une chance pour mon père. Peut-être qu'enfin il aura quelqu'un à qui parler – quelqu'un de son niveau. Et du coup il arrêtera de boire.

Je mords mes lèvres pour maîtriser l'excitation. Sauver la planète, je ne vois pas trop l'intérêt, dans l'état où elle est, mais sauver mon père, ça serait génial. Cela dit, pour qu'il ait une chance d'entendre la voix du professeur Pictone, il faudrait d'abord que je lui avoue que je suis devenu un meurtrier.

Bon. Je vais commencer par faire la vaisselle.

8

Je passe un temps fou à laver les assiettes et à mettre en ordre la cuisine. Exprès. Quand je pense à ce qui m'attend là-haut dans ma chambre, j'ai vraiment envie que tout soit rangé et que ça brille. Peut-être que le professeur Pictone se sera endormi, d'ici là. Si j'avais été seul avec mon père, avant le dîner, j'aurais pu lui demander si les morts ont besoin de sommeil. Mais là, quand il installe son oreiller et sa couette, ça veut dire qu'il va sortir aussi d'une minute à l'autre sa bouteille d'eau-de-vie, et ce n'est plus la peine d'essayer de lui parler. L'eau-de-vie, comme il dit, c'est son extincteur.

Quand je sors de la cuisine, il y a encore de la lumière sous la porte de ma mère. Je vais glisser un œil dans le trou de la serrure. Elle est assise, les coudes sur sa coiffeuse, et elle contrôle ses rides dans son miroir numérique. Une Prédiglace, ça s'appelle. Deux caméras au niveau des yeux, un logiciel de correction/projection, et ça vous donne la tête que vous aurez dans le nombre d'années que vous tapez sur le clavier.

Ça marche pour le poids, aussi. Vous saisissez ce que vous avez mangé, ce que vous faites comme sport, et ça vous montre vos kilos à venir. Je ne vous raconte pas ma tête quand je me suis vu dans dix ans, obèse complet. Quant à mon père, s'il se regarde dans la Prédiglace après avoir écrit ce qu'il boit, il voit un squelette. Mais bon, ça fait trois ans que la machine lui dit qu'il sera mort dans un mois ; ça me laisse un peu d'espoir.

— Saloperie de vie de merde ! grince-t-elle dans le miroir. Je perds tout mon capital jeunesse, avec ce môme !

Elle se lève d'un coup, et elle éteint la lumière.

Il est onze heures moins vingt lorsque je monte l'escalier, sur la pointe des pieds. Je suis un peu plus optimiste depuis que j'ai regardé ma mère vieillir à vue d'œil dans son reflet futur, à mesure qu'elle s'inquiétait de ses rides actuelles. Je me dis que le corps dans lequel on se trouve, fatalement, ça déteint. En tant qu'ado, par exemple, j'ai beaucoup moins besoin de sommeil que lorsque j'étais enfant. Les vieux aussi, ça dort peu. Mais quand on est dans un ours, tout change. Les ours, ça hiberne.

J'entrebâille ma porte en évitant de la faire grincer. Le savant m'accueille aussitôt en glapissant, les pattes croisées :

— Mais qu'est-ce que tu fiches, enfin ? J'ai douze mille idées qui se bousculent, moi ! Prends des notes, vite !

Visiblement, l'hibernation, ce n'est pas son truc. J'ouvre en douce mon coffre à jouets, sors la tablette de chocolat que je cache sous mes magazines de filles nues, et je lui en propose un carré.

— Avec quoi veux-tu que je digère, andouille ? Il a un estomac, ton ours en peluche ?

Sans répondre, je le tourne vers le mur et je commence à me déshabiller. Essayons de faire aimable.

— Vous êtes le professeur Léonard Pictone, alors ? dis-je d'une voix respectueuse.

— *Léo*, pas Léonard ! Il n'y a que ma femme qui m'appelle Léonard. Ils ont parlé de moi à la télé ?

— Ben oui.

Je boutonne mon pyjama et j'ajoute, pour l'amadouer dans le genre flatteur :

— Enchanté.

— Il n'y a plus de quoi, bougonne-t-il, accablé. Ils ont retrouvé mon corps ?

— Non, non.

— Ah bon, soupire-t-il vivement. J'ai eu peur.

Son ton de soulagement me fait plaisir. Même si je me suis débrouillé pour qu'on ne puisse pas remonter jusqu'à moi, sa réaction m'enlève un poids. J'avale mon carré de chocolat.

— C'est gentil de vous faire du souci pour moi.

— Ce n'est pas à toi que je pense. Tant qu'ils n'ont pas retrouvé mon corps, j'existe.

Je sursaute. Pendant quelques secondes, je retourne sa phrase dans ma tête, puis j'articule lentement :

— Ça veut dire que j'entends votre fantôme parce qu'on vous croit vivant ? Quand les gens sauront que vous êtes mort, ça vous tuera pour de bon. C'est ça ?

— Ne rêve pas. Tu ne vas pas te débarrasser de moi aussi facilement, gamin : on a du travail. Ouvre ton cahier.

Brusquement je l'empoigne, et je le couche sur mon bureau en lui écrasant le ventre.

— Qu'est-ce qui te prend ? Lâche-moi !

Je rassemble mes souvenirs de l'Évangile planqué dans le faux plafond des toilettes, que mon père m'a fait lire en cachette l'été dernier. En roulant des yeux terribles, je lance à la manière du p'tit Jésus :

— Démon, je t'ordonne de sortir de cet ours !

— Mais tu perds la tête ? Ça n'existe pas, les démons ! Je suis un mort normal !

— Je t'ordonne de libérer ce jouet et de retourner d'où tu viens !

— Arrête ces enfantillages ! Une fois qu'un esprit est sorti de son cadavre, il ne peut pas y retourner, voyons !

— Eh ben sortez de cet ours, et allez hanter votre maison !

J'appuie sur le ventre en mousse de toutes mes forces, en le malaxant pour expulser le squatteur. Il se tortille.

— Mais arrête… Ça me chatouille !

Je le lâche, surpris.

— Ça vous chatouille ?

Il se redresse tout seul.

— Évidemment, ça me chatouille ! Mon esprit a créé des connexions avec les molécules de peluche : tu pétris mon ventre, alors ça me chatouille. C'est logique ! Ça marche dans les deux sens, l'information, je te signale ! J'agis sur la matière, donc je subis son influence.

Il se met à quatre pattes, et entreprend une série de pompes. Je le regarde, sidéré.

— Qu'est-ce que vous faites ?

— Des assouplissements. Si je suis appelé à rester dans ce corps d'accueil, il faut bien que j'apprenne à l'utiliser pour devenir autonome.

Il roule sur le côté, puis se relève. Moulinant des pattes avant, il part en tanguant vers le bord de la table.

— Je marche ! s'émerveille-t-il. Bon, ce n'est pas encore très coordonné, d'accord… La mémoire des rhumatismes. Et puis, franchement, déclencher des réactions motrices dans des particules de mousse…

Les nerfs et les muscles, c'est quand même plus pratique – en tout cas c'est mieux conçu.

— Mais… comment vous faites ?

— Techniquement ? Je fabrique mon image en train de marcher, je la projette, et l'information se communique par ondes électromagnétiques aux molécules des pattes, comme si ton ours était manœuvré à distance. Sauf que la télécommande, c'est moi. Je me téléguide de l'intérieur, si tu veux. Ça s'appelle le pouvoir de l'esprit sur la matière.

Arrivé au bord de la table, il prend son élan, déclare fièrement qu'il lui suffit de visualiser son atterrissage pour le réussir, et il saute dans le vide. Je le regarde s'écraser.

— Ça va, professeur ?

— Non, grommelle-t-il, la truffe dans le tapis.

— La prochaine fois, vous visualiserez un parachute.

Il essaie de se relever, renonce et reste en appui sur ce qui lui sert de coude.

— Bon, j'en étais où ? Ah oui. Note : il faut donc une intensité de sept fois dix puissance douze protons par cycle, dégageant une énergie de soixante-dix milliards d'électronvolts.

— Pour faire quoi ?

— Un canon à protons. J'étais en train de le mettre au point quand tu m'as tué : on va le construire ensemble.

— Un canon ? Mais ça va pas ? Je vais pas devenir fabricant d'armes !

— Ce n'est pas une arme : c'est le moyen de sauver l'humanité.

— Mais elle est déjà sauvée, professeur ! On a le Bouclier !

— Justement. Il faut le détruire, et tu vas m'aider.

J'avale ma salive, consterné. Cet ours est fou. D'un autre côté, c'est normal : quand on meurt, ça doit être comme quand on rêve. On se fabrique des histoires et on ne sait plus ce qui est vrai ou pas. Lentement, d'une voix sympathique, je lui rappelle la réalité : lorsque les autres pays du monde ont menacé de nous attaquer, Oswald Narkos Ier, le grand-père de notre Président actuel, a décidé de déclarer la Guerre Préventive sans prévenir. Il a fait tirer des missiles nucléaires dans tous les sens, et puis tout de suite après il a branché le Bouclier d'antimatière au-dessus du territoire. C'est comme une cloche à fromage qui nous protège. On est devenus les États-Uniques, et depuis on est tranquilles. Vu que le reste du monde est rayé de la carte, on ne risque plus rien : même si des survivants éventuels s'amusaient à nous envoyer un missile, il serait détruit par le Bouclier.

— Propagande, ronchonne l'ours. La vérité est bien différente. Et bien plus terrible.

— Mais c'est vous qui l'avez inventé, le Bouclier d'antimatière !

— Je me suis fait avoir, comme les autres, et c'est le remords de ma vie. Maintenant, à toi de jouer. Ou tu venges ma mémoire en sauvant l'humanité, ou tu te contentes d'aller maigrir dans un centre de dénutrition en attendant la fin du monde. Choisis.

Je fixe l'ours en peluche, sans répondre.

— Note, enchaîne-t-il : projet de collisionneur d'électrons et de positrons à un téraélectronvolt…

— J'ai trop sommeil, on verra demain.

— Pas question, Thomas ! Demain c'est lundi, tu es au collège, et je ne vais pas rester à mariner toute la journée dans mes calculs. Je n'ai pas de temps à perdre.

— Moi non plus.

Je l'attrape par une patte, je le fourre dans le placard sur ma pile de tee-shirts, et je ferme la porte.

— Thomas ! Je t'interdis ! Tu entends ? Tu as des devoirs envers moi ! Et envers l'humanité ! Le temps presse ! Je n'ai pas le mode d'emploi de l'au-delà : imagine que demain j'aie tout oublié de ce que je sais… Si on ne construit pas le canon à protons pour détruire le Bouclier d'antimatière, l'espèce humaine est condamnée par gnouf, gnouf, barf…

J'ai rouvert le placard, collé un bout de sparadrap sur ses lèvres, et j'ai refermé à clé. Que je passe au moins une nuit tranquille. Je me glisse dans mon lit et j'éteins la lumière.

Les minutes s'écoulent, le sommeil ne vient pas. L'idée du fantôme qui se débat dans sa prison de peluche me serre l'estomac. Ce ne sont pas les pschouf-pschouf contre le panneau d'aggloméré qui m'inquiètent. Il peut tambouriner tant qu'il veut avec ses petites pattes en mousse ; je n'ai qu'à mettre mon oreiller sur la tête pour supprimer le bruit, et il ne réussira jamais à ouvrir la porte de l'intérieur. Mais justement, c'est ce qui m'angoisse. S'il a trouvé le moyen d'animer une peluche pour entrer en contact avec moi, ça peut aussi marcher à l'envers. Je veux dire : son esprit peut très bien laisser tomber l'ours pour venir s'incarner dans mon oreiller, et me pourrir la tête en faisant parler les plumes.

Je rallume ma lampe, et je cours ouvrir le placard.

— Aïe ! crie l'ours quand je décolle le sparadrap.

Sa douleur me rassure. Si ça lui fait mal quand j'arrache les poils, c'est la preuve qu'il est encore totalement intégré à la peluche.

— Je vous propose un marché, professeur. Vous avez besoin de parler, et moi j'ai besoin de dormir. Alors on va faire les deux.

— Et comment tu vas noter en dormant, crétin ?

— Non mais tu arrêtes de m'insulter, vieux truc en mousse ? Moi je dors, et toi je te donne un magnéto : tu parles dedans et, demain, si t'as oublié ce que t'as dit, tu te réécoutes. C'est tout.

— Et comment veux-tu que ma voix s'enregistre sur un appareil comme ça ?

— Débrouille-toi ! Tu es bien arrivé à faire parler un ours.

— Mais je n'ai pas de temps à…

Je le bâillonne d'une main, je prends de l'autre mon enregistreur, et je vais les enfermer tous les deux dans l'armoire à pharmacie de la salle de bains, au bout du couloir, comme ça je n'entendrai pas le son.

Je suis sur le point de me recoucher, lorsque je me ravise soudain. Si je veux régler le problème pour de bon, c'est maintenant ou jamais. Je redescends l'escalier, lentement, sans un bruit. Je vais coller une oreille contre la porte du salon, puis contre celle de la chambre. Apparemment, les parents dorment.

Je me glisse dans le bureau de mon père, un ancien placard à balai où le balai est toujours là, d'ailleurs, entre l'ordinateur et l'imprimante. Je referme la porte, et je compose le numéro donné tout à l'heure par la présentatrice du journal. Tant pis si je réveille la famille du mort : demain, avec le collège, je n'aurai pas le temps de téléphoner.

— Service des personnes disparues, j'écoute.

Je raccroche. Ce n'est pas son domicile : je suis tombé chez les flics. Pas question de leur raconter mon histoire. Je lance une recherche sur l'annuaire électronique, pour trouver l'adresse du savant qui parasite mon ours. Rien. Aucun Pictone. Il est sur liste rouge, comme tous les gens célèbres, j'aurais dû m'en douter. Tant pis : il me reste la solution d'envoyer ma peluche par la poste à l'Académie des sciences. Qu'ils se débrouillent. Et s'ils croient que c'est une blague et qu'ils flanquent leur collègue à la poubelle, ça sera leur problème.

Je commence à recopier les coordonnées de son administration, lorsque je m'arrête soudain, un pincement au ventre. Je n'ai pas le droit de faire ça. Je ne peux pas me débarrasser du professeur à l'aveuglette. J'ai une dette envers lui, il a raison. La seule solution, c'est celle qui m'est venue en premier : le rendre à sa famille, pour qu'elle soit rassurée et qu'elle s'occupe de lui. Parce qu'il l'a dit lui-même : dès que les siens sauront qu'il est mort, ils pourront capter son esprit. Comme ça ils n'auront qu'à noter ses calculs et lui fabriquer son canon : ça les regarde. Mais si jamais ils menacent de me dénoncer à la police comme assassin, moi je menace de les dénoncer comme terroristes qui veulent faire un trou dans le Bouclier d'antimatière. Voilà.

Ça va beaucoup mieux, tout à coup. Grâce à cette idée de chantage, je me sens de nouveau en règle avec ma conscience. Le seul problème, c'est de retrouver la maison du professeur. Il doit habiter Ludiland, en toute logique, pas très loin de la plage et du casino, vu qu'il était sorti se promener à pied, et qu'à son âge on ne court pas le marathon. Mais la perspective de faire du porte-à-porte avec mon ours, en demandant aux gens s'ils sont de la famille, ne me fait pas vraiment sauter au plafond.

Et soudain, c'est l'illumination. Un livre ! Pictone a écrit un livre ! Et mon père dit qu'il l'a censuré : il doit avoir sa fiche quelque part. Je clique sur les dossiers confidentiels « Robert Drimm ». L'écran me demande le mot de passe. Aïe. À tout hasard, je saisis mon prénom. Rien. Le nom de mon cerf-volant. Rien non plus. Ma date de naissance. Bingo ! Je réclame la liste des bouquins censurés, sélectionne le classement par noms d'auteur, et j'entre Pictone Léo.

La page consacrée à ma victime s'ouvre aussitôt. Bien vu : son adresse est marquée entre ses diplômes et ses maladies. *114, avenue du Président-Narkos-III, Ludiland.* Par curiosité, je fais défiler la fiche de lecture. Et ce que je découvre me glace le cœur.

9

Sujet du livre : *Inventeur de la puce cérébrale et du Bouclier d'antimatière, Léo Pictone a voulu mettre en garde le public contre les effets pervers de ses inventions, tout en accusant Boris Vigor, ministre de l'Énergie, de les lui avoir volées.*

Raisons objectives de la censure : *Diffamation, paranoïa, divulgation de secrets d'État, atteinte à l'ordre public, à la sécurité nationale et au bien-être de la population.*

Raisons officielles : *Gâtisme.*

Décision du Comité : *Interdiction totale de publication et de conservation du livre. Absence de poursuites judiciaires pour éviter toute publicité. Afin de l'inciter au silence, l'auteur sera décoré de la Grande roue du Mérite scientifique, avec retraite augmentée et garantie d'obsèques nationales.*

J'éteins l'ordinateur, mal à l'aise, et je regagne ma chambre sans faire de bruit. J'ai un nouveau sentiment dans la tête, à présent, et ça ne m'arrange pas du tout. Je crois que c'est une espèce de solidarité. On a fait taire Léo Pictone dans son intérêt parce qu'il disait la vérité ; on veut m'exiler pour mon bien dans un camp de dénutrition parce que je suis trop gros. C'est marrant comme on peut se ressembler, aux deux extrémités de la société. Je suis pauvre, il est riche ; je suis jeune, il est vieux ; je suis vivant, il est mort – et pourtant je m'identifie à lui.

Dans l'armoire à pharmacie de la salle de bains, entre l'aspirine et le sirop pour la toux, je le retrouve coincé dans la position où je l'ai laissé tout à l'heure, l'enregistreur entre les pattes. Je chuchote :

— Alors ?

— Je n'y arrive pas, soupire-t-il. Ma voix ne s'imprime pas.

Je le regarde, embêté. Il a raison : le voyant rouge de l'enregistrement automatique s'est allumé quand j'ai murmuré « Alors ? », et il s'est éteint quand il m'a répondu. C'est un peu normal, en fait. J'entends ses paroles parce que je pense au professeur Pictone en tant que remords, mais le magnéto, lui, n'en a rien à fiche.

— Je suis vraiment tout seul, dit-il.

J'ouvre la bouche pour protester, par politesse, et puis je vois soudain une chose qui me noue les mots dans la gorge. Une larme est en train de couler de son œil en plastique, et sinue dans les poils où elle se laisse absorber.

— Comment vous faites ?

— Comment je fais quoi ?

— Pour fabriquer du liquide. Y en a pas, dans la peluche.

— J'ai fait pipi ? s'effraie-t-il.

— Non, vous pleurez.

Il détourne la tête, avec dans son museau poilu une expression de détresse, un mélange d'impuissance et de dignité. Je répète, un peu plus gentiment :

— Comment vous faites ?

— Je ne sais pas, Thomas. C'est le sentiment de tristesse qui a dû matérialiser une larme, en cassant des molécules d'hydrogène pour que tu aies pitié de moi. Quelle saloperie, la mort ! Quelle humiliation… Jamais de mon vivant je n'aurais permis qu'un gamin me voie pleurer. Allez, sauve-toi, ferme cette porte et va te coucher.

— Si vraiment c'est important pour vous, allez, je veux bien prendre quelques notes…

— Je n'ai plus envie ! Va dormir, j'ai dit ! Et arrête d'avoir pitié de moi : ça m'écœure !

J'obéis. Pour lui remonter le moral, sans la moindre pitié et avec même un brin de sadisme, je prends un bout de papier-toilette et lui conseille, en essuyant ses larmes venues de nulle part, de faire un bon gros dodo comme un gentil nounours bien sage.

Hystérique, il m'envoie un coup de patte dans l'œil. En réflexe, je l'attrape par l'oreille et le jette dans la cuvette. Un quart de seconde, j'hésite à tirer la chasse. Puis je le ressors, confus, lui demande pardon. J'ajoute que je lui mettrai du parfum, demain matin, avant d'aller le ramener chez lui.

— Chez moi ? Non mais ça va pas ? J'ai passé ma vie à tenter d'échapper à cette famille d'imbéciles ; je ne vais pas passer ma mort à bêtifier dans le parc à jouets de mes petits-enfants !

— Arrêtez d'être égoïste ! Il faut bien les rassurer…

— Et les rassurer sur quoi ? Tu crois qu'ils vont trouver ça rassurant, pépé recyclé en peluche-balai de chiottes ? En plus je les ai ruinés, avec mes recherches, mais ils ne savent pas encore à quel point. Je préfère ne pas être là quand on ouvrira ma succession : comme héritage, ils n'ont que des dettes.

— De toute façon, vous êtes mon ours : c'est moi qui décide ce que je vais faire de vous.

— Tu ne décides rien du tout ! Tu es mineur, et je suis ton ange gardien !

En guise de réponse, je l'essore au-dessus du bac à douche. Puis je l'accroche avec une pince à linge sur le fil où pendent mes chaussettes, et je regagne ma chambre en lui souhaitant un bon séchage.

Je tombe de fatigue, en fait.

Je n'ai envie que d'une chose : m'éteindre comme une lumière pour oublier tout ce qui s'est passé depuis cet après-midi. Le drame, le remords, les conséquences… Dormir. Fermer les yeux comme on tire la chasse d'eau.

Évidemment, à l'époque, j'ignorais encore ce qui se passait pendant mon sommeil. Je ne pouvais pas savoir comment, ni où ni pourquoi je partais en voyage hors de mon corps, chaque nuit. Je ne me doutais pas que ces rêves qui ne me laissaient d'autres souvenirs, le matin, qu'un vague malaise et une faim de loup, étaient en réalité un poison mortel…

10

Ministère du Hasard, 23 h 30

Dans la grande salle bleu ciel du troisième sous-sol, le ministre de l'Énergie vient d'arriver, cheveux roux en bataille, blouson ouvert sur ses pectoraux frémissants. La cellule de crise est réunie depuis déjà une heure, mais Boris Vigor avait son entraînement pour le championnat du lendemain, et il n'a appris la disparition de Léo Pictone qu'à la sortie du vestiaire.

— Alors, quoi de neuf ? lance-t-il de son ton dynamique en s'asseyant à la table ovale, au milieu des conseillers qui se sont levés à son entrée, dans un élan spontané où se mêlent la servilité politique et la ferveur supportrice.

Le ministre du Hasard, un long chauve raide et pointu comme un cure-dent, répond d'un air constipé que la puce de Léo Pictone a cessé d'émettre.

— Il est mort, alors ! se réjouit le ministre de l'Énergie.

— S'il était mort, Boris, la puce émettrait le signal de mort.

— Ah ! zut, c'est vrai.

Les conseillers baissent les yeux, pudiques. Malgré les doses massives de dopage intellectuel auxquelles on soumet le ministre de l'Énergie pour qu'il fasse illusion, il révèle sa nature d'abruti dès qu'il prononce une phrase sans la lire sur un prompteur. Mais c'est le héros national, et les gens ne le voient parler qu'à la télé, où il dit soigneusement ce qu'on lui écrit, alors ce n'est pas trop grave. Dans les matchs de man-ball, quand il roule en boule de chiffre en chiffre jusqu'à la case gagnante, il est si concentré en gros plan qu'on le croit génial. L'intelligence du jeu.

Le ministre du Hasard détourne de son collègue un regard amer. Lui, on ne l'applaudit pas dans la rue ; il serait complètement transparent s'il n'était le troisième personnage de l'État – et même, tout ministre qu'il est, il a beau s'habiller toujours pareil, on ne le reconnaît jamais.

— Nous pensons, articule-t-il avec lenteur, que Léo Pictone a trouvé un moyen de neutraliser sa puce.

— Comment c'est possible ? s'étonne Boris Vigor, qui s'est approprié l'invention du professeur sans jamais très bien la comprendre.

Un conseiller scientifique lève la main pour demander la parole. On la lui donne.

— Six minutes après la mort cérébrale, monsieur le ministre, notre puce se trouve en rupture d'alimentation neuroélectrique, et le signal d'alerte se déclenche sur les capteurs du Service de dépuçage. Grâce à quoi on localise le cadavre, et les dépuceurs n'ont plus qu'à aller prélever la puce du défunt pour l'intégrer dans un convertisseur d'énergie.

— Pourquoi six minutes ? s'interroge Boris Vigor qui n'a pas écouté la suite.

— Parce que l'activité électrique du cerveau ne cesse pas immédiatement après l'arrêt cardiaque, monsieur le ministre.

— Ah oui, bien sûr. Et qu'est-ce qui se passe, alors, six minutes après ?

Docile, le conseiller répète ce qu'il a dit précédemment, tandis que le ministre du Hasard, les yeux au plafond, passe une soucoupe de cacahuètes à ses voisins. Boris Vigor arrête d'écouter pour réfléchir, perplexe, fronce les sourcils, demande :

— Mais s'il est mort, pourquoi sa puce n'a pas émis le signal de mort ?

— Deux hypothèses : l'extraction ou la pression.

Tous les regards se posent sur le jeune homme aux yeux verts qui vient de parler, debout au coin de la fausse fenêtre. Olivier Nox est le PDG de Nox-Noctis, l'entreprise qui fabrique, implante et récupère les puces cérébrales. On ne sait pas grand-chose de lui, sinon que c'est un ami de la famille présidentielle, que son influence est très grande, qu'il n'apparaît jamais à la télé et que sa demi-sœur, Lily Noctis, qu'on voit dans tous les magazines people, a été élue pour la troisième fois la Femme d'affaires la plus sexy de l'année.

— Précisez, monsieur Nox.

— Ou bien Léo Pictone a réussi à extraire la puce de sa boîte crânienne sans déclencher le signal d'effraction, c'est-à-dire en trouvant le moyen de brouiller sa fréquence pour neutraliser nos systèmes de surveillance. Ou bien il est mort, et son cadavre a été immergé en profondeur pendant les six minutes qui ont suivi son décès.

— Pourquoi ? sursaute Vigor.

— Parce que seule la pression de l'eau sur la boîte crânienne peut empêcher la puce de diffuser le signal d'alerte.

— Hmm, hmm, ponctue le ministre de l'Énergie en interceptant la soucoupe de cacahuètes.

— C'est pourquoi, rappelle Olivier Nox, nous avons interdit la baignade, les sports nautiques, et rendu obligatoire le port du gilet de sauvetage pour tous les marins.

— Mais bourquoi chix minutes ? insiste Boris Vigor, la bouche pleine.

Sans daigner se répéter, Olivier Nox poursuit à l'intention des autres :

— Si Pictone s'était simplement noyé accidentellement en tombant à l'eau, les fréquences de panique cérébrale auraient été captées par nos détecteurs. Donc, de deux choses l'une. Ou c'est un suicide avec préméditation : une balle dans la tête à bord d'un bateau, et un bloc de ciment attaché à la cheville. Ou on l'a tué par surprise, et son assassin a aussitôt jeté son corps lesté au fond de la mer.

On entend les conseillers déglutir dans le silence.

— Ou ? relance le ministre de l'Énergie qui attend la suite.

— Je n'ai pas d'autre hypothèse, lui rappelle Olivier Nox. Dans les deux cas, il s'agit d'un acte mûrement réfléchi, destiné à nous empêcher de récupérer sa puce.

— Ce qui signifie ? lance avec raideur le ministre du Hasard.

— Ce qui signifie que vous avez un problème, messieurs. Je vous rappelle que Léo Pictone s'était mis en tête de percer le Bouclier d'antimatière, pour détruire notre civilisation en prétendant la sauver.

— C'est parce qu'il était gâteux, minimise Vigor. Normal, à son âge. S'il est mort, on est tranquilles.

— Je vous rappelle également, continue Olivier Nox avec une patience infinie, que tant qu'on n'a pas retiré la puce du cerveau de Pictone, son âme est libre.

— Libre ? s'effraie Boris Vigor.

— Et son projet continue. S'il réussit à entrer en contact avec un vivant, à lui transmettre son obsession et ses connaissances… C'est la fin de notre monde.

Le silence est tombé comme un couvercle sur la table de réunion.

— Draguez la mer ! ordonne brusquement Jack Hermak, le ministre de la Sécurité, un petit nabot à moustache qu'on n'a pas encore entendu, trop occupé à écouter dans son oreillette les rapports de ses services de police. Cherchez le corps du vieillard, le long des côtes de Ludiland et au large, en fonction des courants.

— Parfait ! commente Boris Vigor, en abattant sur la table une main puissante qui fait jaillir de la carafe une gerbe d'orangeade. Pour ce qui me concerne, en tant que ministre de l'Énergie…

Il s'interrompt, à court d'idées, cherchant machinalement autour de lui l'écran d'un prompteur.

— Oui ? l'encourage le ministre du Hasard, avec un sourire doucereux.

— … Il est minuit moins vingt, achève Boris.

— En effet. L'heure est grave.

— N'exagérons pas, réplique-t-il, jusqu'à présent, tout va bien. On se fait peur avec des « si », c'est tout. Cela dit, si je ne file pas me coucher, là, demain je vais perdre le match.

— Oh non ! protestent d'une seule voix les conseillers qui ont parié sur lui.

— Je m'en voudrais de perturber votre forme physique, mon cher Boris, reprend doucement Olivier Nox, mais nous soupçonnons que le « contact » a déjà eu lieu.

— Pschououh, soupire le ministre de l'Énergie en gonflant les joues dans ses mains, coudes sur la table.

— La situation est en effet préoccupante, traduit le ministre de la Sécurité. À vingt-deux heures quarante, quelqu'un a appelé le Service des personnes disparues – le numéro spécial donné aux infos à l'intention de ceux qui auraient rencontré Pictone.

— Eh ben voilà une piste ! se réjouit Vigor.

— L'appel venait de chez Robert Drimm, un ancien membre du Comité de censure, exclu pour alcoolisme. Une des seules personnes du pays à avoir lu les Mémoires interdits où Pictone jetait les bases de ses travaux actuels.

— S'il est alcoolique, ça va, dédramatise Vigor en tapotant sa montre. Ce n'est pas trop grave. Et qu'a-t-il dit, au téléphone ?

— Il a raccroché avant de parler, répond Olivier Nox. Ou on l'a contraint à le faire.

— Qui ça, « on » ?

— Si Pictone est mort comme nous le supposons, continue Olivier Nox, il a peut-être choisi d'entrer en contact spirituel avec un homme qui le connaissait par ses Mémoires – lequel a tenté de nous en avertir.

— Oh ? Vous ne voulez quand même pas nous faire croire que ce Robert Drimm a vu le fantôme du professeur ? rigole soudain Boris, dans un éclair de compréhension qui surprend tout le monde. Allons, allons, soyons sérieux, un peu ! Ça n'existe pas, les fantômes.

— Ça n'existait plus, depuis le système de récupération des puces.

Un silence de plomb ponctue la phrase d'Olivier Nox. Dix secondes plus tard, Boris Vigor déclare que, cette fois-ci, il faut vraiment qu'il y aille. Les conseillers accompagnent sa sortie en pointant leur pouce à la verticale, deux doigts de l'autre main croisés sous la table, afin de lui souhaiter bonne chance pour le match.

— Allez, ne vous en faites pas, toute cette histoire sera oubliée très vite, promet le ministre de l'Énergie à ses collègues, avant de quitter la salle de réunion.

— Vivement qu'il perde un match et qu'on le dégomme, celui-là, marmonne le ministre de la Sécurité en se tournant vers son voisin de gauche.

— Hélas, je suis un gestionnaire, pas un déclencheur, lui répond le ministre du Hasard avec un soupir de regret. Bien, messieurs. Je vous remercie pour votre attention, vos suggestions et la discrétion avec laquelle vous ne manquerez pas d'étouffer cette affaire. Dans l'immédiat, que décidons-nous ?

— Vous nettoyez, laisse tomber Olivier Nox.

Il rafle une poignée de cacahuètes, et sort en leur souhaitant bonne nuit.

Dans l'ascenseur, le chef d'entreprise appuie sur le bouton du rez-de-chaussée, se retourne vers la glace et recoiffe avec soin ses longues mèches noires.

— Tu as remarqué que je ne les ai pas mis directement sur ta piste, murmure-t-il en fixant le miroir au-dessus de son reflet.

Je sursaute, ce qui fait trembler l'image.

— Vous me voyez ?

— Je te sens, Thomas Drimm. Tu es en train de dormir, et ton esprit est venu jusqu'à moi comme d'habitude.

— Mais pourquoi ?

— Tu poses toujours la même question. Et, quand tu te réveilleras tout à l'heure, tu auras tout oublié de ce que tu es en train de vivre. Mais patience : bientôt je te rencontrerai en chair et en os, et tu découvriras le combat auquel tu es destiné. Dors bien, Thomas Drimm. Et prends des forces.

Il appuie trois fois sur le bouton 6. L'ascenseur disparaît. Je me retrouve dans le noir, et je ne sais pas qui je suis. Je ne sais pas comment je connais ces gens, leur nom, leur histoire, leurs pensées. Je m'appelle Thomas Drimm, c'est tout ce que je sais – du moins c'est le nom que me donne le seul homme qui perçoit ma présence. Mais qui suis-je ? S'il ne me disait pas que je suis en train de dormir, je croirais que je suis mort. Et rien ne me prouve qu'il dit la vérité.

LUNDI

Comment virer son ange gardien

11

— Au secours, Thomas !

Je me réveille en sursaut. Apparemment, le cauchemar continue. J'espérais que cette histoire de fantôme en peluche ne passerait pas la nuit, mais il fait jour dans ma chambre, je ne dors plus, et j'entends distinctement la voix du vieux que j'ai tué.

— Au secours !

Jaillissant de mon lit, je bondis jusqu'à la salle de bains, où je découvre l'ours en train de gigoter en hurlant, pendu par l'oreille au fil de séchage, son corps beige couvert de taches rouges.

— Décroche-moi et lave-moi à l'eau de Javel, vite ! Je suis allergique !

— À quoi ?

— À moi ! À la texture de ta saloperie de jouet ! Je me suis scanné pendant la nuit : je suis composé à quarante pour cent de phtalates !

— Qu'est-ce que c'est ?

— Des produits chimiques ajoutés à la mousse synthétique pour l'assouplir et la désodoriser. L'horreur ! Ça modifie l'ADN des cellules du sperme et ça rend stérile !

Là, j'ai plutôt envie de me marrer. Je lui rappelle qu'à son âge, il ne va quand même pas nous faire des oursons.

— Je parle pour toi, crétin !

Je retire aussitôt ma main de son oreille, hésitant à ôter la pince à linge.

— Décroche-moi, enfin ! Ça fait douze ans que tu touches ton ours, ce n'est pas un contact de plus qui te rendra le zizi radioactif.

— Mais y a pas d'étiquette : comment vous pouvez connaître votre composition ?

— Je n'en sais rien ! Peut-être que ça progresse, un mort. Je ne demandais rien, j'attendais que tu aies fini de dormir pour qu'on se mette au travail, et tout à coup ma conscience s'est transportée à l'intérieur des molécules de l'ours. J'identifiais chaque atome, chaque particule ! C'est infernal ! Depuis que je sais de quoi je suis fait, je suis en autoallergie totale !

— Et c'est quoi, ces plaques rouges ?

— Je ne sais pas ! Une réaction chimique, je suppose. J'ai dû causer un bouleversement des atomes au niveau des colorants, quand je les ai identifiés...

— Vous auriez pu faire gaffe ! C'est un souvenir, cet ours...

— Et moi c'est mon présent, maintenant, je te signale ! C'est moi qui suis concerné par le problème !

— Mais elles sont horribles, ces plaques rouges !

— C'est psychosomatique, c'est tout. Tu peux me toucher : ça n'a rien de contagieux.

J'hésite un instant, puis je le détache du bout des doigts et je le ramène dans ma chambre.

— Thomas, tu es réveillé ? Dépêche-toi !

Ma mère. Ça manquait, ça. Je dis à l'ours que je dois prendre mon petit déjeuner.

— Mais tu ne vas pas me laisser dans cet état ? En plus je suis bourré d'agents ignifuges toxiques et de retardateurs de flamme, pour ta sécurité en cas d'incendie : c'est ta faute ! C'est à toi qu'on a acheté ce jouet, tu es responsable !

— J'avais rien demandé !

— Maintenant que j'ai vu dans quoi j'ai pris corps, je ne peux plus rester à l'intérieur de cet ours ! Ça me gratte !

— Eh ben changez de jouet. Tiens, allez dans celui-là.

Je désigne le Boris Vigor que maman m'a offert pour mon cinquième anniversaire : la figurine du héros national, en costume-cravate de ministre sous sa tenue de man-ball.

— Cette cochonnerie en latex ? Tu rigoles ? C'est plein d'organo-étains qui attaquent le système immunitaire, qui entravent la croissance et favorisent l'obésité !

— Vous êtes sûr ?

— Faut croire, dit-il un ton en dessous, étonné lui-même. Voilà que j'arrive à scanner les autres jouets à distance, maintenant… Oh là là !

— Qu'est-ce qu'il y a ?

Il fixe le Boris Vigor hypersouple, que je tords toujours dans les positions les plus humiliantes pour me venger de la perfection physique de ce taré.

— Il est pire que moi, celui-là ! Cinquante pour cent d'alkylphénol éthoxylate, le plus terrible des perturbateurs endocriniens.

— Ton petit déjeuner ! crie ma mère. Dépêche-toi !

— Bon, faut que j'y aille, professeur. On verra ça tout à l'heure.

— Mais tu ne vas pas me laisser comme ça ? glapit-il en labourant sa vieille fourrure avec ses pattes. Ça me gratte de plus en plus, c'est insupportable ! Mes ondes de pensée ont fusionné avec ces molécules, ça me contamine, je m'empoisonne !

Fatigué, je lui rappelle qu'il est déjà mort, et que donc il ne risque rien.

— Bien sûr que si ! Mon esprit est totalement perturbé par cette prise de conscience ! À cause de toi je suis prisonnier d'une structure qui attaque mon intégrité mentale !

— Et qu'est-ce que j'y peux ?

— Thomas, tu vas être en retard, il est moins dix !

— J'arrive, maman !

J'ouvre la lucarne, je déplace ma table et je couche l'ours dans un rayon de soleil.

— Détendez-vous, je reviens tout de suite.

— Me détendre ? Tu veux que je bronze, en plus ? Enlève-moi de ce soleil, abruti ! Le rayonnement UV rend les phtalates encore plus nocifs, tu trouves que je ne suis pas assez mal comme ça ?

D'un revers de main, je le flanque à l'ombre et je descends à la cuisine. Il m'énerve, cet ours ! Si ça se trouve, il invente tous ces trucs. Peut-être que la mort, ça multiplie ce qu'on était. De son vivant, ça devait être un parano total, et en plus il devenait gâteux, c'est marqué dans la fiche de lecture de mon père.

Quoi qu'il en soit, il est urgent de le calmer. Si je le fourre dans mon sac pour aller le rendre à sa famille entre deux cours, il faut qu'il se tienne tranquille. Manquerait plus que je me fasse gauler par la prof de physique, avec une peluche en pleine crise d'urticaire. Déjà que je trimbale ce genre de jouet à mon âge, si en plus il se gratte, on croira que c'est un ours à piles et que j'ai voulu faire marrer la classe. Comme si ma moyenne avait besoin de ça.

Je trouve mon père assis devant son café, l'air glauque et le col de travers. Ma mère est déjà prête, impeccablement maquillée dans son tailleur à carreaux gris, les traits tendus.

— Je file tout de suite, j'ai un problème, c'est ton père qui te conduit au collège.

Elle finit sa tasse, la repose, attrape son sac et quitte la cuisine.

— Son gagnant d'hier après-midi a tenté de se suicider, me glisse mon père avec un sourire en coin. Trop de chance, quand on n'est pas préparé, c'est insupportable. Je ne sais pas ce que ta mère lui a donné comme conseil de psychologie, mais, si jamais il claque, on dira que c'est sa faute à elle.

Je regarde sa main trembler autour de la biscotte qui se brise. Comme on travaille au même collège, il m'emmène en voiture tous les matins, sauf le lundi où il n'a pas de cours. C'est le jour où il corrige les copies à la maison. Alors, pour tenir le coup devant la nullité de ses élèves, il boit trois fois plus que d'habitude le dimanche soir.

— T'es en état de conduire, papa ?

— Aucun problème, bonhomme, j'ai pris ce qu'il faut.

Il désigne le tuba et le masque de plongée posés sur la toile cirée, et il rajoute du whisky dans son café. Je bois une gorgée de mon infusion de céréales bio, puis je demande, l'air de rien :

— Dis, papa, tu peux me prêter ton rasoir ?

Il sursaute, et me dévisage avec une surprise qui devient de la bienveillance.

— Je veux bien, mon grand, mais c'est un peu tôt, non ? Je peux te garantir que tu n'as pas encore de moustache.

Je baisse les yeux en rougissant.

— Mais si ça te fait plaisir, vas-y.

J'avale une biscotte en me levant, cours à la salle de bains des parents, puis grimpe jusqu'à ma chambre.

— Mais qu'est-ce que tu fais ? Arrête ! proteste l'ours en se tortillant sous la vibration du rasoir.

— Vous êtes allergique à vos poils : je vous rase !

Il se calme aussitôt, mais un claquement métallique suivi d'une étincelle interrompt le bourdonnement de l'engin. Je le secoue, ouvre la grille pour retirer les bouts de peluche, essaie de le rallumer. Rien. Et le professeur ne bouge plus. Dans un curieux mélange de crainte et de soulagement, je me dis que je l'ai tué une deuxième fois.

12

— Tu es vraiment débile, soupire Léo Pictone en fixant la zone dépoilée sur son ventre. De quoi j'ai l'air, maintenant ?

Je serre les dents, je vais prendre ma douche et je reviens préparer mes affaires.

— Tu ne comptes pas me laisser seul ici toute la journée ?

Sans répondre, je le coince entre le cahier de maths et le classeur de physique. Je le tasse pour refermer le rabat jusqu'au bouton-pression, et je quitte la chambre, mon sac à l'épaule.

Quand j'arrive en bas, mon père est en train de vider le biobag violet des ordures végétales dans le réservoir de sa voiture, une Trashette 200 toute minable qui roule aux fruits et légumes. Il s'installe au volant, actionne le mixeur qui envoie le jus de fermentation dans le carburateur. Avant de démarrer, il enfile ses gants, pour éviter que les capteurs du volant ne détectent l'alcool dans la sueur de ses paumes. Puis il met sur les yeux son masque de plongée plein de buée, et embouche son tuba. Sans quoi les lecteurs de pupille – installés dans le rétroviseur – et les analyseurs de souffle – planqués dans les ouïes de ventilation – déclencheraient le coupe-circuit destiné à empêcher la conduite en état d'ivresse.

La voiture démarre. C'est fatigant, les mesures de sécurité, mais avec un peu d'intelligence on les contourne.

La Trashette se lance sur la chaussée en tremblant sous les ratés, dans un nuage vert qui sent la banane pourrie. Évidemment, c'est moins classe que la Colza 800 de sa femme, le modèle réservé aux fonctionnaires du Hasard. La poubelle à moteur de mon père, plus ou moins puante suivant ce qu'on a mangé dans la semaine, me donne mal au cœur à chaque trajet, mais ma mère n'aime pas que je prenne le métro, à cause des vols. Depuis la crise de natalité, dans notre banlieue de pauvres, les rares bébés en circulation sont rapidement kidnappés et revendus aux quartiers riches ; l'offre est très inférieure à la demande en ce qui concerne les petits garçons, et le marché s'est étendu jusqu'aux préados. Une fois que je serai empucé, je ne craindrai plus grand-chose grâce à ma traçabilité, mais d'ici là je dois limiter les transports en commun. Cela dit, je trouve ma mère optimiste. Qui pourrait avoir envie d'un fils comme moi, avec mon poids et mes notes en classe ?

— Tu as l'air bizarre, ce matin, Thomas.

J'évite le regard de mon père. Il a ôté le masque embué qui le faisait rouler en zigzag sur la chaussée défoncée. Une fois que la voiture est lancée, on ne risque plus rien, sur ce genre de modèle : les capteurs antialcooliques cessent de fonctionner, afin de réduire la consommation d'énergie ordurière. En revanche, sur la Colza 800, le moteur se coupe tout seul si le conducteur boit la moindre goutte d'alcool en conduisant. Résultat : le nombre d'accidents dus aux mesures de protection contre la boisson, d'après mon père, est deux fois supérieur à celui causé autrefois par l'ivresse.

— Tu as un problème, mon grand ?

— Non, non, ça va, papa. Je pensais à ce professeur qui a disparu, hier.

— Léo Pictone ? Bon débarras.

— C'est agréable, commente l'ours dans mon sac.

— C'est vraiment lui qui a inventé les puces du cerveau ?

— Oui. Au départ, l'idée était de permettre aux hôpitaux d'avoir accès tout de suite au dossier médical des malades et des blessés inconscients. Pictone a mis au point un tube en verre de la taille d'un grain de riz, implanté dans le bras, contenant une puce électronique, un émetteur-récepteur et une antenne. Très vite, le gouvernement a compris l'usage qu'on pouvait en faire. Le ministère de l'Énergie a nationalisé la découverte…

— Volé ! rectifie l'ours.

— … et il a donné la licence d'exploitation à Nox-Noctis, avec l'autorisation d'implanter la puce directement dans le cerveau. Le ministère du Hasard en a fait l'organe de gestion des gains et pertes au jeu. Et le ministère de la Sécurité s'en sert comme moyen de surveillance des citoyens suspects.

— Mais c'est un gentil ou un méchant, alors, Léo Pictone ?

— Un naïf au départ, un salaud par voie de conséquence. Chaque fois qu'on croit agir pour le bien de l'humanité, on fait son malheur.

— Et quand on se bourre la gueule en critiquant les autres, on sauve peut-être le monde ? ricane l'ours. Tu es gâté, avec un père pareil, mon pauvre Thomas. Ouvre ton sac, j'étouffe au milieu de ces cahiers !

— Pictone, dans sa jeunesse, était ce qu'on appelle un « transhumaniste ». Il pensait que l'homme et la machine devaient s'interpénétrer pour améliorer l'évolution. Mais les religions se sont opposées à l'Empuçage, alors le gouvernement a supprimé les religions.

On roule au pas sous l'autoroute. Tous les feux sont en panne, ce matin, et l'éclairage dans les tunnels clignote de façon bizarre. Aux informations, le ministre de l'Énergie explique que c'est la faute des dépressifs nerveux qui envoient des mauvaises ondes, mais plus on les arrête et plus il y a de pannes.

Je demande pourquoi les religions étaient contre les puces.

— La « marque de la Bête ». Le signe du diable, si tu préfères. Ce sont les chrétiens qui ont lancé les premiers l'offensive, à cause d'une prophétie dans l'Apocalypse de saint Jean. « La Bête obligera tous les hommes, petits et grands, riches et pauvres, libres et esclaves, à recevoir une marque sur la main droite ou sur le front, afin que nul ne puisse acheter ou vendre s'il ne possède cette marque, qui est le nom de la Bête et le chiffre de son nom. »

— Le chiffre ?

— 666, le chiffre qui figure sur tous les codes-barres : un 6 au début, un au milieu, un à la fin. 666, la somme de tous les chiffres inscrits dans les cases de la roulette. 666, la victoire du Nombre sur l'Esprit.

— Alors, c'est le diable qui a gagné ?

Mon père soupire en arrêtant la voiture devant le collège.

— Oublie tout ça, va. Apprends tes leçons, fais bien tes devoirs et deviens un bon joueur, sinon tu finiras comme moi. À ce soir, bonhomme.

Il me gratte les cheveux, déverrouille ma portière. Je regarde s'éloigner la Trashette dans son nuage de banane-laitue. Puis j'ouvre mon sac, demande à l'ours s'il est d'accord avec ce qu'a dit mon père. Je le secoue, étonné de son silence. Il pousse un long soupir.

— C'est un homme bien, dit-il gravement. Il est foutu.

— Pourquoi vous dites ça ?

— Parce que j'étais comme lui. Sauf qu'au lieu de l'alcool, je me défonçais à la physique quantique.

— Mais c'est vrai, ce qu'il a dit par rapport au diable ?

L'ours détourne les yeux. Les pattes croisées, il se rencogne au fond du sac.

— Ne crains rien, Thomas. Tant que je suis avec toi, tu ne risques rien. Cela dit, pour l'instant… moins tu en sais, mieux c'est.

— Mais il n'existe pas, le Diable, si ?

— De toute façon, je suis ton ange gardien. Même si le diable existe, il ne peut rien contre toi.

— Salut, Thomas, on est vachement en retard !

Je referme d'un coup mon sac, et salue de la main Jennifer qui galope vers le collège. C'est la seule qui soit sympa avec moi, dans ma classe, parce qu'elle est encore plus grosse que moi.

Je me lance derrière elle pour la rattraper, et on court le cent mètres côte à côte en agitant nos bourrelets, sourires au vent, comme si la vie était belle et qu'on se dépêchait pour quelque chose de chouette.

13

Ministère de la Sécurité, 10 h 15

Dans la salle de contrôle 408, le ministre de la Sécurité et son collègue de l'Énergie regardent, sur un écran géant, des centaines de points lumineux en mouvement.

— Fermez la fenêtre.

Le technicien presse une touche sur son clavier. La fenêtre où tournait en 3D le visage de Robert Drimm, surmonté de son numéro d'identification à seize chiffres, se résorbe à l'intérieur d'un des points lumineux.

— Visualisez le collège de son fils Thomas, ordonne le ministre de la Sécurité.

Une autre image apparaît, sur laquelle le technicien enclenche le zoom avant : un bâtiment délabré entre des pylônes et des arbres morts.

— Ce n'est pas le père qui aurait eu le contact, alors, c'est l'enfant ? s'inquiète Boris Vigor.

— À vous de conclure, messieurs, répond Olivier Nox en liaison satellite sur un vidéophone. Si vous n'aviez pas négligé la surveillance du professeur Pictone, vous n'auriez pas besoin de vous poser la question.

— On va être fixés très vite, dit le ministre de la Sécurité.

Il consulte la fiche de renseignements apparue en incrustation, après que le technicien a tapé *Drimm Thomas*, et il poursuit :

— Le lundi à dix heures, l'enfant a cours de physique avec une dénommée Brott Judith.

— Branchez-vous sur la fréquence de cette femme, conseille Olivier Nox.

— En tant que ministre de l'Énergie, soupire Boris Vigor, ça me fatigue, cette perte de temps… C'est quand même incroyable qu'on ne puisse pas empucer les enfants pour les contrôler directement ! On irait plus vite, monsieur Nox.

— Jusqu'à l'âge de treize ans, lui rappelle le fabricant officiel des puces cérébrales, la croissance et le développement du système neuronal ne permettent pas une connexion satisfaisante avec le cerveau.

— Et on ne peut pas l'accélérer, cette croissance ?

— Déjà qu'il n'y a quasiment plus d'enfants, grince le ministre de la Sécurité, je ne trouve pas très opportun de tenter sur eux ce genre d'expériences.

— Et vous n'avez toujours pas retrouvé le corps de Pictone ? lui lance Boris, vexé.

— La tempête continue d'empêcher les recherches sous-marines, réplique son collègue, les yeux rivés sur l'écran.

Un des points lumineux se met à clignoter, au premier étage du collège.

— Fréquence repérée, annonce la voix synthétique de l'ordinateur central. Brott Judith, cinquante-neuf ans, célibataire, enseigne les sciences physiques depuis trente-quatre ans, carrière bloquée dans un collège niveau moins 3 pour dépression nerveuse chronique depuis la mort de son chat.

— Dois-je passer en pilotage manuel ? demande le technicien.

— Non, dit Olivier Nox. On va programmer la vision subjective.

— Je ne suis pas qualifié, déplore le technicien.

— Je sais. Ma demi-sœur arrive pour débloquer la fonction. Envoyez-moi un rapport complet sur l'enfant : son comportement, ses fréquentations, ses propos. Je vous laisse : j'ai du travail.

L'image d'Olivier Nox disparaît de l'écran du vidéophone.

— C'est quand même pénible qu'on ne puisse pas accéder nous-mêmes à toutes les fonctions du système, se plaint le ministre de l'Énergie.

Le ministre de la Sécurité lui répond que, d'un autre côté, ça évite un surcroît de travail dans la gestion des renseignements obtenus. Si on se mettait à visionner tout ce que voient les gens, on n'aurait plus une minute à soi.

Boris Vigor se lève pour faire quelques assouplissements. Son hôte lui demande s'il est content de son entraînement d'hier soir. Le visage du champion s'éclaire, le temps de donner ses chronos et ses scores, puis il redevient sombre. Ce n'est pas tellement l'histoire du professeur Pictone qui l'affecte ; c'est un problème qui regarde le ministère de la Sécurité, pas le sien. Mais chaque fois qu'on parle d'enfants, ses blessures se rouvrent et il n'a plus goût à rien. Heureusement, il lui reste ses responsabilités. L'illusion d'être utile à quelque chose. Depuis que sa fille unique est morte, il continue de gagner des matchs et de servir son pays, mais le cœur n'y est plus et sa vie n'a plus de sens.

Comment je sais tout ça ? On dirait que j'entre malgré moi dans les sentiments des gens, comme si j'étais eux de l'intérieur, quelques secondes. Et puis je repars, zappé de l'un à l'autre.

La porte de la salle coulisse, et Lily Noctis fait son entrée, dans une minijupe noire en cuir moulant. La salive s'assèche immédiatement dans la bouche des trois hommes, qui lui disent bonjour d'un air soigneusement dégagé. La jeune femme, sans répondre, marche jusqu'au pupitre de commande. Elle se pose d'une fesse sur le siège que lui a libéré le technicien, et elle commence à pianoter à une vitesse effrayante sur le clavier translucide.

Le visage maigrichon de Judith Brott apparaît en 3D à gauche de l'écran. La directrice générale de Nox-Noctis confirme la cible, déverrouille par un code secret la télécommande optique, et sélectionne, parmi les fonctions disponibles, le programme de vision subjective. Aussitôt la puce cérébrale de la prof de physique intercepte les informations transmises par sa rétine, et la salle de cours apparaît sur l'écran central.

L'image est de qualité moyenne : le visage des élèves est un peu déformé par les lunettes de l'enseignante, et les verres ne sont pas très propres. Lily Noctis opère les corrections nécessaires, monte le volume et se rejette en arrière, avec un sourire froid sur ses lèvres rouge sang.

— Alors, demande la voix sèche de la prof, qui parmi vous connaît les travaux de Léo Pictone ?

Les deux ministres se rapprochent de l'écran. Le regard de Judith Brott balaie sa classe de physique. Sa puce cérébrale, qui agit comme une caméra interne, restitue son champ de vision dans un long travelling. Les élèves restent immobiles, silencieux.

— Lequel d'entre eux est Thomas Drimm ? se renseigne le ministre de la Sécurité.

J'attends la réponse avec anxiété. J'ai hâte de savoir à quoi je ressemble. Au quatrième rang, coudes sur la table et front dans les mains, un gros ado en sweat trop petit est endormi dans une attitude de réflexion. J'espère que ce n'est pas moi.

— Alors, s'impatiente Boris Vigor, c'est lequel, Thomas Drimm ?

— Attendez que la prof s'adresse à lui, réplique Lily Noctis en se relevant. La technique peut répondre à tous vos désirs, messieurs, mais gardez-vous quand même un peu de suspense, non ? Sinon la vie serait triste. Bonne journée.

Boris Vigor et son collègue de la Sécurité suivent des yeux la belle silhouette noire, en regrettant que leur puce cérébrale ne possède pas une fonction de déshabillage virtuel.

Dans un chuintement métallique, la porte coulissante se referme derrière Lily Noctis. Et les deux ministres reviennent, à contrecœur, vers l'écran où tressaute une classe interrogée en voix off par une vieille fille myope.

— Tu te doutes de ce qui va t'arriver, n'est-ce pas, Thomas ? me sourit Lily Noctis dans l'ascenseur, en fixant le miroir.

Je serais bien resté dans la salle de contrôle avec les ministres, pour observer sur l'écran la suite des événements, mais Lily Noctis m'a emporté avec elle comme si j'étais son ombre. Elle ajoute en concentrant son regard vert dans un angle du miroir :

— Dommage pour toi que tu ne te souviennes jamais des voyages que tu fais quand tu rêves.

Elle appuie trois fois sur le bouton 6, et l'ascenseur disparaît.

14

— Drimm, répétez ce que je viens de dire !

Je me réveille d'un bond. C'est galère, ces absences que j'ai tout le temps, cette manie de m'endormir sans m'en rendre compte. Ma mère dit que c'est à cause de ma préobésité. La graisse, d'après elle, ça fait somnifère.

— En hommage à ma disparition, me souffle l'ours en peluche dans mon sac, elle a dit qu'elle allait parler de ma découverte principale : l'antimatière.

Je me lève en récitant d'une traite :

— En hommage à la disparition du professeur Pictone, on va parler de sa découverte principale, l'antimatière.

Mlle Brott hoche la tête, lèvres pincées, et reprend son cours de physique.

— C'est faux, enchaîne l'ours. Je n'ai pas découvert l'antimatière : j'ai trouvé le moyen de la fabriquer et de la stocker sous vide, en la faisant tourner dans un anneau entouré d'aimants, c'est tout. Explique-lui.

— Restez tranquille, dis-je en donnant un coup de pied dans mon sac.

— Ce que j'ai découvert, c'est le pictonium : l'antimatière indifférenciée qui prend spontanément, par mutation photonique, les caractéristiques inverses de la particule qu'elle rencontre.

— Mais taisez-vous : on n'est pas tout seuls !

Mlle Brott se tourne vers moi, l'air crispée.

— Thomas Drimm, au lieu de vous agiter, articule-t-elle dans un sourire sadique, expliquez-nous plutôt ce qu'est l'antimatière.

Je lui rends son sourire, en affrontant son regard de vieille petite fille momifiée. Déjà qu'elle m'a dans le nez, ça va être ma fête.

— C'est le contraire de la matière, mademoiselle.

— C'est-à-dire ?

— Ça n'existe pas.

Un soupir agacé filtre entre ses lèvres pâles.

— Indépendamment de l'actualité du professeur Pictone, je vous rappelle que l'antimatière est une matière au programme. Vous devriez connaître sa définition.

— $E = 1{,}5 \times 10^{-10}$ joule, souffle mon ours en peluche. Soit 0,94 gigaélectronvolt : c'est l'énergie nécessaire pour produire une antiparticule dans un milieu composé de matière.

Je répète la formule, consciencieusement.

— Ne dites pas n'importe quoi ! jette Mlle Brott avec un coup de règle sur son bureau. Quand on ne sait pas, on se tait.

— Quelle mauvaise foi ! s'indigne l'ours. Bon, explique-lui de façon plus simple. Soit E l'énergie au repos de la particule, m sa masse et c la vitesse de la lumière dans le vide. À partir de la formule d'Einstein $E = mc^2$, je pose $m = 1{,}6 \times 10^{-27}$…

— Attendez, vous allez trop vite !

Mlle Brott, en train d'écrire au tableau la lettre H, se retourne vers moi dans un mouvement d'impatience :

— Non, je ne vais pas trop vite ! La faute est à celui qui ne suit pas, Thomas Drimm ! Pour vous faire comprendre, je prends l'exemple de l'hydrogène. Qui peut me dire ce qu'est l'antihydrogène ?

— Un positron, souffle la voix dans mon sac, c'est-à-dire un électron chargé positivement qui tourne autour d'un antiproton. Dis-le à cette gourdasse, qu'elle apprenne au moins quelque chose.

Je balance un nouveau coup de pied pour qu'il se taise. Le sac tombe dans l'allée et s'ouvre, libérant une patte en peluche comprimée entre les cahiers. Un rire éclate, un deuxième. Je redresse aussitôt le sac, je renfonce la patte de l'ours et je referme le bouton-pression. Mais la classe entière s'esclaffe en me montrant du doigt, sauf Jennifer qui me regarde d'un air navré. On est les deux seuls à venir d'ailleurs, à avoir connu des écoles meilleures dans des quartiers plus riches, avant que nos familles dégringolent dans l'échelle sociale. On est les deux seuls à pouvoir comparer. Les autres, ils sont nés ici, et ils ne quitteront jamais ce collège. De redoublement en redoublement, ils rateront toujours leur examen de sortie, comme ça ils n'encombreront pas la société, et ils finiront profs dans les mêmes salles de classe, pour torturer à leur tour des élèves qui suivront le même destin. Enfin, c'est ce que me raconte mon père. Mais, dans les moments où je deviens la risée de ces tocards, je ne suis plus tout à fait sûr qu'il exagère.

— Je constate que, pour monsieur Thomas Drimm, les animaux en peluche sont un champ d'investigation plus intéressant que l'antimatière, pérore la vieille taupe en prenant la classe à témoin. Trois heures de colle.

Je serre les genoux contre mon sac, avec des envies de meurtre.

— Rouvre-moi, j'étouffe !

— Ta gueule, dis-je entre mes dents, en accentuant la pression de mes mollets.

— Donc, poursuit Mlle Brott, la grande invention de Léo Pictone, c'est le Bouclier d'antimatière qui protège le territoire national de toute attaque aérienne. Imaginons que l'ennemi nous lance une bombe à hydrogène : lorsque les molécules de cet hydrogène rencontrent l'antihydrogène satellisé dans le Bouclier, la collision se produit entre la matière et son contraire, le missile se désintègre et nous sommes sauvés.

— N'importe quoi, soupire l'ours à travers la toile du sac. Vous seriez tous morts. Un gramme d'antimatière qui entre en collision avec un gramme de matière correspondante, Thomas, c'est une explosion mille fois plus forte que la fission nucléaire. C'est *l'autre* effet théorique de leur rencontre que j'ai développé. Lorsqu'un antiproton et un proton se rapprochent, ou ils s'annulent et ça explose, ou ils dévient leur trajectoire. Et cette trajectoire, j'ai réussi à l'inverser, grâce au pictonium.

— Y a-t-il des questions ? s'informe Mlle Brott.

— Non, mais il y a des réponses. Puisqu'elle veut me rendre hommage, dis-lui que le principe de mon Bouclier était de renvoyer le missile d'où il vient, point final. Mais tout ça n'est que de la propagande. Il n'y a jamais eu de guerre, et nous n'avons jamais détruit le reste du monde en détournant des missiles, puisqu'on ne nous en a jamais envoyé.

Face à une telle énormité, je m'insurge, entre mes dents :

— Vous êtes gâteux, d'accord, mais calmez-vous ! Heureusement qu'on n'est pas en cours d'histoire...

— Mon Bouclier sert à autre chose, Thomas, c'est ce que j'essaie de te dire depuis hier.

— Mais fermez-la ! J'en ai marre de me faire remarquer !

— L'ennemi contre lequel le Bouclier est censé nous protéger, gamin, ce n'est pas le monde extérieur, c'est le monde *invisible*. Ce que le Bouclier dévie, ce ne sont pas des missiles, mais des *ondes* !

— Thomas Drimm, debout ! lance Mlle Brott. Au lieu de parler tout seul, répétez ce que je viens de dire !

— Une ânerie, répond l'ours. Balance-lui la vraie formule : $Ph = Pn \times 10^{45}$ bax !

Je balance. La prof blêmit.

— Non seulement vous n'écoutez pas, mais vous inventez des formules et des unités de mesure ! Dehors ! Filez chez le CPE ! Ça vous apprendra à dire n'importe quoi.

Je ramasse mes affaires et fonce hors de la salle.

— Vous êtes content de vous ? dis-je en donnant un coup de sac dans le mur.

— C'est honteux de confier des élèves à des nullités pareilles !

— Ça s'appelle la carte scolaire : on donne les plus nuls aux moins bons ! À cause de vous, je vais me ramasser encore un zéro, et je serai viré dans un collège encore pire ! Voilà !

— Ne t'inquiète pas : je suis là.

— Plus pour longtemps !

En passant sous le préau, je vois le conseiller principal d'éducation attaché sur sa chaise par trois autres élèves renvoyés de leur classe, qui le bâillonnent et commencent à le peindre en vert. J'accélère jusqu'à la grille du collège, que le concierge ne ferme plus pour éviter qu'on la défonce, et je traverse en direction de la station de métro.

— Thomas ? Où vas-tu ?

— Chez vous.

— Tu ne vas pas recommencer, non ? s'énerve l'ours. Vu ce que je viens d'entendre, l'état des mentalités et le niveau intellectuel de mes contemporains sont encore pires que je ne l'imaginais. Il est temps que nous rétablissions la vérité, toi et moi !

— On n'a rien à faire ensemble ! Vous n'êtes plus de mon âge !

— Qu'est-ce que ça veut dire ?

— Vous avez vu la tête des copains, quand vous êtes sorti de mon sac ? De quoi j'ai l'air, maintenant ? D'un débile accro à son doudou.

— Tu n'avais qu'à me laisser dans ta chambre, et travailler avec moi à ton retour…

— Je ne travaillerai jamais avec vous, c'est clair ? Vous n'existez pas, je ne comprends rien à ce que vous dites, et je me suis ramassé trois heures de colle à cause de vous. Alors maintenant, ça suffit !

Et, tandis que je descends l'escalier du métro, j'enfonce mes oreillettes pour noyer la voix du vieux dans une musique de jeunes.

15

Arrivé à la station Président-Narkos-III, je retire mes oreillettes, la tête plombée par les chanteuses à la mode que je me force à aimer pour avoir l'air de mon âge. Surpris, j'entends pleurer au fond de mon sac. J'ouvre le rabat, consterné d'avance.

— Garde-moi avec toi, Thomas, je t'en supplie, chevrote le vieux dans sa peluche, en tournant vers moi son regard en plastique.

Je serre les dents pour ne pas me laisser émouvoir. Je n'ai plus les moyens de m'attendrir, moi. Il ajoute :

— Tu es le seul à pouvoir sauver l'humanité.

— Pas la peine de me flatter. J'en ai rien à secouer, de l'humanité.

— Tu as tort. Il y a un problème terrible avec mes puces, Thomas. J'en ai la confirmation depuis que je suis mort.

— Mais jamais vous reposez en paix, un peu, non ?

Il secoue la tête au ras du sac, dans le couloir du métro.

— Écoute-moi bien : les cellules du cerveau entrent en connexion avec la puce, on le savait ; elles échangent constamment des informations par ondes électromagnétiques. Tu me suis ? Leurs mémoires s'interpénètrent… Mais il y a pire.

— Quoi, encore ?

— L'âme, Thomas. L'esprit, ce qui reste de nous lorsqu'on est mort. Quand on recycle la puce dans les convertisseurs d'énergie, on bloque l'âme. Au lieu de se disperser pour rejoindre le monde spirituel, et continuer la loi de l'évolution en se réincarnant, l'âme reste en *activité énergétique* sur Terre, pour fabriquer du courant, du carburant, de l'antimatière…

— Eh bien tant mieux : elle sert à quelque chose.

— Tu ne comprends pas ! Il n'y a pas que l'énergie qui est recyclée. Tout ce qui a composé un être humain, son projet, ses émotions, sa mémoire, demeure prisonnier de la matière, parce que le fonctionnement électromagnétique du cerveau continue ! C'est comme s'il n'y avait plus de morts sur Terre : uniquement des comateux en survie artificielle.

— Vous expliquerez ça à votre veuve.

— Mais elle s'en fout ! Elle ne me croit pas.

— Moi non plus, je vous crois pas. Vous inventez n'importe quoi pour rester dans mon ours. Eh ben vous avez gagné : gardez-le, je vous le donne.

— Mais tu es bouché, ou quoi ? Je ne vais pas passer mon éternité dans cette peluche toxique ! Le principe même de la vie, c'est l'échange ! L'échange entre les espèces, entre le visible et l'invisible, entre les morts et les vivants ! Or il n'y a plus d'échange, plus de communication possible. Je suis probablement le seul fantôme sur Terre, aujourd'hui, Thomas, la seule âme capable de s'exprimer ! Grâce à toi ! Si on avait récupéré ma puce, je n'aurais jamais pu entrer en contact avec toi, je n'aurais jamais pu évoluer…

— Eh ben montez au ciel, allez évoluer, et fichez-moi la paix !

— Je ne peux pas ! Même si la puce échappe au convertisseur d'énergie, le Bouclier d'antimatière marche dans les deux sens, Thomas ! Il empêche les âmes de quitter l'attraction terrestre, comme il empêche les désincarnés de l'au-delà de nous aider en se réincarnant.

Je pousse un soupir accablé en remontant à la surface. Je me retrouve sur une longue avenue propre, où les grands arbres entourent des maisons de rêve. J'essaie de me repérer, tandis qu'il continue d'agiter ses pattes, véhément.

— S'il n'y a plus de réincarnation, il n'y a plus de naissances, il n'y a plus d'évolution, il n'y a plus de projet ! Et c'est une catastrophe des deux côtés : si l'au-delà n'est plus nourri par le retour des âmes, il perd son énergie et sa raison d'être ! Tu comprends ?

— Très bien : allez le nourrir ! dis-je en le renfonçant dans le sac pour éviter que les passants le voient s'agiter.

— Tu le fais exprès ? Je te répète pour la énième fois que je ne peux pas quitter votre monde, à cause du Bouclier d'antimatière ! C'est ça, le drame de mon invention ! Dès qu'un photon approche, le pictonium crée aussitôt un antiphoton qui le repousse ! Or ce sont les photons qui véhiculent notre conscience après la mort ! Si tu ne m'aides pas à détruire le Bouclier pour libérer les âmes prisonnières de leurs puces, Thomas, l'espèce humaine va disparaître !

— Je vois pas en quoi ça me concerne.

— Tu es un être humain, non ?

— Je suis un ado. Débrouillez-vous avec les adultes. Allez, salut.

Je suis arrivé devant le 114, avenue du Président-Narkos-III. Une belle maison en verre et bois blond.

— C'est cool, chez vous. À côté de chez moi, y a pas photo : vous serez cent fois mieux.

— Ne m'abandonne pas, Thomas, tu es le seul à pouvoir faire éclater la vérité ! Révéler au monde tout ce que je découvre ! Il faut absolument que tu sois mon porte-parole !

— Personne m'écouterait, de toute façon.

— Et ma femme, tu crois qu'elle va t'écouter ? Tu penses vraiment qu'elle va me reconnaître ?

J'hésite à sonner. Dans la porte d'entrée est découpée une grande fente en argent pour recevoir le courrier.

— Déjà de mon vivant, elle ne me prenait pas au sérieux !

— C'est votre problème. Bonne chance.

J'aplatis sa tête et la glisse dans la fente. Ça coince. Je force.

— Arrête ! hurle-t-il en se débattant. Au voleur !

— Mais ta gueule ! Je te vole pas : je te rends !

Des passants me regardent, surpris, m'échiner à faire entrer mon jouet dans la boîte à lettres. Je leur souris, naturel, comme si je faisais ça tous les jours. J'ai réussi à introduire une oreille et la moitié du crâne, lorsque la porte s'ouvre d'un coup. L'ours me reste dans les mains.

— Qu'est-ce qui se passe ?

Une grande vieille à cheveux bleus me dévisage, crispée sur une canne, l'air mauvais, robe gris foncé et pantoufles à carreaux. Je me compose un visage rassurant de premier de la classe.

— Bonjour, madame, enchanté, vous êtes madame Pictone ?

Elle acquiesce, d'un mouvement méfiant.

— Pardon de vous déranger, mais je vous ramène votre mari.

— Léonard ? s'exclame-t-elle aussitôt en lâchant sa canne. Où est-il ?

Elle cherche autour d'elle, partagée entre l'espoir et l'angoisse.

— Le voici.

Elle revient vers moi, baisse les yeux. Je lui tends la peluche. Elle ouvre la bouche, le menton tremblant, déforme ses lèvres dans un rictus de haine.

— Et tu as le front de faire une plaisanterie pareille ? Sale petit morveux !

— C'est pas une plaisanterie, madame, je vous jure ! Dites-lui, professeur.

Je monte l'ours devant le visage de sa veuve. Silence. Je le secoue, pour l'inciter à confirmer son identité.

— Mais dites-lui qui vous êtes, allez ! Y a pas de raison qu'elle vous entende pas : c'est quand même votre femme !

Les lèvres en peluche restent closes, et le regard de plastique parfaitement neutre.

— Décampe ou j'appelle la police, voyou !

— Mais gardez-le, au moins ! dis-je en lui tendant l'ours, et j'ajoute, pitoyable : C'est un cadeau.

Blong ! Elle nous a claqué la porte au nez.

— Je t'avais dit qu'elle ne te croirait pas, triomphe l'autre. En plus, tu as vu sa tronche. J'ai passé toute ma vie à tenter d'échapper à ce dragon, je ne vais pas retomber sous sa coupe à titre posthume ! C'est toi que j'ai choisi, gamin, en connaissance de cause. Et tu ne pourras pas te débarrasser de moi.

Une colère énorme se déclenche alors dans ma poitrine. Je tourne le dos à la maison et traverse l'avenue.

— À la bonne heure, se réjouit l'ours, la tête en bas. On rentre chez toi, et on se remet au travail.

— *Je* rentre chez moi ; toi, tu t'arrêtes ici.

Les doigts crispés dans la mousse de sa patte arrière, je fonce droit sur les poubelles.

— Thomas… Tu n'es pas sérieux ?

— Repose en paix.

Je soulève le couvercle d'un container, je le balance à l'intérieur, et je continue mon chemin.

16

— Thomas, ne m'abandonne pas ! hurle de moins en moins fort la voix du professeur Pictone, étouffée par le coffrage en plastique. Salaud !

Je sais. Mais je n'ai pas le choix, et c'est un service à lui rendre. Les molécules chimiques de la peluche l'ont rendu complètement taré ; quand elle sera broyée dans la benne à ordures, son esprit sera libéré de la matière qui le contamine. Et voilà. Parce que toute son histoire de puces qui empêchent les morts d'être des fantômes normaux, ce n'est qu'une projection de sa propre situation. En tant que fils de psy, on ne me la fait pas.

Finalement c'est comme moi, avec mon problème de poids. Je me sens un fardeau pour ma mère, vu qu'elle aurait le droit de divorcer si je n'existais pas ; elle me l'a assez répété. Alors, inconsciemment, je grossis pour lui renvoyer l'image qu'elle a de moi. Culpabilité pondérale, ça s'appelle. Et Léo Pictone, c'est pareil, dans un autre genre : il se sent de plus en plus incorporé dans l'ours dont il a squatté les molécules, alors il se raconte que tous les morts du monde sont eux aussi prisonniers de la matière ; comme ça il se sent moins seul. Et, en voulant les délivrer, il se fait croire qu'il est encore utile. Je pense que j'ai choisi la meilleure solution, allez, pour le repos de son âme. Sinon il aurait continué à me pourrir la vie au lieu de faire son deuil.

Je redescends dans le métro, la conscience tranquille mais le cœur gros. Je ne m'attendais pas à ça, je ne pensais pas que j'aurais de la peine. C'est fou comme on s'habitue vite aux choses. Mon sac n'a plus l'air de rien, sans le professeur Pictone. J'imagine ma chambre, mon placard, le fil de séchage dans ma douche… D'un coup son absence me pèse. Je ne pense pas que je le regrette personnellement, c'était vraiment un boulet, mais je sais ce qui me manque. J'avais un secret, quelque chose rien qu'à moi qui me rendait différent des autres et important à mes yeux. Maintenant mon secret va finir incinéré à la décharge publique, et je ne serai plus qu'un ado ordinaire, avec ses problèmes de famille, ses galères à l'école et ses kilos en trop. Je me sens tout creux. Orphelin. Comme si j'avais perdu une partie de moi-même.

Arrivé à la station du collège, j'hésite à repartir dans l'autre sens, et puis je remonte à la surface. Ce qui est fait est fait. Ma réalité n'est peut-être pas très marrante, mais il faut qu'elle redevienne réelle, sinon je me sentirai encore moins intégré qu'avant. Une peluche est une peluche, un mort est un mort, les ours ne parlent pas, et la vie continue. Dans trois mois, je me ferai empucer comme tout le monde, je gagnerai au jeu pour prouver que je suis intelligent et digne de vivre. Et je stockerai plein d'énergie dans ma puce en influençant mentalement les machines à sous, comme ça j'alimenterai mon pays en énergie après mon décès, pour mériter d'avoir vécu. Voilà. C'est la morale qu'on m'apprend depuis que je suis né. Je n'ai pas d'autre repère, je n'ai pas d'autre choix possible, à part me révolter comme mon père en devenant une épave.

Autant faire le mort, si je veux m'intégrer dans le monde des vivants.

Cours de maths, cours de chance, cours de chômage… L'après-midi est passé mollement, entre les racines qui me mettent la tête au carré, les travaux pratiques de pensée positive où je m'endors devant la machine à sous que je suis censé influencer, et les leçons de civisme qui nous préparent à l'avenir, en nous apprenant à ne rien faire sans déranger personne.

Je pense au professeur Pictone dans sa poubelle. Machinalement, j'attends qu'il se manifeste d'une manière différente, une fois que l'ours en peluche sera détruit. Je regarde mon stylo, mon taille-crayon, mon cahier, mes chaussures, en espérant vaguement qu'ils vont se mettre à parler. Je guette des manifestations bizarres sur mon clavier d'ordinateur, sur l'écran du générateur aléatoire qui me sort des nombres au hasard… Rien. En me débarrassant du fantôme de ce vieux râleur, j'espérais un peu de soulagement. Je n'ai que de la tristesse. Une tristesse amère et creuse que je n'ai jamais éprouvée. Peut-être la sienne.

À la fin du dernier cours, je me dis qu'on a déjà dû écrabouiller la peluche dans une décharge : Léo Pictone était si bien connecté à ses molécules qu'il n'a pas pu se déconnecter. Il ne reste plus rien de son âme. Et c'est ça, le vide que je ressens en moi.

Ni mon père ni ma mère ne m'attendent devant le collège. C'est bizarre, mais je préfère. Autant rester encore un peu seul avec le souvenir du vieux que j'ai tué deux fois. Je me dis que ça va être dur de garder cette histoire pour moi. Mais personne ne me croira, sauf mon père, et s'il en parle on prendra son délire pour un effet de l'alcool – mieux vaut le laisser tranquille.

La nuit est tombée quand je ressors du métro. Deux voitures noires clignotent devant la maison. Des Palmobiles ultra-rapides, réservées aux forces de l'ordre, les seules qui ont le droit de rouler à l'huile de palme.

Je m'approche lentement de la fenêtre, un pincement au ventre. Je vois mon père gesticuler dans le salon, et trois policiers prendre des notes. L'un d'eux se tourne dans ma direction. Je continue mon chemin sur le trottoir, comme si j'habitais ailleurs.

Le crâne en feu, je traverse, marche vers le vieil immeuble moderne pas terminé qui tombe déjà en ruine. Je me cache derrière un pilier, où un cadre de vélo sans roues est retenu par une chaîne à cadenas. Entre les fils des interphones arrachés, je fixe notre maison dans la lueur des gyrophares.

Si la police débarque chez nous, c'est sûrement à cause du professeur Pictone. Je suis découvert. On m'a vu le tuer avec mon cerf-volant, et me débarrasser de son corps. Ou alors c'est le Service des personnes disparues qui a enregistré notre numéro, hier soir, avant que je raccroche, et les policiers soupçonnent mon père. Dans tous les cas, il ne faut pas que je me montre, sinon il est cuit. Je ne sais pas assez bien mentir, il me défendra et, en tant que parent responsable de mes actes pour cause d'alcool héréditaire, on l'arrêtera.

— Tu cherches quelqu'un ?

Je sursaute, me retourne d'une pièce. Elle est devant moi, sortie du hall. La femme d'en face. La femme de ma lucarne. La femme de mes rêves. Habillée d'un jogging baggy, ses cheveux blonds cachés sous une casquette à l'envers, une roue de vélo à la main. Elle se désintéresse aussitôt de moi en regardant le pilier où le cadre en titane, marqué BRENDA LOGAN, gît sur le flanc au milieu de sa chaîne cadenassée. Ses doigts se crispent sur sa chambre à air.

— Les salauds, ils m'ont piqué l'autre roue ! Tu les as vus ?

Je fais non de la tête. Je lui demanderais bien pourquoi, tant qu'à monter une roue dans son appartement, elle n'a pas monté aussi la deuxième, ou même carrément le vélo entier, mais les mots ont reculé tout au fond de ma gorge, inaccessibles, tellement je la trouve belle. En plus, vue de près, elle a des cernes, quelques rides au coin des yeux et deux petits plis de chaque côté de la bouche. Elle est normale, quoi. Vivante. Pas comme les filles nues des magazines qui n'existent que sur photos, tellement elles sont retouchées, tirées, gonflées, avec leurs faux seins et leurs sourires en silicone. Brenda Logan ne sourit pas, elle. On sent qu'elle en a pris plein la gueule dans la vie, ça l'a marquée et c'est beau.

— Je te connais ? demande-t-elle en me fixant, soupçonneuse.

Je me sens rougir jusqu'aux orteils. Moi je la connais par cœur, à force de la mater par ma lucarne et de rêver d'elle. C'est horrible de la rencontrer dans un moment pareil, sans m'être préparé. Je n'ai même pas mon sweat noir, celui qui dissimule mes bourrelets. En plus, elle doit me soupçonner d'être complice du vol de sa roue : partis comme ça, on n'a aucun avenir.

— Qu'est-ce qu'ils font là, ces connards ? grogne-t-elle en regardant les voitures de police sur le trottoir d'en face.

Soudain notre porte s'ouvre, et les trois flics sortent en entraînant mon père, menottes aux poings. Je me rétrécis de toutes mes forces derrière le pilier.

— Mais foutez-moi la paix, crie-t-il, je vous dis que c'est une erreur ! J'attends mon fils d'une minute à l'autre : s'il ne trouve personne en rentrant du collège, qu'est-ce qu'il fera ?

Je me précipite pour empêcher qu'on l'arrête. La main de Brenda me stoppe, crispée sur mon épaule. Je me retourne vers elle. Elle fait non de la tête. Je la regarde, pris dans le plus grand dilemme de ma vie : abandonner mon père ou me faire arrêter à sa place.

17

Le plus costaud des flics fourre mon père à l'arrière de sa voiture. Le deuxième se met au volant en faisant signe au troisième, qui retourne chez nous et referme la porte dans son dos. La voiture démarre en trombe. À travers les rideaux mal tirés, je vois le policier s'installer au salon, sur le canapé-lit – sans doute pour attendre mon retour.

Je ferme les yeux et j'appuie le front contre le pilier.

— C'est toi, son fils ? demande Brenda Logan d'une voix plus douce.

Je ne réponds pas, les doigts crispés sur la courroie de mon sac, les lèvres serrées, concentré sur ma respiration pour retenir mes larmes.

— Viens.

Elle prend ma main et je me laisse faire. On entre dans son immeuble, on contourne son ascenseur cassé, on monte son escalier. Je la suis, comme un robot. Elle *m'invite chez elle.* Il est en train de m'arriver la plus belle chose du monde, en même temps que je vis la pire des catastrophes.

— Je m'appelle Brenda Logan, dit-elle en ouvrant sa porte.

— Je sais.

Elle se retourne en haussant un sourcil. Je précise que je l'ai vu marqué sur ce qui reste de son vélo, et que moi c'est Thomas Drimm, comme mon nom l'indique sur mon sac.

— Tu veux boire quelque chose ?

— Non, ça va, merci.

On entre dans un désordre pas possible, avec des fringues, des haltères, des boîtes de peinture, des tableaux pas finis, un mois de vaisselle sale, un tatami de judo et, dans la chambre au lit défait, le punching-ball rouge que je vois de ma lucarne. Il y a aussi, pendu à une porte, un kangourou en éponge encore plus râpé que mon ours. Le genre de fourre-tout à fermeture éclair pour glisser son pyjama quand on est petit. Ce souvenir d'enfance me donne un coup d'intimité, mais l'émotion est aussitôt chassée par l'angoisse que le professeur Pictone vienne se réincarner dans le doudou de Brenda.

— Qu'est-ce qu'il a fait, ton père ?

— Rien. C'est une erreur.

— C'est toujours une erreur, dit-elle sur un ton d'expérience, en posant sa roue de vélo. Assieds-toi.

Je cherche une place libre. Elle retire d'un pouf une toile qui représente un rond entouré de ronds. Je ne savais pas qu'elle était peintre. Je lui dis que c'est très beau.

— C'est le cancer du foie. J'étais médecin.

Ça, je suis au courant. J'étais à ma lucarne le jour où des types en uniforme sont venus lui dévisser sa plaque, sur la façade de l'immeuble. Dans le quartier, on dit qu'elle n'a plus le droit de soigner les gens, parce qu'elle refusait de dénoncer à la Sécurité sociale ses patients dépressifs nerveux. Infraction à la loi contre le Secret médical. C'est sans doute pour ça qu'elle n'aime pas la police.

— Si ton père n'a rien à se reprocher, c'est peut-être toi qui as fait une bêtise, non ?

Il y a tellement de gentillesse dans sa voix, tout à coup, presque même de l'espoir, que je sens les larmes revenir à l'assaut de mes yeux.

— Je ne sais pas, madame.

— Appelle-moi Brenda. Tu ne sais pas si tu as fait une bêtise, ou tu ne sais pas si c'est à cause de ça qu'ils ont arrêté ton père ?

Je détourne le regard. De tout mon cœur je voudrais lui dire la vérité, le cerf-volant, la mort du vieux et l'ours en peluche, mais je ne veux pas qu'elle ait d'ennuis à cause de moi. Je réponds simplement que mon père est prof de lettres, alors il boit. Le raccourci n'a pas l'air de la surprendre. Elle pose une main sur mes cheveux. Pas dans le genre apitoyé ; dans le genre solidaire. Elle s'identifie.

— Ça fait longtemps que tu habites en face ?

— Un an et demi.

— Je ne t'ai jamais vu.

J'écarte les bras, désolé, comme si c'était ma faute. Ça me fait un peu de peine qu'elle ait oublié le soir où on a sorti en même temps nos poubelles d'alcool qui faisaient gling-gling, avec le regard qu'on a échangé, le sourire qui disait qu'on se comprenait sans rien dire, mais bon. Je me suis fait des films, une fois de plus. Elle ajoute :

— Remarque, je ne vois jamais personne.

Elle se baisse pour ramasser un soutien-gorge qui traîne et le cache sous un coussin, tandis que je fais semblant de regarder ailleurs. C'est dommage que je sois trop jeune pour lui faire la cour. C'est surtout dommage de me dire que le jour où j'aurai l'âge, elle ne m'aura pas attendu.

— Qu'est-ce que tu vas faire, Thomas ?

Je me secoue, remets de l'ordre dans mes pensées. Je dis que je ne sais pas.

— Tu as une mère ?

Je réponds oui, et elle prend ça pour une bonne nouvelle.

— Elle rentre à quelle heure ?

— Ça dépend.

— Tu veux attendre ici ? Comme ça tu ne seras pas seul avec le flic.

— Merci, Brenda.

Son prénom est un régal dans ma bouche. Pourvu que ma mère rentre le plus tard possible. Avec le parfum de Brenda Logan dans le nez et son image devant les yeux, j'arrive presque à oublier tout le reste. Par galanterie, je lui désigne quand même la roue posée dans l'entrée.

— Mais vous alliez sortir, non ?

— Je partais à vélo parce que j'étais en retard. Là, maintenant, il n'y a plus d'urgence. De toute façon, j'aurais raté le casting.

— Le casting ?

— Je suis top model, depuis qu'on m'a radiée de l'Ordre des médecins. Enfin, j'essaie. Je débute à l'âge où les filles prennent leur retraite. À vingt-huit ans, dans ce métier, tu n'existes plus, mais je m'accroche.

Elle va se servir un whisky. Je pense à mon père, dans sa voiture de police. J'espère qu'ils ne vont pas le garder longtemps. La dernière fois qu'on l'a arrêté, c'était pour avoir traversé un passage piéton en état d'ivresse. La conductrice qui l'avait percuté avait porté plainte pour sa carrosserie endommagée, et lorsqu'il était revenu à la maison, le lendemain matin, il tremblait comme un marteau-piqueur à cause du manque d'alcool.

— Tout ce que j'ai décroché, jusqu'à présent, poursuit Brenda en jetant un coup d'œil dans la rue, c'est un contrat pour les pieds qui puent. Tu as dû me voir, à la télévision. La jambe gauche.

— Ah oui ! dis-je pour lui faire plaisir.

— Tu m'as reconnue ?

— Bien sûr.

Elle vide son verre, le sourire en coin.

— Ne mens pas : ils m'ont coupée au-dessus du genou. Je me déchausse, je fais pschtt-pschtt avec Sensor, le déodorant qui capture les odeurs au lieu de les masquer, et un Toug me fait le baise-pied.

— Un Toug ?

— Un mec en costume-cravate, genre bureau, normal, sérieux. Dans la vie, tu as trois types d'hommes : les Tougs, les Trocs et les Trèms.

Je hoche la tête, pour avoir l'air au courant, en tant qu'homme. Elle précise :

— Les Tout-Gris, les Trop-Cons et les Très-Mariés. C'est pour ça que je vis seule.

Je détourne les yeux pour cacher ma joie. Je ne sais pas pourquoi, mais cette fille dégage une espèce d'énergie qui rend tout possible, moins lourd et pas si grave.

— Aujourd'hui, reprend-elle, c'était un casting pour les cheveux sales, qui deviennent magnifiques en trois secondes grâce au shampoing sec Hydrex. Comment tu trouves ?

Elle arrache sa casquette, secoue ses mèches emmêlées, ternes et moches. Je lui dis qu'en effet, ce n'est pas plus mal qu'on lui ait piqué sa roue de vélo. Elle reste un instant immobile à me fixer, puis me tend sa paume pour que j'y claque la mienne.

— C'est rare qu'un homme me dise la vérité. Merci, Thomas Drimm.

Je réponds qu'il n'y a pas de quoi, mais je suis quand même assez bluffé par ma franchise, moi qui devant ma mère, par exemple, ne dis jamais ce que je pense. C'est sans doute pour ça, d'ailleurs. J'ai voulu marquer la différence. En tout cas, ça vaut le coup d'être sincère : c'est la première fois qu'une fille m'appelle « un homme ».

— Je m'étais lavée à l'unilatéral, pourtant, insiste-t-elle en plongeant la tête en avant. À droite mon shampoing de la semaine dernière, à gauche l'Hydrex de ce matin, pour préparer le test comparatif. Tu vois une différence ?

Je touche ses cheveux, les respire, lui dis que je préfère son odeur naturelle. Elle se redresse un peu brusquement, et va s'accouder à la fenêtre, l'air fermée. J'ai peut-être dit un truc qu'il ne fallait pas. Ce n'est pas évident, les femmes, sans mode d'emploi.

Je marche dans la pièce, en cherchant comment réparer ma gaffe inconnue. Et soudain je me fige. Un tableau en cours est posé contre un mur. Je le reconnais, sans le connaître. J'ai un incroyable sentiment de déjà-vu. Et ça me cause un choc encore plus fort que l'arrestation de mon père.

18

La toile représente une ville morte, complètement envahie par les arbres qui poussent au milieu des immeubles éventrés. Les racines défoncent les trottoirs, traversent les carcasses de voitures rouillées. Des affiches arrachées pendent aux façades des ruines. Un grand chêne se déploie à l'intérieur d'une station-service, avec des pompes descellées par le tronc et des pneus passés comme des bagues autour des branches. C'est très beau, très calme et complètement flippant. En même temps, j'ai l'impression de vivre ce spectacle *de l'intérieur*, d'être à la fois les arbres et les murs, la peinture et la toile… J'ai même l'impression que je me regarde en train de regarder le tableau, mais que je me vois de moins en moins.

Soudain, comme si le tableau s'animait, une espèce de liane sort d'une bouche d'égout, s'enroule autour de ma jambe droite. Et elle m'entraîne vers le caniveau où s'engouffre une eau claire qui se colore peu à peu en rouge…

Je recule d'un bond, renverse une chaise. Brenda se retourne.

— Ça va ?

Je dis oui, et que le tableau est très beau. J'ai le cœur qui bat à cent à l'heure, mais j'essaie de ne rien montrer. Je me souviens à présent d'avoir vécu ce moment, hier après-midi, dans la voiture de ma mère, quand j'étais obsédé par la mort du vieux sur la plage. Peut-être que chaque fois que j'ai un choc violent, comme là avec l'arrestation de mon père, ça me déclenche ce genre d'hallucination.

Mais comment j'ai pu me retrouver la veille, même en cauchemar, dans le décor d'un tableau que je n'ai découvert qu'aujourd'hui ? Est-ce qu'à force d'être obsédé par Brenda, je viens lui tenir compagnie quand je rêve ?

— Vous l'avez peint quand, ce tableau ?

— Je l'ai commencé hier.

Un coup de froid me glace la nuque. La bouche sèche, je m'informe :

— À quelle heure ?

Elle me dévisage en haussant les sourcils, puis laisse tomber :

— Si on te demande le métier que tu veux faire plus tard, ne réponds pas « critique d'art ».

Je continue de la fixer. Elle doit croire que je suis vexé, alors elle ajoute en souriant :

— De toute façon, je suis nulle en peinture. Ça me passe les nerfs, c'est tout.

Puis elle se penche à la fenêtre et enchaîne :

— Dis donc, ce n'est pas ta mère, ça ?

Une boule d'angoisse dans la gorge, je suis son regard. En effet, la Colza 800 vient de s'arrêter devant la maison. Ma mère sort lentement, referme sa portière en fixant la voiture de police à cheval sur le trottoir. Dans un mouvement nerveux, elle cherche autour d'elle. La rue est déserte, dans le clignotement des réverbères qui grésillent, s'éteignent, se rallument. Le pas raide, le dos crispé, elle marche vers notre porte en sortant ses clés.

— Vas-y, dit Brenda en me poussant vers le palier. Officiellement, tu viens d'arriver de l'école, t'es au courant de rien et tout va bien. Si ça se passe mal, accroche une chaussette à la lucarne.

Déstabilisé, je lui demande : « Quelle lucarne ? », sur un ton innocent qui sonne parfaitement faux.

— Celle qui donne sur ma chambre, et par laquelle tu me regardes la nuit.

Je m'entends répondre : « Ah bon ? », mortifié. Elle me dévisage avec un air très sérieux, presque solennel.

— Tu te rappelles les trois types de mecs dont je t'ai parlé ?

J'acquiesce, récite d'une traite pour montrer que j'ai bien suivi :

— Les Tougs, les Trocs et les Trèms.

— Y a une quatrième catégorie d'hommes, Thomas, dont apparemment tu fais déjà partie, malgré ton jeune âge. Les Jteups.

— Ah, dis-je avec espoir. Ça veut dire ?

— « J'te prends pour une conne. » Allez, dégage, se marre-t-elle en me poussant dans l'escalier.

Je descends les marches, sur un nuage, le cœur tordu, la tête en feu et la bouche sèche. Alors c'est ça, l'amour. Cette espèce de truc qui ressemble à un début de grippe, quand on se dit qu'on va morfler un max mais que d'un autre côté ça permet de sécher l'école. Cette envie de sauter au plafond et de rentrer sous terre. Cette sensation d'avoir la honte écrite sur le front, et d'être en même temps le plus fier du monde.

Je sors en balançant mon sac à bout de bras, je me remets de mes émotions en traversant la rue, et je me compose un visage de tous les jours pour sonner à ma porte.

Ma mère ouvre, l'air chiffonné, me fixe avec un regard glacial. J'attends une baffe et des cris, mais ses lèvres se fendent d'un sourire éclatant. Elle me prend dans ses bras, tout en s'écriant d'une voix joyeuse :

— Bonsoir, mon chéri, tu m'as manqué, tu vas bien, pas trop fatigué ? Alors, comment s'est passée ta journée ?

Et elle me colle sur les joues deux bises sonores, d'habitude réservées à l'Arbre de Noël du personnel, au casino, quand elle me donne mon cadeau devant tout le monde. Le policier est apparu dans le couloir, derrière elle. Je lui dis « bonjour monsieur » d'un air surpris, m'efforçant d'être aussi crédible dans l'étonnement que naturel face au numéro inédit de maman gâteau auquel j'ai droit à cause de lui.

— Dis-moi, Thomas, mon poussin, ça ne serait pas toi par hasard qui aurais appelé le Service des personnes disparues, cette nuit ?

Les mots tournent dans ma tête, mêlés au sourire de Brenda et à l'image de mon père menotté entre les deux flics. Je ne sais pas ce qu'il leur a déclaré, mais si je réponds « non » alors qu'il a nié lui aussi, ils concluront qu'il a menti, que ma mère ment ou que je viens de mentir. Autant dire la vérité.

— Oui, pourquoi ?

Un immense soulagement se lit dans le regard maternel.

— C'est à moi de te poser cette question, jeune homme, intervient gentiment le policier avec un large sourire de Jteup.

— Ben, ils ont donné le numéro à la télé, si jamais on voyait le professeur Machin, là.

— Et tu l'as vu ?

— Il m'a semblé, oui.
— Quand ça ?
— Avant de téléphoner.
— Où ça ?
J'improvise, sur un ton d'évidence :
— Par la fenêtre.
— Tu l'as vu la nuit dernière ici même, dans ta rue ?
— Voilà.
— Et tu as téléphoné directement à la police au lieu de nous réveiller, mon chéri, s'extasie vivement ma mère.
Elle enchaîne, en prenant à témoin le policier qui ne sourit plus du tout :
— Quelle chance nous avons que notre fils ait un sens civique aussi développé que sa délicatesse…
— Et qu'est-ce qu'un savant comme le professeur Pictone venait faire dans cette banlieue où il ne connaît personne ?
Je sens comme un éboulement dans ma gorge. Là, c'est la bourde. L'énorme gaffe que je n'ai pas vue venir. Les policiers savent sûrement que mon père a travaillé au Comité de censure, qu'il est la seule personne au monde à avoir lu le livre de Léo Pictone. Et donc ils vont conclure que, si Pictone est venu dans notre rue, c'était exprès, pour rencontrer son lecteur et lui confier des secrets.
— Mais bon, dis-je en affichant la désolation modeste avec laquelle je rapporte habituellement mes bulletins scolaires, y a une voiture qui est passée avec la famille du vieux monsieur. Ils l'ont fait monter à l'arrière en l'appelant « Albert », alors j'ai compris que je m'étais trompé de vieux, et j'ai raccroché.
J'ajoute, comme un vrai super-Jteup :
— Je m'excuse de vous avoir dérangé pour rien.

— *Je vous prie de m'excuser*, corrige la voix du professeur Pictone.

Je me retourne d'une pièce, abasourdi. Un grand type sévère, en costume gris foncé et cravate gris clair, se dresse sur le seuil. Dans sa main droite, il tient mon ours en peluche.

19

— C'est ici qu'habite un nommé Drimm Thomas ?

Un silence de mort s'installe tandis que ma mère et le flic dévisagent le nouveau venu.

— Mais c'est ton ours, Thomas ! s'exclame-t-elle pour remettre de l'ambiance.

— Évidemment que c'est son ours, ronchonne le Tout-Gris. Il y a son nom cousu sur l'étiquette.

Je rassemble toutes mes forces pour m'écrier sur un ton convaincant :

— Oh merci, monsieur, je l'avais perdu ! Où vous l'avez retrouvé ?

— Quel faux cul, ricane l'ours.

Je regarde les autres, affolé. Heureusement, je suis toujours le seul à l'entendre parler.

— Et quel maladroit, enchaîne-t-il. Pour mentir, il ne suffit pas d'avoir de l'imagination, gamin, il faut de la rigueur ! Par où tu l'as vue, la famille qui récupérait ton prétendu Albert pendant que tu téléphonais dans le bureau de ton père ? Y a une fenêtre ?

J'ouvre la bouche, effondré, tandis que le Toug fait passer l'ours dans son autre main, pour sortir une carte plastifiée qu'il nous brandit sous le nez :

— SSTS, Service de surveillance du tri sélectif. On nous a signalé la présence de cet article en peluche illégalement déposé dans un container jaune réservé aux plastiques recyclables. C'est toi qui l'as jeté ?

Je réponds que vraiment, ça alors, c'est incroyable, pour me laisser le temps de réfléchir avec rigueur au mensonge que je vais faire ou pas. Si jamais une caméra de contrôle m'a pris en flagrant délit et que je nie, on ne va plus croire ce que j'ai dit avant.

— Tu m'as perdu dans le métro, un enfant a dû me ramasser, et ses parents m'ont jeté dans le premier container qu'ils ont trouvé à la surface, me souffle à toute allure la voix agacée de Léo Pictone. Sinon ça voudra dire que tu te trouvais devant chez moi, ils iront questionner ma veuve et ce n'est pas comme ça que tu sortiras ton père de prison.

— Je répète ma question, petit : c'est toi qui l'as jeté ?

— Ne t'inquiète pas pour la caméra de contrôle, poursuit l'ours : elle est braquée sur la fenêtre de mon laboratoire au deuxième étage, pas sur les poubelles d'en face.

Docile, je répercute au surveillant des ordures la version donnée par ma victime. Et puis soudain je me rends compte, avec une panique redoublée, que cette fois l'ours a directement capté ce que je pensais. *Il lit dans mon cerveau !*

— Il n'y a pas de mérite, commente-t-il. Vu ton activité mentale, je ne risque pas le surmenage.

— Bien, conclut le Toug en saisissant ma déposition sur son clavier de poche. Comme l'auteur de l'infraction à la loi sur le Tri sélectif n'est pas identifié, c'est à vous d'acquitter l'amende sur-le-champ, pour complicité passive par négligence coupable. Si vous souhaitez déposer un recours, je transmets le jouet au Service des litiges, qui relèvera les empreintes sur la peluche et lancera une recherche en…

— Non, non, c'est bon, s'empresse ma mère en tirant ses cheveux en arrière.

Et elle offre sa tête au responsable des poubelles, qui pointe vers sa puce cérébrale un miniscanner pour encaisser l'amende.

— Trois cents ludors au débit différé de vingt-quatre heures, annonce-t-il en vérifiant l'opération sur son écran.

Il me restitue l'ours en me recommandant de faire attention la prochaine fois, et s'en va sans dire au revoir.

— Bien, ponctue ma mère qui tourne vers le flic son visage d'innocente persécutée. Je pense que tout est réglé, à présent : mon mari peut revenir à la maison.

— Vous serez informée de la durée de sa garde à vue, répond-il. En attendant, je vous conseille de surveiller votre enfant.

Il nous observe tour à tour, avec un petit air qui se croit perspicace. Son regard rétrécit tandis qu'il poursuit d'un ton doucereux :

— Il est un peu vieux pour emmener son nounours au collège, vous ne trouvez pas ? Vous êtes sûre qu'il ne couve pas une dépression nerveuse ?

— Non, non, s'empresse ma mère, je vous assure : il est très gai, très équilibré, plein d'énergie et d'enthousiasme…

— Ça va pour cette fois, coupe-t-il. Je ne ferai pas de rapport, mais qu'il se tienne à carreau ! C'est clair ?

Elle lui promet que je serai à la hauteur de sa confiance, lui souhaite une excellente soirée, fait coucou de la main tandis qu'il monte dans la voiture à gyrophare, referme la porte, et m'envoie une baffe terrible qui me dévisse la tête.

— Mais tu es devenu fou, ou quoi ? Tu alertes la police pour rien, tu vas au collège avec un jouet de bébé que tu perds, tu fais mettre ton père en prison et tu me coûtes trois cents ludors ! Tu crois que je n'ai pas assez de soucis comme ça, avec le gagnant d'hier qui s'est jeté sous une voiture à peine sorti de mon bureau ? S'il meurt, c'est ma faute ! Comment tu veux que je t'élève, si je perds mon emploi ?

Je lui répondrais bien que je n'ai plus qu'à me suicider moi aussi, pour régler le problème, mais je sens que ce n'est pas trop le moment de faire de l'humour.

— Monte dans ta chambre sans dîner ! Demain matin tu as rendez-vous avec le Dr Macrosi, il t'enverra maigrir dans un camp à l'autre bout du pays, et je serai débarrassée de toi, ça t'apprendra !

Je me dirige vers l'escalier, la tête basse.

— Confisqué ! ajoute-t-elle en m'arrachant des mains le professeur Pictone.

Et puis elle change d'avis en fronçant le nez, me le balance au visage.

— Lave-le, d'abord, c'est une infection ! Et je t'interdis de le jeter, même dans un container bleu : c'est un cadeau de ta pauvre grand-mère, au cas où tu l'aurais oublié.

Sa voix s'est brisée sur les derniers mots. Je monte les marches. Non, je n'ai pas oublié. Question caractère, elle était encore pire, sa mère. Quand elle est morte, ils ont recyclé sa puce dans le transformateur du centre commercial, au bout de la rue, et mon père dit qu'elle est toujours en surtension : ça disjoncte chaque fois qu'on y va.

— Tu pourrais peut-être penser à autre chose, non ? s'énerve l'ours. Tu crois que c'est le moment d'aller faire les courses ? Et cette histoire de t'envoyer dans un camp de maigrissage, pas question ! Tu as d'autres priorités. Et tiens-moi droit ! Je me sens mal. Quelle plaie, ta mère ! Elle ne pouvait pas se taire, non ? Je n'avais pas conscience de sentir la poubelle, et maintenant j'ai des haut-le-cœur ! Mets-moi du parfum.

J'entre dans ma chambre, je le laisse tomber et je me jette sur mon lit. Le nez au creux de l'oreiller, je cherche à remettre de l'ordre dans ma tête. Peut-être que j'ai tout faux. J'ai voulu me débarrasser du professeur Pictone alors que, si ça se trouve, c'est mon seul allié.

— Quand même ! triomphe-t-il. Tu mesures enfin l'énergie que tu gaspilles en essayant de virer ton ange gardien ! Je peux t'éviter la cure dans un camp, Thomas, mais ça sera donnant-donnant. Ta liberté contre notre collaboration. Pleine et entière. D'accord ?

— Et mon père, il va rester en prison ?

— Je ne lis pas dans l'avenir, Thomas. Pas encore, en tout cas – tu as vu comme j'ai déjà progressé, depuis hier. Mourir, c'est comme une naissance, mais en accéléré. On fait ses premiers pas, on assimile, on apprend à communiquer, et on développe ses facultés mentales en fonction des problèmes rencontrés. Je manque d'éléments de comparaison, mais je trouve que je me débrouille assez bien, moi, pour un fantôme de vingt-quatre heures.

— Vous pouvez m'aider à faire libérer mon père ?

L'ours demeure silencieux. Dans le regard fixe de ses billes de plastique, je vois le reflet de ma lampe de chevet. Je répète d'une voix ferme :

— Vous pouvez m'aider à faire libérer mon père ?

Il croise ses pattes, et répond avec une lenteur appuyée qui sent l'arnaque :

— Je connais des gens qui le peuvent. Mais c'est à toi de les contacter.

— C'est qui, ces gens ?

— Un groupe d'amis scientifiques haut placés, que je devais retrouver après-demain dans un congrès à Sudville. Si tu leur communiques les informations que je te donne, à propos du Bouclier d'antimatière, et que tu les persuades de construire un canon à protons pour le détruire, alors je te dirai comment les obliger à t'aider pour ton père. Allez, maintenant, tu me parfumes !

Je me relève, l'attrape par une patte et l'emmène dans la salle de bains, où je lui vaporise une giclée de désodorisant.

— Arrête ! hurle-t-il.

Au milieu d'une quinte de toux, il me décrit les molécules de parabène qui l'attaquent comme un bombardement de roquettes. Finalement, il préfère sentir la poubelle.

— Mais pendant que tu y es, fais-moi des mains.

— Pardon ?

— Découpe-moi des doigts dans ces maudites pattes qui ne me servent à rien. Comme ça je serai autonome du haut : je ne serai pas obligé de t'embêter chaque fois que je veux faire quelque chose.

Avec un retour d'optimisme, je prends mes ciseaux à ongles et commence à faire du charcutage dans les moignons en peluche.

— Ça vous fait pas mal ?

— Quand on est mort, Thomas, on ne souffre plus que moralement. Et là, tu me fais du bien : ça va sacrément me simplifier la vie quotidienne.

Je repense au kangourou de Brenda Logan. Je me demande comment elle réagirait, si c'était elle qui avait tué Pictone et qui se retrouvait avec une peluche hantée. Vu la violence et la rancune qu'elle évacue dans son punching-ball, elle se servirait sûrement d'un fantôme à domicile pour régler ses comptes avec les Tougs, les Trocs, les Trèms et les Jteups. Jusqu'à présent, je n'ai vu que les inconvénients de ma cohabitation forcée avec Pictone, mais ça va changer. Pas question de laisser mon père croupir en prison à cause de moi. Seulement, pour satisfaire mon ours en échange de son aide, il me faut une complicité chez les adultes. Une alliée.

— Stop ! Ça ferait six !

— Oh pardon, dis-je en retirant vivement les ciseaux qui allaient lui donner un doigt en trop.

— Arrête de penser à cette fille, Thomas, elle te perturbe.

— Quelle fille ? dis-je avec hostilité, pour éviter de rougir.

— La blonde d'en face.

— Je peux rien faire, tout seul. Vos antimatières, déjà que j'y comprends rien, comment vous voulez que j'explique ? Elle, c'est une scientifique : elle est médecin ! Ça fera sérieux si elle parle à vos collègues. Vous me direz ce que je dois lui dire, elle leur dira et ils la croiront. Elle est jolie, en plus.

Il reste silencieux un moment, tout en regardant ses nouveaux doigts qu'il s'efforce de plier, l'un après l'autre.

— Nous en discuterons demain, décide-t-il en se grattant la truffe avec l'index.

J'hésite à lui parler des tableaux de Brenda, de la Ville des Arbres qu'elle a peinte juste au moment où je m'y trouvais en rêve. Quelque chose me dit qu'il vaut mieux cloisonner, tenir le professeur à l'écart de ce phénomène, et je m'empresse de penser à autre chose pour respecter ma vie privée.

Il enchaîne, préoccupé :

— C'est étonnant, les automatismes qui reviennent après la mort. Dès qu'on dispose d'un doigt, on retrouve le réflexe de se curer le nez. Même si l'on n'a pas de narines. Philosophiquement, c'est un beau sujet de méditation – enfin, je n'insiste pas. Quand je vois ton niveau en sciences, je m'en voudrais de t'encombrer la cervelle avec de la philosophie.

Je lui réplique que, philosophiquement, je peux très bien aller chercher une perceuse et lui creuser des trous dans la truffe, pour qu'il inaugure ses doigts. Il éclate de rire. C'est la première fois. Ça paraît le surprendre encore plus que moi, et il s'arrête tout de suite.

— À présent, gamin, tu ferais bien de dormir. Tu as une rude journée qui t'attend, demain.

Il saute du lavabo, et se dirige vers ma chambre d'un pas tanguant, assurant son équilibre en planant des bras, dans un mouvement qui me rappelle mon cerf-volant. Il se retourne soudain.

— Pendant qu'on y est, si tu me prêtais des chaussures ?

— Je veux pas être vexant, mais je fais du 39.

— Tes chaussures de quand tu étais bébé, andouille. Je vois dans ta tête que ta maman les a gardées.

Je chasse la vision du carton à souvenirs que ma mère planque dans sa chambre, avec ma tétine, une mèche de mes cheveux et mes premiers souliers. C'est le cercueil de ma petite enfance. Tout ce qui lui reste du temps où elle était fière de moi, avant que je parle et que je sois gros. Je n'aime pas que le professeur se serve dans mon passé, comme si j'étais une vitrine. C'est quand même très agaçant de se sentir transparent du cerveau. Il va falloir que j'apprenne à dissimuler mes pensées – ou que je fasse semblant de penser à autre chose qu'à ce que j'ai en tête. Tiens, on va faire un test.

— Non, merci, Thomas, je préfère que tu dormes, à présent.

Ça marche ! J'ai pensé à mon cahier de notes ouvert devant l'ours qui me dicte ses formules de physique. Si je peux lui mentir mentalement, je suis sauvé.

— Tu auras encore besoin d'entraînement, garçon, ricane-t-il. N'oublie pas que je progresse beaucoup plus vite que toi à mon contact. Tu iras me chercher tes souliers de bébé, demain matin. Et tu me feras une petite liposuccion.

— Une quoi ?

— Tu m'enlèveras un peu de rembourrage dans le ventre : je n'aime pas cette impression d'avoir du bide quand je regarde mes pieds.

— Vous voulez peut-être un zizi, aussi ?

Il me considère, perplexe.

— Nous verrons plus tard, glisse-t-il d'un ton bougon.

Et il détourne la tête. Je ne sais pas si c'est de la pudeur ou de la nostalgie.

Une explosion retentit, au-dehors. Une autre. Je vais ouvrir ma lucarne et m'accoude, pour regarder le feu d'artifice. C'est le début des réjouissances, au stade, avant le championnat de man-ball. Brenda Logan est à sa fenêtre, en train de fumer une cigarette. Elle est maquillée, vêtue d'une robe rouge comme pour aller danser. Elle me sourit, dessine dans l'air un point d'interrogation pour savoir comment s'est passé mon retour à la maison. J'écarte les bras, incertain. Elle ferme son poing pour me donner courage, et un éclair de joie monte de mon ventre, comme un feu d'artifice intérieur.

— Au lit ! commande l'ours. Et au travail. Il y a une protéine dans ton corps qui s'appelle l'ubiquitine. Elle a le pouvoir de dissoudre les graisses si tu l'informes, par une image mentale, que ce sont des ennemies. Tout communique, dans ton organisme : tu as le moyen d'envoyer n'importe quelle information par tes neurotransmetteurs, et même de reprogrammer des fonctions en activant les chaînes d'acides aminés.

— Et comment je fais ?

— Si tu veux éviter le camp de maigrissage, prononce après moi, avec toute la conviction dont tu es capable : « Ubiquitine, je t'envoie un signal d'alarme pour que tu te reproduises en urgence, afin d'éliminer les agents pathogènes dissimulés dans les graisses que j'ai stockées. » Prononce et visualise.

Il me redit trois fois sa formule magique. Sans illusions, je la répète, docile, avec une conviction qui sonne juste.

— Voilà, se réjouit-il. Maintenant tu t'endors, et tu laisses agir ton corps. Tu es en train de te dire que c'est du pipeau, je sais, mais ça n'a aucune importance : l'information a été transmise à tes protéines, par les vibrations de ta voix et de ton imagerie mentale. Même si tu n'y crois pas, le travail est déjà commencé. Fais de beaux rêves.

Il est dix-neuf heures quinze, mais je ne discute pas. Quitte à se coucher sans manger, autant abréger le supplice. J'éteins la lumière et je ferme les yeux, m'efforçant de ne penser à rien afin de garder Brenda pour moi.

20

Ministère de l'Énergie, 19 h 20

Dans ses appartements privés, au milieu de ses trophées, les dizaines de coupes et de roues en argent qui racontent dans le désordre sa carrière de victoires, Boris Vigor se prépare pour le match de ce soir. Roulé en boule sur la moquette, il s'imagine rebondissant de case en case jusqu'au numéro gagnant.

— Puis-je vous dire un mot, monsieur le ministre ?

Boris se déroule d'un coup et saute sur ses pieds. Lily Noctis est devant lui, moulée dans une robe du soir en paracétamyl. Un dérivé textile de l'aspirine. Quand ses amoureux couvrent son corps de baisers, la robe se dissout peu à peu, comme un cachet effervescent. Elle apprécie tellement ce fantasme vestimentaire qu'elle s'habille ainsi deux ou trois soirs par semaine, même si elle n'a pas d'amoureux. L'inconvénient, c'est quand il pleut.

— Comment êtes-vous entrée ? s'étonne le ministre.

— Les gardes du corps n'ont pas de secrets pour moi, Boris. Je vous dérange ?

— Jamais.

— Tant mieux.

Il rougit. Il n'a plus touché une femme depuis que sa fille est morte. Ce n'est pas l'envie qui lui manque, mais il n'a jamais su aimer les gens qu'en se sacrifiant pour eux. Le trait qu'il a tiré sur sa vie de séducteur, il a l'impression que c'est un trait d'union lancé vers son enfant. La petite Iris avait neuf ans et demi quand elle s'est tuée en tombant d'un chêne. Boris a fait raser la forêt autour de leur maison, à sa mémoire, et pourtant il aimait tant les arbres. En fait, les arbres lui manquent plus que les femmes.

— Comment va votre épouse ? demande Lily en s'asseyant au creux d'un canapé onctueux comme un nuage.

— Toujours pareil, répond Boris.

Il préfère éviter le sujet. Mme Vigor, depuis le drame, s'est fait mettre en cure de sommeil, pour trouver le temps moins long en attendant la mort qui lui rendra sa fille.

— J'ai parié cent mille ludors sur votre victoire de ce soir, annonce la vice-présidente de Nox-Noctis, en étendant les bras sur le dossier du canapé.

— C'est sympa de votre part, répond le ministre, empêtré dans son corps au milieu de la moquette.

— Je m'en voudrais de vous déconcentrer, Boris, mais j'ai quelque chose d'important à vous dire. Asseyez-vous.

Boris se pose sur un fauteuil en verre dépoli, à trois mètres cinquante de la femme d'affaires.

— Boris, j'ai besoin de vous. J'ai des nouvelles du professeur Pictone.

Le ministre se relève aussitôt, soulagé d'un poids énorme.

— Bravo ! La Sécurité a retrouvé son corps ?

— Ce n'est pas aussi simple.

— Mais il est mort ou il est vivant ?

— C'est tout le problème. Nous avons une solution pour déjouer le complot qu'il prépare, mais cette solution est liée à vous.

— À moi ? Ah bon ?

— Allez jouer, je vous attends ici et je vous expliquerai.

— On ne va pas s'en prendre au petit Thomas Drimm ? s'inquiète le ministre.

— Ça dépendra de vous, justement.

— De moi ?

— Il se trouve que ce jeune garçon, pour des raisons qui nous échappent encore, est le dépositaire du savoir et des secrets de Léo Pictone – vous avez pu le constater tout à l'heure, pendant son cours de physique : il a énoncé des formules se rapportant à des travaux non publiés de Pictone. Ni ce savoir ni ces secrets ne peuvent tomber dans des oreilles inadéquates.

— Qu'est-ce qu'on va faire ?

J'attends la suite, très perturbé, comme si j'étais concerné. Mais ce Thomas Drimm qui possède du savoir et des secrets, quel rapport avec moi, avec ce voyeur invisible qui flotte au-dessus de leur conversation, qui capte leurs pensées en même temps que leurs paroles, mais qui n'a pas les moyens de se faire entendre ?

— Qu'est-ce qu'on va faire ? répète le ministre avec une angoisse croissante.

Lily mouille son doigt, touche l'extrémité de sa manche moulante. Deux centimètres carrés de tissu disparaissent dans un chuintement, découvrant sa montre en argent. Elle effleure le long cadran rectangulaire, qui s'ouvre en deux pour dégager un clavier aux touches miniatures. Lily Noctis retire délicatement l'une des épingles qui maintiennent ses longs cheveux noirs en chignon, et, avec la pointe, pique une des touches centrales. Sur l'écran géant qui tapisse le mur du fond, l'image du stade disparaît, pour laisser la place à un miroir de salle de bains où une petite dame maigrelette se brosse les dents.

— C'est quelle chaîne ? s'étonne Boris.

— Le canal de Mlle Brott, la prof de physique de Thomas. Vous ne la reconnaissez pas ?

— Ah oui, ment Boris dont la mémoire est exclusivement réservée à sa fille. Qu'est-ce qu'elle fait là ?

— Elle se rince la bouche. Je me suis mise sur la fréquence de sa puce et j'ai activé la vision subjective, comme ce matin. Mais savez-vous ce qui se passe si j'inverse la fréquence ?

— Non. Les applications de mon invention, vous savez…

— L'invention de Léo Pictone, corrige-t-elle doucement. Vous n'avez fait que la nationaliser, et nous l'avons mise en production, mon demi-frère et moi. Un peu améliorée, aussi, c'est vrai. J'inverse donc la fréquence, et voyez le résultat.

L'aiguille enfonce sur le clavier une dizaine de touches, qui émettent à chaque fois un léger signal sonore, assez harmonieux. Mlle Brott crache son dentifrice, vérifie dans la glace la propreté de ses dents, ouvre des yeux ronds et se fige. Quatre filets de sang coulent de ses narines et de ses yeux. Elle s'écroule et son miroir vide disparaît de l'écran.

— On peut faire ça avec les puces ? s'inquiète Boris Vigor. On peut tuer une femme à distance ?

— Entre autres, répond Lily Noctis d'une voix neutre. J'aurais pu la faire éternuer, éclater de rire ou grimper aux rideaux, mais il était plus urgent de s'assurer de son silence. Elle était la seule à avoir entendu Pictone s'exprimer par la bouche de Thomas Drimm. Elle n'avait pas tout compris, mais elle allait convoquer les parents de l'élève.

— On peut faire ça avec les puces ! répète Boris d'un air effaré, en prenant sa tête à deux mains comme s'il voulait l'arracher de ses épaules. Mais pourquoi on ne me l'a pas dit ? Je suis le ministre de l'Énergie, quand même !

— Justement : chacun à sa place. Ces applications concernent les ministères de la Santé et de la Sécurité, c'est tout. Ils en usent avec sagesse et parcimonie, pour le bien général et dans l'intérêt supérieur de la nation. Mais Léo Pictone connaît bien entendu ces applications. L'usage qu'il souhaite en faire, avec la complicité de Thomas Drimm, menace directement votre gouvernement et la nation tout entière.

— Mais ce n'est qu'un gamin !

— En tant que préobèse mal noté au collège, fils d'un alcoolique et d'une psy qui le traumatise, il a décidé de se venger sur la société en général.

— Mais ce n'est qu'un gamin ! insiste le ministre.

— C'est dire l'adulte qu'il deviendra, si nous le laissons vivre.

— Attendez, s'affole soudain Boris, vous m'embrouillez la tête, là, et j'ai un match !

Lily Noctis fait revenir sur l'écran, d'un coup d'aiguille, l'image du stade où la foule s'impatiente.

— Allez-y, sourit-elle. C'était juste pour vous préparer psychologiquement à sa rencontre. Nous avons de bonnes raisons de penser que ce soir, à l'issue du match, Thomas Drimm entrera en contact avec vous, pour amorcer un chantage. Écoutez-le attentivement, et entrez dans son jeu. Le ministre de la Sécurité est d'accord avec moi : ou nous éliminons ce gamin, ou nous le manipulons grâce à vous, pour reprendre le contrôle posthume du professeur Pictone.

— Je n'écoute plus, là : je fais le vide.

Les paupières closes, Boris fléchit les jambes, étire les bras, enchaîne avec des rotations du buste. Ce qu'il vient d'entendre l'affecte profondément, mais il s'efforce de penser à quelque chose d'encore plus triste – sa fille – pour redevenir neutre face à l'effort qui l'attend.

Quant à moi, si je suis bien ce Thomas Drimm, je devrais me sentir en danger, mais c'est comme si je n'avais pas accès à mes propres sentiments.

Boris Vigor se redresse, claque deux fois dans ses mains. Son directeur de cabinet ouvre la porte aussitôt, entre et l'informe que sa voiture l'attend.

— Je vais gagner ! affirme le ministre à Lily Noctis.

— Si c'est le cas, répond-elle d'une voix caressante, vous me retrouverez ici après le match, et nous fêterons votre victoire. Je vous regarde.

Elle allonge ses jambes sur le canapé, en se tournant vers l'écran où les milliers de spectateurs sous pression commencent à scander le nom de Boris Vigor.

— J'arrive, leur répond l'intéressé.

Et il quitte le salon, en évitant de regarder les longues jambes bronzées de Lily Noctis reposant sur l'accoudoir du canapé blanc.

Dès qu'il est sorti, elle pianote du bout de l'aiguille sur le clavier de sa montre. Le stade de man-ball, sur l'écran mural, cède la place à une nuée gris et noir parcourue de parasites.

— Vous êtes là, mes chéris ?

Elle monte le son. Au bout de quelques instants, une rumeur aiguë se mêle aux crachotements des parasites. Des zébrures parcourent l'écran, les points blancs s'intensifient sur le fond noir, des silhouettes se forment dans la neige électrique. Une petite main apparaît. Une autre. Un visage se dessine, happé aussitôt par une masse informe qui recompose des contours : un nouveau visage, un autre, encore un autre ; une grappe de petits visages changeants qui essaient de se rendre reconnaissables. Le regard fixe de Lily Noctis s'assombrit, se durcit dans le reflet des parasites.

— J'appelle Iris Vigor, neuf ans et demi, prononce-t-elle lentement d'une voix creusée.

La grappe humaine se résorbe dans un magma gémissant, d'où émergent peu à peu les traits indistincts d'une petite fille avec des couettes.

— C'est moi, c'est moi ! Iris Vigor, c'est moi !

La voix de synthèse, irrégulière, métallique, essaie d'imiter les inflexions d'une petite fille joyeuse.

— Regarde, papa, comme je suis haut dans l'arbre…

— Ça va, ça va, coupe Lily, agacée. Inutile de te fatiguer : ton père ne t'entendra jamais. Aucun être vivant ne peut t'entendre, à part moi.

— Au secours, madame, je suis toute seule !

— Je m'en fous, tu ne m'intéresses pas. Concentre-toi sur ma pensée : je t'envoie une fréquence vibratoire sur laquelle tu vas te brancher, et tu trouveras quelqu'un à qui parler. Raconte-lui tes malheurs, dis-lui tout ce que tu as sur le cœur et passe-lui ta souffrance : ça lui fera du bien et tu te sentiras beaucoup mieux, après. Concentre-toi : voici la fréquence.

Les parasites s'interrompent sur l'écran, comme figés dans la glace ; leur silence se charge d'une intensité qui diminue un instant l'éclairage de la pièce.

— Merci, madame ! s'écrie dans le vide de la télévision la voix parfaitement claire de la petite morte.

— Mademoiselle, rectifie Lily Noctis en s'étirant langoureusement.

— Et nous ? Et nous ? implore un chœur dissonant de cris enfantins.

— Vos gueules, répond Lily en éteignant l'écran.

Après quelques secondes de silence, elle fixe le plafond en demandant :

— Ça va toujours, Thomas ? Eh oui, tu viens de voir le sort qui t'attend quand tu seras mort. Désagréable, n'est-ce pas, l'au-delà des moins de treize ans ?... Tu conclus de mes paroles qu'il te reste moins de trois mois à vivre, et tu as peut-être raison. Je m'étonne que le choc ne t'ait pas réveillé en sursaut. Tu es courageux, Thomas Drimm. Ou alors tu aimes ça. Toi qui es un garçon si bien, tu es attiré par les forces du Mal, et tu te demandes pourquoi. Bientôt tu comprendras. J'ai hâte que tu viennes te mesurer à moi en chair et en os, jeune homme...

Elle s'étire avec un soupir de bien-être, en travers du canapé. Puis elle reprend son épingle à cheveux, la pointe vers le clavier de sa montre.

— À très vite, Thomas Drimm.

Et elle pique trois fois la touche 6.

21

— Thomas, réveille-toi !

J'ouvre un œil. L'ours me secoue l'épaule. Je rêve, ou il est de plus en plus costaud ? On dirait qu'il prend des forces chaque fois que je dors.

— Je t'en supplie, réveille-toi !

Je me soulève sur un coude. Il fait encore nuit.

— Quelle heure il est ?

— Dix-neuf heures quarante. Debout !

— Ça va pas ? J'ai dormi que vingt minutes !

— Ne me laisse pas tout seul, je t'en prie, c'est épouvantable !

Je soupire, la tête lourde, pleine de bribes de cauchemars.

— Qu'est-ce qu'y a, encore ?

— Serre-moi dans tes bras, s'il te plaît…

Je l'appuie contre mon cœur, désarçonné. Je me demande ce qui lui prend d'inverser les rôles. Une peluche, ça sert à consoler son propriétaire, pas le contraire !

— Qu'est-ce qui vous arrive, Léo ?

C'est la première fois que je l'appelle par son prénom, et ça m'attendrit d'une façon bizarre. Ou alors c'est parce que je ne console jamais personne. Personne n'a jamais eu besoin de moi, en fait – à part mon père, peut-être, mais il est trop intelligent pour que je puisse le consoler avec ce que je suis.

— Les enfants, Thomas !

— Quels enfants ?

Sa vieille voix écrase les mots dans mon pyjama :

— Des milliers d'enfants… Comme un raz-de-marée d'enfants qui a déferlé sur moi pendant que tu dormais… Piratant mes ondes, s'accrochant à ma mémoire, vampirisant mon énergie en m'appelant au secours… Tous les moins de treize ans qui n'avaient pas de puce quand ils sont morts, toutes les âmes libres, les petites âmes errantes, livrées à elles-mêmes, qui ne peuvent plus ni quitter la Terre ni être aidées par leurs ancêtres dans l'au-delà, à cause du Bouclier d'antimatière… Et elles ne peuvent pas non plus être perçues par les vivants de leur famille, dont les puces contiennent du pictonium qui repousse leurs photons – les particules qui leur permettent de s'exprimer… Tu te rappelles ?

— Non.

— Mais fais un effort, enfin ! s'énerve-t-il, en appui sur mon torse, les pattes tendues. Comment j'ai réussi à te hanter, toi ? En accordant ma fréquence vibratoire à la tienne. D'accord ? Pour qu'on soit sur la même longueur d'onde. C'est un effet électromagnétique banal : l'attraction des contraires ! Le plus attire le moins, ta culpabilité déclenche ma compassion, ton ignorance appelle mon savoir, ta vulnérabilité suscite ma protection… Et ça marche entre nous comme ça a marché pendant des millénaires, parce que tu n'as pas de puce et qu'on n'a pas converti la mienne en source d'énergie.

— Attendez… Vous voulez dire que si je meurs aujourd'hui, je ne pourrai pas communiquer avec mon père à cause de sa puce ?

— Voilà.
— Mais ma grand-mère qui s'est tuée à moto l'an dernier, et qu'on a recyclée à l'hypermarché dans l'électricité du rayon surgelés... Elle pourrait me pourrir la mort ?
— Plus ou moins. Une puce recyclée prive l'âme de tout pouvoir d'expression individuelle. Elle ne produit plus de pensée : que de l'énergie. N'empêche que ton âme à toi resterait probablement bloquée dans les parages du rayon surgelés, parce qu'elle serait attirée par l'énergie vibratoire de ta mémé. La famille, ça reste la famille, même quand on sait à quoi s'en tenir.
— C'est horrible !
— C'est l'enfer, Thomas. L'enfer des enfants. Ce que l'Église d'autrefois appelait les limbes... Tous ces petits apprentis fantômes coincés pour rien près des frigos, des radiateurs, des télés, des lampadaires qui ne peuvent pas leur répondre. Et leur pauvre énergie brouillonne vient perturber les appareils, c'est tout ce qu'elle arrive à faire. Ils voudraient tellement libérer leurs parents prisonniers des machines... Mais c'est impossible. Causer des pannes, c'est la seule façon dont les gamins de l'invisible peuvent signaler leur présence...
— Et c'est à cause de vous, alors ? À cause du Bouclier d'antimatière qui les empêche d'aller au ciel ?
— C'est bien pour ça que tu dois m'aider à le détruire.
Je dévisage ma peluche, soudain soupçonneux :
— Hé ! C'est pas un coup fourré, votre histoire d'enfants, pour m'obliger à vous aider ?
— Non, Thomas, je te le jure ! Tu sens bien que mon émotion est sincère ! Tu sens bien que je suis complètement dépassé par le phénomène !

— Et pourquoi je les entends pas, moi, les enfants morts ?

— Tant que tu es en vie, tu ne peux être hanté que par quelqu'un qui t'importe. Quelqu'un que tu as connu, que tu aimes, que tu détestes… ou dont tu te reproches la mort, comme en ce qui me concerne. Mais moi, les enfants ont détecté ma présence dans leur champ vibratoire, et ils ont fondu sur moi comme un banc de requins. Je suis le premier fantôme adulte qui arrive à les capter ! Ils sont tous là à réclamer mon aide, à demander que je transmette des messages, que je remplisse des missions d'amour ou de vengeance… C'est insupportable, Thomas !

— Écoutez, chacun ses problèmes. Moi j'ai les vivants sur le dos : débrouillez-vous avec les morts. Je me lève à sept heures, demain : faut que je dorme.

— Non, surtout pas ! Lorsque nos pensées à tous deux fusionnent, ça repousse les mômes, mais dès que tu interromps notre échange, ils reviennent ! C'est abominable, l'effet que ça me fait, tu ne peux pas te rendre compte : ils m'écartèlent, ils me déchiquettent la conscience ! J'ai besoin de toi !

Exaspéré, je m'assieds brusquement dans mon lit, faisant tomber Pictone à la renverse.

— Bon, y en a marre ! Vous êtes un fantôme adulte, vous l'avez dit vous-même : je ne vais pas faire le papy-sitter vingt-quatre heures sur vingt-quatre parce que vous avez peur des enfants !

— Allons au match.

— Au match ?

— J'ai un message à transmettre, Thomas, qui nous concerne toi et moi, et qui permettra peut-être de faire libérer ton père.

— C'est vrai ?

J'ai bondi sur mes pieds. Avec des fêlures dans la voix, il m'explique que, dans la mêlée des âmes d'enfants qui s'accrochaient à lui, une seule avait réussi à s'exprimer avec cohérence et clarté : Iris Vigor, la fille du ministre de l'Énergie. Son message était bizarre mais précis : elle voulait que son père plante un gland pour faire pousser un chêne en signe de pardon. Et pour elle, apparemment, c'était urgent.

Je marque un temps d'hésitation, les mains sur la veste de pyjama que je déboutonne.

— Vous voulez qu'on aille dire à Boris Vigor d'arrêter son match pour planter un gland ?

Dès qu'il a parlé de chêne, je me suis revu dans la Ville des Arbres, sur le tableau de Brenda. Mais j'ai chassé la vision pour rester concentré. Il enchaîne :

— Écoute, on improvisera. La petite m'a dit qu'elle me parlerait en sa présence : je te traduirai et tu lui répéteras. Vigor ne s'est jamais remis de la mort de sa fille ; s'il a la preuve que tu es en relation avec elle, il exaucera tes moindres désirs. Pour lui, faire libérer ton père ne posera aucun problème.

Je sens une montée d'enthousiasme qui s'arrête net.

— Mais c'est votre ennemi, Vigor ! Il vous a volé votre invention.

— C'est excellent pour nous, Thomas : je fais partie de ses remords.

— Ça veut dire qu'il vous entendra, comme moi ?

— On verra. En tout cas, tu seras en position de force. Habille-toi, vite !

— Mais comment on va sortir ? Ma mère a fermé la porte et branché l'alarme : je ne connais pas le code.

— On va faire le mur.

Il désigne la lucarne. J'ouvre la bouche pour protester, et je reste immobile, la mâchoire pendante. Incrédule, je fixe mon ventre qui pointe à peine, entre les boutons défaits du pyjama. C'est une illusion d'optique, ou j'ai dégonflé ? Vingt minutes de sommeil après avoir parlé à des protéines, ça suffirait pour maigrir ?

— Surtout que tu n'as pas dîné, répond l'ours. En étant puni, tu as évité les saloperies d'édulcorants chimiques dont te bourre ta mère, et qui incitent ton organisme à développer des graisses naturelles en guise d'anticorps.

— Comment ça ?

— Pour fonctionner, ton cerveau a besoin de sucre. Si tu ne manges que des sucrettes, il ne reçoit pas d'information « sucre », donc il en fabrique pour compenser : plus tu es au régime, plus tu grossis. Plus tu fais marcher ton cerveau, plus tu deviens obèse. C'est pourquoi le gouvernement se méfie des gros. Allez viens, on sera de retour avant minuit, et je t'indiquerai un truc encore plus efficace, pour dormir en perdant quatre cents grammes à l'heure.

22

L'ours agrippé à mon dos avec ses petits doigts tout neufs, je descends le long de la gouttière. Des craquements inquiétants s'échappent de la conduite et des colliers de fixation. J'ai beau avoir un peu maigri, je suis encore trop lourd pour faire ce genre d'acrobaties, moi, et je ne sais pas comment je vais remonter tout à l'heure. Il faudra que j'emprunte une échelle chez un voisin.

Je me dirige vers la station de métro, doublé par les derniers retardataires qui agitent le fanion de l'équipe qu'ils soutiennent. La Nordville Star, celle de Boris Vigor, est nettement majoritaire, et je contourne un cadavre à qui les supporters ont fait manger son fanion du Sudville Club. Les incidents sont fréquents, les jours de match, mais c'est une soupape de sécurité, comme dit mon père, alors le gouvernement laisse faire. Les assassinats de supporters sont beaucoup moins dangereux pour la société que les dépressions nerveuses.

La camionnette bleu ciel est déjà sur place, et je me retourne pour regarder le dépuceur, dans sa combinaison turquoise, approcher du crâne du supporter l'appareil de récupération, un outil à mi-chemin entre la seringue et la perceuse. Fschhtt, blop, gling ! La puce aspirée atterrit dans une capsule en verre, direction l'usine de Recyclage et le CDE, le Centre de distribution des énergies. C'est ce qu'on apprend en instruction civique.

Je demande à l'ours, en le décrochant de mon dos pour le glisser dans mon blouson :

— Vous l'avez vue, son âme ?

— Y avait rien à voir, élude-t-il d'un ton sombre. Marche plus vite.

Deux coups de klaxon me font tourner la tête. Un coupé Arachide GTO s'arrête le long du trottoir.

— Tu vas au match ?

Mon cœur se noue. Un double nœud. Brenda Logan me sourit, le coude à la portière passager, assise à côté d'un Troc qui lui tient le genou comme si c'était son levier de vitesse. Je réponds avec un brin de froideur que oui, en effet, je vais au match.

— On t'emmène ?

— Accepte, ordonne Pictone planqué dans mon blouson. Si on arrive à temps, on essaiera de parler à Vigor avant le match.

Brenda est déjà descendue, bascule son dossier pour que je me glisse à l'arrière.

— Merci, Brenda. Bonsoir, monsieur.

Le Troc me glisse un regard mauvais.

— C'est mon voisin d'en face, lui explique-t-elle en se rasseyant. Thomas, je te présente Harold, le directeur de casting des pieds qui puent.

— Enchanté, dis-je en rendant son clin d'œil à Brenda.

— Sauf que c'est Arnold, mon prénom, riposte le Troc.

Je lui dis que je suis enchanté quand même, et qu'il est très serviable. Il démarre un peu brusquement, en reprenant possession du genou de sa passagère. Brenda dissimule à peine un mouvement de recul. Je suis rassuré de voir qu'apparemment, elle n'est pas amoureuse de ce blondasse à la carrure de crétin. C'est juste pour le travail et la voiture.

— Je ne savais pas que tu aimais le man-ball, me dit Brenda.

— Moi non plus. Enfin, toi non plus, je ne savais pas.

— J'ai deux billets première catégorie, me précise Arnold d'un ton agressif.

On dirait qu'il veut marquer son territoire, en présence d'un rival. J'adore. C'est très flatteur de rendre jaloux un vieux de trente ans.

— Alors c'est ça, ta Brenda, constate l'ours en glissant la truffe hors de mon blouson. Un peu vulgaire, non ?

Je remonte d'un coup la fermeture éclair.

— Aïe ! crie-t-il.

J'ai dû lui coincer des poils. Je m'en fiche. Personne n'a le droit d'insulter Brenda.

— Après le match, lui déclare le Troc, j'ai réservé une table chez Nardi, c'est interdit aux mineurs, faudra qu'il se débrouille tout seul pour rentrer chez lui, ton voisin, parce que j'ai réservé pour deux.

— J'avais compris, lui dit Brenda.

— Et est-ce qu'il a un billet, au moins ?

— Dis-lui que tu as gagné au concours de ton collège une place dans la tribune de l'Académie des sciences, me suggère l'ours.

Je m'abstiens, pour éviter d'alimenter la jalousie d'Arnold.

— Quoi qu'il en soit, il faut qu'on se débarrasse de lui, reprend Léo Pictone.

Là, je suis plutôt d'accord. Mais je ne vois pas comment.

À l'approche du stade, un embouteillage énorme recouvre sous les klaxons la clameur des supporters.

— Fais-moi tomber discrètement sur le sol, conseille Pictone.

J'écarte le bas du blouson. Il descend le long de ma jambe gauche, et rampe entre les sièges avant.

— On va manquer le début, ronchonne Arnold. Tu aurais pu être prête plus tôt, reproche-t-il à Brenda.

— Mais je peux encore rentrer chez moi, répond-elle sèchement.

— Ce n'est pas ce que j'ai voulu dire…

— Alors ne dis rien.

Le moteur s'arrête d'un coup. Je n'ai pas bien vu, mais je pense que Pictone a débranché un truc sous le volant.

— Qu'est-ce qui se passe ? s'informe Brenda.

— Je comprends pas, dit Arnold en essayant vainement de redémarrer. Elle sort de révision.

— Tu veux que j'aille regarder le moteur ?

— Non, non, elle est sous garantie ! Seul le réseau Arachide a le droit d'y toucher, sinon je perds la garantie. Hé ! c'est quoi, ça ?

— Un ours en peluche, répond Brenda en regardant le savant à plat ventre qui s'est figé entre leurs sièges, sur le chemin du retour. Il est sous garantie, lui aussi ?

— C'est à moi, dis-je en me penchant pour le ramasser vivement. Il est tombé de mon blouson.

— Il sera sage, au moins, pendant le match ? ironise Arnold, et il perd son humour aussitôt pour insulter les voitures bloquées derrière nous qui le klaxonnent.

— Appelle Arachide-Assistance, décide Brenda. On pousse ta caisse contre le trottoir, tu les attends, tu me donnes les billets pour qu'on les fasse valider, et on laisse le tien à l'accueil. Viens, Thomas.

— Oui mais, proteste le Troc.

On est déjà dehors, Brenda et moi, arc-boutés contre les ailes arrière, et il tourne ses roues vers le caniveau tout en donnant au téléphone son numéro d'assisté. On l'abandonne de bon cœur et on part vers le stade, le pas léger, doublant les autos qui marinent au ralenti dans leur odeur de friture.

— C'est bien tombé, cette panne, me dit Brenda. J'en pouvais plus de ce type.

— C'est un vrai Troc, dis-je pour confirmer.

— Doublé d'un Jteup. Je vois que tu as retenu la leçon. J'aurais jamais dû accepter de sortir avec lui. Mais quand t'en as marre de dire non, tu finis par dire oui pour avoir la paix, et les problèmes commencent. Je me fais avoir à chaque fois. Des nouvelles de ton père ?

— Non.

— C'est un cadeau de lui, cet ours ?

— Non.

— Et ta mère, elle te laisse sortir seul ?

Ça bouillonne dans ma tête. J'hésite à saisir l'occasion de lui parler du professeur Pictone.

— Non, Thomas, je t'interdis ! Je ne sens pas du tout cette fille.

Mais de quoi il se mêle, le plantigrade ? Qu'il arrête de lire dans mes pensées quand je suis avec une femme ! Brenda s'immobilise soudain, me prend le poignet.

— Dis donc, Thomas Drimm, maintenant qu'on a largué le Troc, on n'est pas du tout obligés d'aller à son match. Je t'offre un verre ? ajoute-t-elle en désignant un bar tranquille déserté par les supporters.

Le dilemme me serre l'estomac. Je sors le professeur de mon blouson.

— Thomas, rappelle-toi notre accord ! C'est le sort de ton père qui est en jeu ! Laisse tomber cette fille et demande à parler à Vigor !

— Wah ! s'exclame Brenda en me prenant des mains l'ours en peluche. Il a les lèvres qui remuent toutes seules, c'est marrant… Tiens, ça ne marche plus. Tu as un problème de piles ?

Je ne sais pas quoi répondre. Que ce soit pour dire la vérité ou la cacher, les mots se refusent.

— T'es spécial, toi. Tu t'entraînes pour un numéro de ventriloque à l'envers ?

Complètement largué, je la fixe en haussant les sourcils. Elle précise :

— Oui, un ventriloque, normalement, il articule avec la bouche fermée, pour faire croire que c'est son ours qui parle.

— Ben nous, c'est le contraire.

Ma phrase a jailli sans prévenir. Je me sens aussitôt libéré, soulagé, normal. J'ai choisi le camp de mon espèce. J'ai choisi le camp des vivants.

— Le contraire de quoi ? demande Brenda.

— Thomas, je t'interdis de me trahir ! crie l'ours.

— C'est vous qui vous êtes trahi, fallait fermer vot'gueule, c'est tout !

Je le reprends brusquement des mains de Brenda, à qui je précise que voilà : le ventriloque, en fait, c'est lui ; moi je dis ce qu'il me fait dire.

Elle se gratte le coin du nez.

— Génial. Et il dit quoi ?

— Il est très technique : vous comprendrez mieux que moi. C'est le professeur Léo Pictone, de l'Académie des sciences.

— Très honorée, dit-elle en lui serrant la patte. Vous savez que tout le monde est très inquiet de votre disparition, professeur.

— Je suis sérieux, Brenda.

— Moi aussi, me répond-elle. Le kangourou que tu as vu chez moi, quand j'étais petite, j'avais décidé que c'était le Prince Charmant qui attendait que je sois une femme pour reprendre sa vraie forme. Toi, c'est quand même plus original. Alors comme ça, tu rêves d'être un grand scientifique ?

— Je rêve qu'on me foute la paix, mais j'ai pas le choix ! dis-je avec violence, à deux doigts de craquer. Pictone s'est fait piquer son invention par Boris Vigor, alors faut que je le chope avant son match pour lui dire qu'on a retrouvé sa fille !

Elle sursaute.

— La petite Iris ? Mais elle est morte il y a trois ans.

— Justement ! Comme ça il fera innocenter mon père.

Elle me regarde avec une grande perplexité, m'ébouriffe les cheveux. Les gens courent autour de nous, se demandent s'ils ont des places à vendre, nous bousculent. Elle m'assied sur un banc, s'installe à côté de moi.

— Vous me croyez pas, hein ?

— Je te comprends, Thomas Drimm. C'est terrible ce qui t'arrive, avec ton père. Écoute, si tu veux qu'on te laisse approcher Boris Vigor, tu as un excellent moyen : ton ours.

— Je sais.

— Mais ne lui dis pas : « C'est le savant à qui vous avez piqué son invention. » Psychologiquement, ça me paraît pas terrible. Tu la connaissais, Iris ?

— Non.

— Il y a eu plein de reportages sur elle, au moment du drame. Le portrait craché de son père : jolie, débile, athlétique. Vous auriez le même âge, aujourd'hui. Tu n'as qu'à dire que c'était son ours à elle. Que vous aviez échangé vos jouets. Fétichiste comme il est, Vigor sera tellement heureux de le récupérer qu'il graciera ton père.

— N'importe quoi, grince Pictone entre ses lèvres serrées. N'écoute pas cette gourdasse ! On a élaboré une stratégie, toi et moi ; tu dois t'y tenir.

— Donne-le-moi, dit-elle en ôtant son foulard, je vais le féminiser un peu.

Elle me reprend le professeur, lui noue son foulard en jupette. Puis elle sort un tube de rouge à lèvres. Léo Pictone se laisse maquiller, pétrifié.

— On peut y aller, maintenant : il est crédible en jouet de fille, dit-elle en contemplant son œuvre.

Et on repart au pas de course vers le stade. La main dans la sienne et la peluche sous le bras, j'évite de croiser le regard du vieux savant devenu Léa l'oursonne.

23

Dans les dernières minutes avant le coup d'envoi, lorsque toutes les places assises sont occupées, on vend aux pauvres l'espace autour. Les guichets sont pris d'assaut par des grappes d'hystériques prêts à s'entretuer pour un coin de marche ou un bout de grillage où s'écraser le nez. Je comprends mieux à présent la tête de mon père, au petit déjeuner, quand il a assisté la veille à son match mensuel obligatoire.

Brenda fonce droit vers le comptoir « Invitations VIP », derrière lequel un gorille désœuvré grignote les peaux autour de ses ongles.

— Bonjour, dit-elle avec une autorité tranquille, je suis l'attachée ministérielle de Boris Vigor. Cet enfant vient de m'apporter un objet ayant appartenu à sa fille Iris. Je dois le lui remettre immédiatement : c'est son porte-bonheur.

Le gorille s'est redressé, dans une attitude de menace ou de respect, je ne sais pas trop. À moins que ça soit de la séduction.

— Ce serait avec plaisir, mademoiselle, mais monsieur le ministre est déjà sur le tapis.

Une clameur immense ponctue sa phrase, relayée par l'hymne national.

— Bon, décrète Brenda, on le verra après le match. Vous pouvez lui faire porter un mot au vestiaire ?

— Absolument, mademoiselle.

— Vous êtes un amour.

Elle sort un carnet de son sac, arrache une feuille qu'elle noircit d'une écriture rapide et pointue. J'écarte mon blouson pour jeter un coup d'œil à Léo Pictone. Pattes croisées, il boude. Le contrôle de la situation lui échappe, et ça ne me déplaît pas vraiment. J'avais mille fois raison de vouloir engager Brenda comme assistante : c'est le genre de fille pour qui tous les obstacles deviennent des tremplins.

— Je ne pensais pas assister au match, reprend-elle à l'intention du guichetier, mais bon : raison d'État. Il reste des places dans la tribune du gouvernement ?

— Hélas non.

— Tant pis, validez ces deux billets.

— Et Arnold ? fais-je malgré moi.

— C'était Harold, non ?

— Je crois pas.

— Tu vois, dit-elle, on l'a déjà oublié.

On franchit les barrières de contrôle, les portiques de sécurité, puis le sas du bureau de vote où ils nous échangent nos billets contre deux boîtiers noirs. Brenda configure le sien avec sa puce, en l'appuyant contre sa tempe. Je ne sais pas quoi faire du mien.

— C'est ton premier match ? demande-t-elle.

J'acquiesce. Elle m'explique : en tant que moins de treize ans, j'ai le droit de vote, mais si je gagne, je ne gagne rien. Je glisse le boîtier dans ma poche intérieure, à droite de l'ours, et on escalade les gradins qui tremblent sous le martèlement des spectateurs.

Dans un concert d'acclamations et de sifflets, les deux équipes défilent à tour de rôle, en haut du stade, sur le tapis vert d'où part la rampe de lancement. Les tribunes en demi-cercle surplombent une roulette de casino, si grande qu'on distingue les numéros des cases jusqu'au dernier gradin où se trouvent nos sièges.

— Première catégorie, tu parles, marmonne Brenda. On a bien fait de le larguer, ce radin d'Arnold.

J'opine. La musique des équipes s'arrête. Les joueurs se figent, au garde-à-vous dans leurs combinaisons rembourrées, derrière leurs capitaines.

— Bo-ris Vi-gor ! scande la foule en tapant des pieds.

Le capitaine des blancs à étoiles bleues s'avance au bord du vide, ôte son casque intégral pour saluer sous les bravos. Puis c'est le tour du vert à pois jaunes, qui se décasque au milieu des sifflets, reçoit une tomate pourrie tirée par un lance-tomate, essuie son visage, et remet son casque.

— Faites vos jeux ! hurle une voix dans les haut-parleurs.

La roulette géante se met à tourner, tandis que les milliers d'accros autour de nous entrent des chiffres dans leur boîtier, avec une excitation avide. Brenda me glisse que si on trouve le bon numéro, on gagne de quoi perdre pendant six mois.

— Zéro ? propose-t-elle.

— D'accord.

On mise en même temps. Vu que mon vote sera blanc, autant jouer la même chose qu'elle. Ça serait trop bête que je gagne tout seul pour rien.

Roulement de tambour, de plus en plus fort, puis silence soudain.

— Rien ne va plus ! ordonnent les haut-parleurs.

Tout le monde pose son boîtier, fixe l'écran qui domine le stade. Au bout de quelques secondes, il affiche « 31 », le numéro qui a été le plus joué. Les majoritaires braillent leur joie.

Le premier vert à pois jaunes s'engage sur la rampe de lancement. À une vitesse vertigineuse, il atterrit dans le cylindre où, recroquevillé en boule, il rebondit de case en case, pour finir étalé de tout son long, à cheval sur le 2 et le 25. Quand la roulette s'immobilise, on évacue son corps sous les quolibets de la foule.

Brenda m'explique les règles : la roulette tournera jusqu'à l'élimination des hommes-billes. Plus la case où finit le joueur est proche du numéro plébiscité par la foule, plus son équipe marque de points. En cas d'égalité, c'est le dernier vivant qui gagne.

— Faites vos jeux !

On mise la même chose, pour ne pas se fatiguer. Cette fois, c'est le 27 qui s'affiche.

— Quand tu réfléchis, dit Brenda, c'est une parfaite illustration de la société dans laquelle on vit. Le hasard, que la foule a l'illusion de choisir en votant, devient la vérité qui décide du sort de chacun.

Je ne réponds rien, parce que ma gorge se noue : on croirait entendre mon père. Un blanc étoilé s'est lancé sur la rampe, et réussit à se fixer sur le 11, à trois cases du 27. Ça rapporte quarante points à la Nordville Star. Ovation.

Et ça continue comme ça pendant une heure, jusqu'à l'élimination des morts et des blessés qui ne laisse plus en jeu que Boris Vigor (210 points) et trois verts à pois jaunes (340 points). Le suspense a l'air de fasciner tout le monde. Même Brenda s'y est laissé prendre, à la longue. Je la laisse s'exciter sur son boîtier, se concentrer comme les autres pour que Boris atterrisse dans la case gagnante. Moi, je savoure ce moment à côté d'elle, cuisse contre cuisse, même si elle m'a oublié et même si je m'inquiète pour la suite.

En fait, Vigor n'est pas du tout en forme. Il a raté presque toutes ses entrées de roulette, il s'est blessé au genou malgré son rembourrage, et Léo Pictone, debout sur mes cuisses, les doigts crispés sur les pans de mon blouson, donne des coups de pied nerveux dans mon ventre à chaque ratage du champion.

— Manquerait plus qu'il se tue, cet abruti ! râle-t-il.

Je lui mets la main sur la bouche, par réflexe, et je me retrouve avec le rouge à lèvres de Brenda en forme de cœur au milieu de ma paume. C'est peut-être égoïste, pardon papa, mais je suis brusquement le plus heureux du monde, malgré les circonstances, et je fais semblant de bâiller toutes les trois minutes pour embrasser en douce ma voisine au creux de ma main.

— Tu t'ennuies vraiment, toi, constate-t-elle du coin de l'œil.

Et je confirme, par pudeur.

L'ambiance a carrément changé, depuis un moment. La consternation a envahi les tribunes. Vigor boite de plus en plus bas à chaque retour vers la rampe de lancement, voûté, ramolli. Le capitaine du Sudville Club n'est plus dans la course depuis trois coups, mais il a terminé KO sur la case gagnante, et la Nordville Star est menée 950 à 610. Les points obtenus augmentant à chaque élimination, d'après ce que j'ai compris, Vigor pourrait encore remonter, mais il finit à douze cases du bon numéro, les bras en croix. Il ne bouge plus. On l'évacue sur une civière.

Je murmure à l'oreille de l'ours, catastrophé :

— Il est mort ?

— Je n'en sais rien ! Qu'est-ce que tu veux que je capte, dans cette marée humaine ? Ce n'est plus un inconscient collectif, c'est un bouillon de bêtise ! Et ça commence à déteindre : je ne me reconnais plus !

Je pense à mon père, quelque part dans une prison de la ville. Les brancardiers emportent vers l'infirmerie la civière du ministre, et mon dernier espoir disparaît à vue d'œil.

24

— Vi-gor ! Vi-gor ! scande la foule pour que le champion revienne à lui.

Son dernier adversaire valide est en train de se positionner au sommet de la rampe de lancement, lorsqu'un voyant orange s'allume sur le tableau de marquage, à côté du nom de Vigor. S'il était mort, me dit Brenda, la lumière serait rouge. Là, ça veut dire que le ministre abandonne.

Des cris de fureur emplissent le stade. Apparemment, très peu de gens ont parié sur la victoire des verts à pois jaunes. Le rescapé du Sudville Club ôte son casque, monte sur le podium pour recevoir sa coupe et tombe à genoux, une balle dans le crâne. Les forces de l'ordre envahissent les gradins pour repérer le tireur.

— Viens, dit Brenda en m'attrapant la main.

Elle se faufile dans la meute qui essaie de se frayer un chemin vers les sorties. C'est là qu'on voit l'avantage de s'entraîner à la boxe. Les gens ne se méfient pas d'une femme encombrée d'un préado ; elle dégage la route à coups de poing, et je l'aide de mon mieux par des croche-pattes.

En moins d'un quart d'heure, on est sortis de l'enceinte où d'immenses filets anti-émeutes sont tombés sur les supporters, pour leur permettre de se massacrer sur place en évitant les débordements. Sinon, ça fait trop de plaintes chez les riverains. C'est la technique de la marmite, mise au point par le ministère de la Sécurité : quand ça bout, on met le couvercle.

Brenda m'explique tout ça tandis qu'elle m'entraîne au pas de course jusqu'au comptoir VIP. Son admirateur l'accueille par un sourire navré.

— Comment va-t-il ? s'inquiète-t-elle.

— On voit qu'il n'avait pas son porte-bonheur, répond le guichetier sans se mouiller. Monsieur le ministre a eu votre mot, il a dit de vous donner un badge Platinium, il vous rejoint dans sa voiture, dès que possible, sur le parking 7.

Brenda le remercie, empoche le badge magnétique et, dès qu'on est hors de sa vue, elle pousse un cri de joie, coude replié, poing fermé :

— Ouaih !

Je suis épaté de voir que mon problème lui tient autant à cœur. J'abaisse ma fermeture éclair, et tire Pictone par l'oreille pour le prendre à témoin de notre réussite.

— Je ne le sens pas, grommelle-t-il. J'ai peur d'un piège. Écoute-moi bien.

Je pousse un soupir agacé en suivant Brenda, qui a pris la direction des parkings et franchit les différents contrôles avec son badge.

— Je t'ai parlé des fantômes d'enfants, mais ce n'est pas tout… Il y a eu autre chose, dans ce quart d'heure d'horreur que j'ai subi pendant que tu dormais. Déjà, la première nuit après ma mort, quand je me branchais sur toi, j'avais l'impression que tu n'étais pas tout le temps là… Comme si tu étais aspiré à distance par quelqu'un qui travaille sur toi… Méfie-toi de Brenda.

Je referme mon blouson pour qu'il se taise. Ce n'est pas le moment de me prendre la tête avec ses vacheries de vieux jaloux. Soupçonner Brenda, c'est aussi ridicule que si je l'accusais lui de m'avoir dénoncé aux flics. Mais à quoi bon discuter. Si je suis connecté à distance avec Brenda, ça s'appelle l'amour, et ça il ne peut pas comprendre.

J'accélère pour la rejoindre, dans une allée grillagée longeant les portails des parkings VIP. Elle s'arrête devant l'accès numéro 7, appuie son badge contre le lecteur. Le portail s'ouvre sur un immense espace clos éclairé en jaune, occupé par une seule voiture, au fond. Une limousine noire d'au moins douze mètres, une Olive Pression II réservée aux membres du gouvernement. La plus belle voiture du monde, à part l'Olive Première Pression du président Narkos.

Dix soldats en armes nous accueillent, vérifient le badge Platinium et nous accompagnent jusqu'à la limousine, garée devant la porte de vestiaire marquée « Monsieur le Ministre ».

Le chauffeur descend nous ouvrir la portière arrière, et on se retrouve à l'intérieur d'un salon en cuir avec minibar, écrans, bureau et salle de gym.

— Monsieur le ministre vous prie d'excuser son retard : il finit de recevoir des soins. Le bar est à votre disposition.

La portière se referme dans un soupir. Le chauffeur regagne son volant, et remonte la glace noire qui l'isole de notre salon.

— Je t'adore ! s'écrie Brenda en écrasant un gros bisou sur ma joue. C'est à tomber, une bagnole pareille ! Tu vois, le luxe, on s'en passe très bien, mais on a tort. Champagne !

Elle sort la bouteille du seau en argent, la débouche, remplit deux coupes. J'extrais Léo Pictone de mon blouson, et l'installe sur la banquette en vache blanche. Les pattes raides et l'air guindé, il rabat d'un geste machinal sa jupe retroussée, oubliant apparemment qu'il n'y a rien à cacher.

— Donc, reprend-il de sa voix crispée, tandis que Brenda égalise le niveau de la mousse dans les coupes, je te disais que je sens un piège. Une part de moi trouve indispensable et cohérent d'entrer en contact avec Vigor par l'intermédiaire de sa fille, mais une autre part se méfie… C'est trop facile, tout ça, trop bien arrangé, ça tombe trop bien… C'est cousu de fil noir.

— À vous ! dis-je en lui tendant la coupe que m'a donnée Brenda.

Il me dévisage, inexpressif, sans la prendre. Le regard de Brenda va de lui à moi.

— Allez, professeur Pictone, vous voyez bien que Brenda est de notre côté, et qu'on a absolument besoin d'elle. Vous êtes de l'Académie des sciences, elle est médecin : vous pouvez trinquer ensemble. C'est plus la peine de faire semblant d'être juste une peluche.

— Bois un coup, va, me dit Brenda en choquant sa coupe contre celle que je tiens. D'habitude, c'est quand on est bourré qu'on a des visions, mais puisque tu fais tout à l'envers, ça ne peut te faire que du bien.

Je lui rappelle que c'est de l'alcool, son truc, et que je suis mineur.

— Qu'est-ce que tu risques ? Ton père est déjà en prison.

— Justement.

Elle se mord les lèvres, gênée. J'en profite pour lancer l'argument massue :

— Écoutez, Brenda, si vous n'essayez pas de me croire, vous n'entendrez jamais sa voix. Il a des choses hyper-importantes à vous dire. Et quand je fais le traducteur, j'en oublie la moitié.

— OK.

Elle vide sa coupe d'une traite, la pose, prend la mienne et ajoute, en trinquant avec la truffe de l'académicien :

— À votre santé, professeur. Remarquez, dans votre état, au point de vue santé, vous craignez quoi ? Les mites ?

La portière s'ouvre. Boris Vigor, en manteau bleu, s'engouffre dans la limousine et s'affale sur la banquette par-dessus l'ours.

— Désolé de vous avoir fait attendre, jeune homme. Vous êtes Thomas Drimm ?

— Le piège ! hurle Pictone sous le manteau bleu. J'avais raison : c'est un piège ! Comment il connaît ton nom ? Sauve-toi !

25

Je me tourne vers Brenda, paumé. La coupe de champagne à la main, elle dévore des yeux le colosse roux aux traits creusés entre les pansements. Il oriente la tête vers elle, le regard vide, un sourcil en l'air.

— Brenda Logan, articule-t-elle avec effort, comme si elle se souvenait mal de son nom. Je suis flattée, monsieur le ministre. Pardon d'avoir forcé les barrages d'une manière un peu cavalière pour parvenir jusqu'à vous…

— Où est-il ? attaque Vigor en se détournant d'elle, ses yeux dans les miens. Où est le professeur Pictone ?

— Ne lui dis rien ! s'époumone le savant sous les fesses du ministre.

— Je sais que vous êtes en rapport avec lui, et vous serez arrêté sur-le-champ pour complicité d'enlèvement, comme votre père, si vous refusez de me répondre.

— Monsieur le ministre, intervient Brenda, il ne faut pas oublier que c'est un gamin et qu'il a tendance à fabuler. Moi-même, il m'a raconté que Léo Pictone était dans son ours en peluche.

— Où ça ? s'étonne Vigor.

Elle lui signale respectueusement qu'il est assis

dessus. Le ministre fait un saut de côté sur la banquette, découvre la peluche avec un haut-le-cœur.

— À quoi rime cette comédie ? Je vous préviens : je n'ai pas d'humour, je n'ai pas le temps et ce n'est pas le jour. Au ministère ! lance-t-il en pressant le bouton d'un interphone.

La voiture démarre sans un bruit, sans une vibration. Brenda me dévisage, tétanisée, se demandant ce qu'elle doit faire. Le portail en acier s'ouvre devant nous, six motards nous encadrent, et un bataillon de gardes mobiles déplace à toute allure les barrières de l'autoroute fermée aux usagers.

— Thomas Drimm est en état d'arrestation ? demande lentement Brenda d'une voix dangereuse.

Je la sens qui bande déjà ses muscles, et je lui fais signe d'attendre. Concentré sur la peluche, Vigor est en train de la retourner sous toutes les coutures, comme s'il cherchait un document, une puce ou une clé USB.

— Arrête de me tripoter, andouille !

Avec un cri de stupeur, le ministre lâche l'ours, et se retourne vers moi :

— Il… il parle !

— Ho ? Vous l'entendez ?

— Évidemment, il m'entend : il m'a escroqué ! Tu es bien placé pour savoir que le remords, Thomas, c'est très conducteur.

— Où est Pictone ? rugit Vigor en me saisissant aux épaules. Il est caché quelque part, il manœuvre cet ours à distance !

— Lâche cet enfant et écoute-moi, crétin. Je suis décédé, en résidence secondaire dans cette peluche, à titre provisoire, mais j'ai un message urgent à te transmettre de la part de ta fille.

Vigor est devenu blême, rencogné contre sa portière. Brenda me tire doucement par le bras, livide elle aussi, me demande si c'est vraiment Pictone qui téléguide ce jouet. Mot à mot, je lui répète ce que vient de dire le savant au ministre.

— Un message de ma fille ? articule péniblement Boris. De ma fille Iris ?

— Évidemment. Tu en as d'autres ? Bon, je cite : « Papa, en signe de pardon, il faut que tu plantes un gland pour faire pousser un chêne. » Ça te dit quelque chose ?

Vigor tombe à genoux sur la moquette, attrape l'ours à foulard-jupe et rouge à lèvres, l'étreint contre son cœur :

— Mon, amour, c'est toi, c'est vraiment toi ?

— Je l'crois pas, murmure Brenda.

Moi, j'aime bien. C'est reposant de voir un adulte en conversation avec ma peluche. Ça m'enlève un sacré poids de partager un peu ce boulet, de faire la passe à quelqu'un de compétent.

— Tu m'entends, mon bébé ? insiste le ministre. Tu me parles ?

— Ne m'étouffe pas, dit Pictone, si tu veux que je capte ! Attends… elle dit qu'elle est haut dans l'arbre, et que tu n'es pas là, et qu'elle est toute seule.

— Je suis là ! Je suis là, ma chérie, avec toi, parle-moi !

— Viens, mon papa, lance une petite voix de fille échappée de la peluche. Viens vite !

— Je viens ! s'empresse le ministre. Mais où ?

— Viens me rejoindre !

— Il se passe quoi ? s'informe Brenda.

Essayant de retrouver mon sang-froid, je lui explique que c'est Iris qui occupe mon ours, à présent, à la place de Pictone – ou alors ils se partagent la mousse en colocataires.

— Viens me rejoindre, répète la voix de l'enfant.

Les yeux figés dans le regard en billes de plastique, Boris Vigor balbutie :

— Tu veux... tu veux que je meure ?

— Elle n'a pas dit ça, intervient la voix du vieux. Il y a plus urgent, Boris : mon Bouclier d'antimatière. Tu te rappelles que lorsque j'ai découvert le pictonium...

— Je m'en fous ! crie Vigor. Je veux Iris ! Elle est partie ? Rends-la-moi !

Il secoue l'ours, violemment, comme si sa fille cachée dans un repli de la peluche allait tomber sur le sol.

— Mais arrête de m'agiter comme ça, abruti ! C'est fragile, l'énergie vibratoire d'une enfant ! Elle n'est plus là, tu entends bien : je ne la capte plus.

Vigor s'immobilise.

— Dis-lui qu'elle me manque trop, Léo. Je ne peux plus vivre sans elle...

— Tu parles comme ça va la consoler ! Thomas est peut-être nul, mais il est plus doué que toi avec les morts, je te signale !

Vigor se tourne soudain vers moi. Je lui souris vaguement, d'un air modeste.

— Et toi, tu l'entends, la voix de ma fille ?

— Non, monsieur le ministre. Enfin, oui, quand elle sort de mon ours. Mais il faudrait d'abord me rendre mon père.

— Ton père ?

— Robert Drimm, précise le professeur, que la Sécurité a fait arrêter pour obtenir des renseignements sur moi. Ne feins pas de l'ignorer : tu connaissais le nom de Thomas, tu savais qu'il allait te contacter. C'est Nox-Noctis qui est derrière tout ça : je le vois dans tes pensées.

Vigor secoue la tête, l'enfouit entre ses mains. Un silence tendu s'installe dans le salon roulant. De toutes mes forces, j'essaie de faire taire la voix intérieure qui me répète que ce ministre n'est qu'une marionnette, qu'il n'a aucun moyen de pression sur la police, et que je ne reverrai pas mon père.

— Pour en revenir au Bouclier d'antimatière, Boris, reprend l'ours, il faut que tu sois conscient que l'effet du pictonium sur…

— Stop ! hurle le ministre de l'Énergie en relevant soudain la tête.

Il presse une touche sur l'interphone. La limousine freine sec. Les deux motards qui nous suivent nous évitent de justesse.

— Descendez ! ordonne Boris Vigor. J'ai besoin d'être seul.

Brenda et moi regardons le paysage, inquiets. L'autoroute fermée à la circulation enjambe une banlieue encore plus glauque que la nôtre, sans station de métro ni rien. Brenda lui demande fermement s'il aurait l'amabilité de faire un crochet par la B45 de Nordville-Nord.

— Descendez, j'ai dit. Je garde l'ours ! décide-t-il en fourrant Pictone dans la poche de son manteau.

— Hé ! il est à moi !

J'ai parlé dans un cri du cœur que je regrette aussitôt, mais le ministre me regarde avec des larmes dans les yeux.

— Tu me le prêtes ? demande-t-il d'une petite voix. Tu auras ce que tu veux en échange, mais si ma fille revient parler dedans, je dois…

— Non mais vous disjonctez, là, tous les deux ! s'indigne Pictone en sortant de la poche du ministre.

Je n'appartiens à personne, moi ! Je me suis incarné dans cette peluche pour la survie du genre humain, je suis le seul maître à bord et personne n'y touchera ! Boris, si tu veux qu'on reprenne cette conversation avec Iris, tu n'as pas le choix : tu nous ramènes illico chez nous, tu rentres au ministère te remettre de tes émotions, tu fais libérer le père de Thomas, et demain tu nous contactes. C'est clair ? Le mieux est de passer par Mlle Logan. Je préfère qu'on n'ait pas dans les pattes la mère de Thomas, qui est encore plus pénible que ma veuve.

Boris Vigor avale sa salive, passe les mains dans ses cheveux, acquiesce, donne au chauffeur mon adresse qu'il connaît par cœur. Ce qui confirme les soupçons de Pictone, mais aussi le pouvoir de son chantage. Mon espoir est revenu, d'un coup.

Vigor demande à Brenda ses coordonnées. Sans un mot, elle sort son portable, le colle contre celui du ministre. Ils appuient sur la touche bleue pour que leurs téléphones échangent leurs numéros. Lorsque le baiser des portables s'interrompt, j'en profite pour plaquer le mien contre celui de Brenda. Elle me regarde faire comme si c'était une chose banale, mais pour moi la mettre en mémoire est comme une espèce de serment. Tout à l'heure, à la maison, je lui attribuerai le numéro 4 dans le menu des numéros abrégés. Juste après la messagerie et les parents.

La limousine quitte l'autoroute, et s'arrête dix minutes plus tard au coin de notre rue. Je remercie le ministre par avance pour mon père. Il ne répond pas, l'air prostré.

— Sois confiant, Boris, lui glisse l'ours en m'escaladant pour réintégrer mon blouson. Tout ce que tu fais de bien, tu le fais pour ta fille. Et elle en ressent les effets, crois-moi.

— Mais pourquoi elle ne me parle pas directement dans un jouet à elle ? lance-t-il soudain.

— À cause de ta puce, qui brouille les transmissions avec l'au-delà. Et Iris n'a pas assez d'énergie pour agir sur la matière, comme je le fais. Les enfants morts sont livrés à eux-mêmes : ils ne peuvent pas recevoir l'aide des âmes ancestrales, bloquées dans les plans supérieurs par le Bouclier d'antimatière, ni des trépassés récents qui sont prisonniers de l'usage qu'on fait de leur puce. Seul un esprit autonome comme le mien peut capter les signaux qu'envoie Iris.

— Mais je l'ai entendue, tout à l'heure !

— C'est moi qui imitais sa voix.

— Quoi ?

— Je reproduis les fréquences qu'elle émet pour que tu la reconnaisses, rien de plus. Tu ne peux pas te passer de mon intermédiaire, Boris. À demain. Je te dicterai les conditions précises de notre accord. Mais sache d'emblée qu'il faudra que tu t'engages à détruire le Bouclier, si tu veux reprendre ta conversation avec Iris.

Le ministre empoigne soudain mon blouson pour attirer la truffe de Pictone contre son nez.

— Et qu'est-ce qui me prouve que c'est vraiment elle ? Si tu as imité sa voix, tu as pu inventer le reste ! Le chêne où elle grimpait, tous les journalistes en ont parlé ! Il n'y a aucun mérite ! Tu m'as roulé dans la farine, salaud ! Tu n'es même pas Pictone !

Je proteste, affolé :

— Mais si, monsieur le ministre, je vous le jure, j'ai des preuves…

— C'est toi qui as monté ce coup tordu ! crie-t-il en me repoussant. Tout ça pour que je fasse libérer ton père !

Brenda s'interpose :

— Un enfant prêt à tout par amour pour son papa, vous devez comprendre, monsieur le ministre, non ?

Il la dévisage, mâchoire tremblante, baisse les yeux.

— Barrez-vous ! dit-il d'une voix sourde.

Il presse une touche qui ouvre la portière opposée, articule sans nous regarder :

— Si la justice l'innocente, son père sera libéré, sinon il purgera sa peine. C'est tout ce que je peux vous promettre. Dehors !

— Je me permets juste de vous rappeler, lui glisse Brenda avec une douceur menaçante, que je suis témoin de ce qui vient de se passer. L'immunité ministérielle ne couvre pas l'agression sur un moins de treize ans, si ? En tant que médecin, j'irai témoigner demain après-midi devant la Commission de protection de l'enfance. Sauf si M. Drimm rentre chez lui avant quatorze heures.

Boris la toise avec une stupéfaction qui, brusquement, devient presque admirative.

— Nous dirons que je n'ai rien entendu, mademoiselle.

— Et moi j'aurai tout oublié, à partir de quatorze heures. Aussi bien sur vos violences pédophiles que sur les déclarations posthumes du professeur Pictone. Ça vaut bien la libération d'un innocent inoffensif, non ?

— Foutez le camp, dit-il entre ses dents.

Elle me pousse à l'extérieur. Au milieu des motards au garde-à-vous, je sors en disant merci monsieur le ministre, bonne soirée et à bientôt.

J'agite machinalement la main, sur le trottoir, en regardant disparaître la limousine. Puis je me tourne vers Brenda Logan qui me fixe, les poings sur les hanches, le regard bizarrement glacial.

— Heureusement que tu étais là, dis-je pour détendre l'atmosphère. Hein, professeur ? Qu'est-ce qu'on a bien fait de l'engager !

Les deux mains de Brenda s'abattent sur mes épaules.

— Thomas Drimm, j'ai oublié de te dire une chose, quand on s'est rencontrés. J'aime bien les contes de fées et les délires de mômes, mais je suis une rationaliste obtuse. Tu sais ce que c'est ?

— Non.

— Ça veut dire que le paranormal n'existe pas, et que, lorsque j'ai l'impression que si, je fais en sorte que non. Pour moi une peluche est une peluche, un mort est un mort, et un ministre est un pourri sérieux, matérialiste et fiable. Sinon, déjà que ma vie c'est n'importe quoi, autant me jeter par la fenêtre.

— Mais, Brenda, j'étais comme toi jusqu'à hier soir…

— Tais-toi !

Elle arrache la jupe de Pictone, qu'elle se renoue en foulard tandis qu'elle enchaîne :

— Ça ne me dérange pas qu'un ours dialogue sans le son avec un ministre en faisant l'acrobate, à condition que j'aie deux bouteilles de whisky dans le nez, ce qui n'est pas le cas. Moralité : tu rentres chez toi, je ne t'ai jamais rencontré et je déménage demain.

— Mais tu viens de dire à Vigor que tu as entendu le professeur…

— J'ai dit n'importe quoi pour sauver ton père, espèce de Troc ! Et maintenant c'est moi qui vais me faire arrêter pour déviance, merci !

Effondré, je la regarde traverser la rue.

— Je t'avais prévenu, soupire Pictone dans l'échancrure du blouson, tout en essuyant son rouge à lèvres sur mon sweat. Je sentais venir le coup, avec cette fille. Mais tu vas voir : l'avantage d'un chagrin d'amour, c'est que ça résorbe les graisses. Conjugué à l'action de l'ubiquitine que tu as programmée tout à l'heure, ça sera parfait pour ta consultation chez le Dr Macrosi. Maintenant, en ce qui concerne ton père, j'espère que la stratégie pitoyable de ta Brenda n'a pas torpillé la mienne…

Sans répondre, je me dirige vers la gouttière que j'escalade comme rien. Je jette l'ours au pied du coffre à jouets, et je me couche, la rage au ventre, en espérant que mon chagrin d'amour sera tellement efficace qu'il me résorbera tout entier, et que demain matin, sous cette couette, il ne restera plus rien de moi.

MARDI

L'amour n'est pas de l'antimatière

26

Ministère de l'Énergie, minuit trente

Boris Vigor est revenu dans ses appartements privés, le dos voûté, la jambe raide. Il s'arrête au seuil du salon. La silhouette allongée sur le canapé blanc, face à la télévision éteinte, n'a plus rien à voir avec les courbes fluides de Lily Noctis.

— Qu'est-ce que vous faites là ?

Olivier Nox renverse la tête sur l'accoudoir et lui sourit :

— Je la remplace. Varions les plaisirs. Avec ma demi-sœur, vous éprouvez le désir censuré par la culpabilité. Avec moi, c'est le sentiment d'infériorité face à une intelligence qui vous fascine. Maso comme vous êtes, vous adorez ce genre de complexes, non ?

— J'ai perdu, articule-t-il dans un effort de dignité, pitoyable. J'ai perdu le premier match de ma vie.

Il s'effondre dans un fauteuil, enchaîne d'une voix atone :

— Et je m'en fous. Plus rien n'a d'importance.

Olivier Nox se redresse lentement avec un soupir, croise les jambes et pique un fruit confit dans la corbeille devant lui.

— C'est la vie, cher Boris.

— J'ai parlé avec un ours en peluche.

— Je sais.

Le ministre se relève d'un bond.

— Comment, vous savez ? Je suis sous surveillance ?

— Non, j'ai suivi la scène à travers vos yeux.

— Vous auriez pu me prévenir.

— Vous auriez été moins naturel.

— En tout cas, j'ai failli me faire avoir, vous avez vu ! C'était un traquenard.

— À quel point de vue ?

— Vous avez manqué le début, ou quoi ? Ce Thomas Drimm a des complices, sans doute des gens de sa famille avec un émetteur à distance. Pour que je libère son père, il a essayé de me faire croire que Pictone était dans son ours avec ma fille !

— Ce n'est pas un traquenard, Boris, c'est la vérité. Et pour vous, c'est une piste à suivre.

Le ministre blêmit.

— Attendez… Vous ne pensez quand même pas que j'ai eu un *vrai* contact avec Iris ?

— Si, bien sûr. Elle vous a appelé au secours par le seul moyen à sa disposition. Et maintenant vous devez lui répondre. Mais sans tomber sous la coupe de Pictone.

Boris Vigor se mord un ongle, dépassé par la vitesse avec laquelle son cerveau doit traiter des informations contradictoires.

— Alors, conclut-il au bout d'un moment sur un ton très grave, je dois planter un gland.

— Ah.

— Pour faire pousser un chêne.

L'homme d'affaires plonge la main dans sa poche et, comme si la situation était prévue d'avance, il en sort un gland. Il le tend au ministre qui, sans marquer de surprise, l'enfouit profondément dans une jardinière entre deux plants de jasmin, le visage en prière.

Olivier Nox le laisse se recueillir un instant, puis referme la fenêtre en lançant d'un ton narquois :

— Et maintenant ? Vous attendez que l'arbre pousse ?

— Je demande pardon à la forêt que j'ai rasée. Si vraiment c'est la volonté d'Iris, je lui obéis.

Nox prend une longue inspiration, les doigts en pyramide devant son nez.

— C'est bien. Vous avez accompli sa dernière volonté sur Terre : place à la suite.

— La suite ?

La respiration de Nox se fait plus profonde. L'air de la grande pièce devient aussitôt irrespirable. Boris voudrait rouvrir la fenêtre, mais il ne peut pas, comme hypnotisé par la voix caressante.

— Elle vous a demandé autre chose, non, il me semble ? Elle vous a demandé de la rejoindre…

Le ministre plisse le visage, détourne les yeux, va s'asseoir au milieu du grand canapé blanc. Sur la pointe de la voix, l'autre enchaîne :

— J'ai une proposition à vous faire, Boris. Le seul moyen de retrouver votre fille dans l'au-delà, c'est que vous décédiez en gardant votre puce dans le cerveau. Comme l'a fait le professeur Pictone.

Boris marque un temps. Assez vite, la stupeur cède la place aux scrupules.

— C'est impossible, répond-il avec un haussement d'épaules. Un membre du gouvernement doit donner l'exemple, à plus forte raison le ministre de l'Énergie. Avec tout ce que j'ai gagné au jeu, ma puce a un capital énergétique de soixante quinze mille yods : elle fera marcher à elle seule une centrale thermique. Je n'ai pas le droit d'en priver la société.

— Et votre petite Iris continuera de vous appeler en vain au secours.

— Que puis-je faire d'autre ? soupire Vigor en écartant les doigts, coudes aux genoux.

— Si ma proposition vous intéresse, je m'engage à faire mourir un autre gagneur à soixante quinze mille yods, et à présenter sa puce comme la vôtre.

— Ça m'avance à quoi ?

— À vous retrouver dans la situation d'errance des fantômes de moins de treize ans. À vivre dans le même monde paraterrestre que votre fille, pour continuer à l'élever dans l'au-delà.

— Et en échange, vous me demandez quoi ?

Nox joint les mains sous son nez, avec une lueur intense dans ses yeux froids.

— C'est fou comme les lumières s'allument à l'approche de la nuit… L'intelligence vous vient par surprise, Boris, au moment où vous décidez de vous sacrifier.

Le ministre se relève, dans un mouvement nerveux.

— Qu'est-ce que j'ai à sacrifier ? Je m'en fous de gagner encore, je m'en fous de la célébrité, de la richesse, du pouvoir… Ce qui compte, c'est retrouver ma fille, c'est tout. Mais un salaud d'affairiste comme vous, il ne fait rien pour rien.

Olivier Nox ricane paisiblement en rejetant ses longues mèches noires en arrière.

— Exact. Je veux savoir où est caché le cadavre de Pictone, afin de le dépucer et de mettre ce vieux revenant hors d'état de nuire.

— Et vous n'avez pas les moyens de le savoir tout seul, puissant comme vous êtes ?

Olivier Nox allonge son sourire. Ses yeux verts brillent d'un éclat fixe.

— Ce n'est pas une question de puissance, Boris, mais d'éthique. Je me dois de respecter la règle du jeu, sinon où serait le plaisir ? Et la règle du jeu est claire : pas d'ingérence directe dans votre passé, votre présent ni votre futur. Uniquement des suggestions, que vous choisissez ou non d'accepter.

— Et si je vous envoyais au diable ?

— Ce serait un retour à l'expéditeur, mais le moment n'est pas encore venu. Vous avez le choix, Boris : ou mourir dépucé comme une grande personne, avec pour seul avenir la fierté de faire tourner des machines avec votre énergie captive, ou bien trépasser en conservant votre puce, c'est-à-dire l'intégrité et l'autonomie de votre âme, libre d'aller où elle veut pour me rapporter des informations.

— Et pourquoi elle ferait ça, mon âme ?

— Parce que si elle ne me donne pas satisfaction, je pourrai à tout moment exhumer votre corps, et vous reprendre votre liberté en recyclant votre puce. Ma confiance en l'être humain, mort ou vif, est extrêmement réduite.

— Et si je choisis de vivre ? lance Boris sur un ton provocateur, dans un sursaut d'orgueil.

Nox reprend un fruit confit.

— Je m'incline. Mais à quoi bon jouer les prolongations, alors que votre fille vous attend ? Vous avez vraiment envie qu'elle continue de souffrir à cause de votre absence ? Vous préférez persister à faire semblant d'être bien dans votre peau, dynamique, insouciant, symbole vivant de valeurs mensongères ? Si je vous abandonne à votre conscience, après ce que vous avez appris et ressenti cette nuit, vous craquerez en vingt-quatre heures. Là, je suis à votre disposition pour vous éviter le suicide inscrit dans votre sensibilité et votre destin, mais ma proposition n'est valable que trente secondes.

Boris Vigor regarde l'heure, machinalement, et se met à marcher de long en large dans l'immense salon beige et blanc.

— Si je comprends bien, vous proposez de me tuer pour mon bien ?

— Pour le bien de votre fille, surtout.

— Et qu'est-ce qui me le prouve ?

Olivier Nox avale sa salive, et reprend avec une désolation charmeuse :

— Je m'en voudrais d'insister, Boris, mais ne croyez pas que l'au-delà des enfants soit une colonie de vacances… Ils sont épouvantables entre eux, livrés à leurs pulsions sans garde-fous ni repères ; ils se dévorent les uns les autres en espérant qu'un surcroît d'énergie leur permettra de communiquer enfin avec les vivants. Votre fille est une toute petite âme fragile qu'ils auront tôt fait de cannibaliser, maintenant qu'on s'intéresse à elle, si vous n'allez pas la défendre. Assumez vos devoirs de père, Boris.

Le ministre se dandine au milieu d'un tapis et baisse la tête. Sa décision est prise, mais il gagne du temps.

— Vous pensez que je ferai un bon mort ? demande-t-il timidement.

— On reste le même de l'autre côté, Boris. Regardez cet épuisant Pictone, avec son caractère de pitbull hypocondriaque. Vous trouvez qu'il a changé ?

Boris Vigor s'arrête devant un miroir, et se dévisage comme on regarde une maison d'enfance qu'on va quitter pour toujours.

— Vous n'avez perdu qu'un seul match dans votre carrière, Boris. Vous serez un gagneur dans l'au-delà, j'en suis persuadé, sinon je ne vous y enverrais pas en mission… Alors ?

Vigor s'arrache au miroir, se retourne vers le jeune homme en noir et l'observe, comme s'il cherchait à présent son reflet dans les yeux vert émeraude.

— Je ne voudrais pas vous presser, mais il vous reste six secondes. C'est oui ou c'est non ?

Le ministre glisse un doigt dans son col, gêné par la transpiration.

— C'est oui, mais…

Il se creuse désespérément la cervelle. Il lui semble qu'il oublie quelque chose.

— Et ma femme ? lance-t-il soudain.

— On la débranchera, rassure Olivier Nox.

Boris hoche la tête, la mine encore chiffonnée.

— Et vous allez me tuer comment ? On ne doit pas croire à un suicide : je ne veux pas laisser le souvenir d'un lâche. Mais il ne faut pas non plus que ça fasse trop mal…

— Vous préférez un accord en mi ou un accord en ré ?

— C'est-à-dire ?

— La crise cardiaque ou la commotion cérébrale ? Puisque vous avez le choix.

— Je n'y connais rien, moi. Faites au mieux.

— Je vous laisse deviner, alors.

Olivier Nox retrousse sa manche, ouvre en deux le cadran de sa montre, ôte son épingle de cravate et, de la pointe acérée, pianote un accord délicat sur six notes. Le ministre monte la main vers son crâne.

— Perdu, murmure Olivier Nox. La crise cardiaque est toujours moins perturbante pour l'âme.

Boris Vigor s'effondre sur le tapis, roulé en boule. Olivier Nox se penche sur le cadavre avec un sourire apaisant.

— N'oubliez pas les termes de notre contrat, monsieur le ministre. Livrez-moi la puce de Pictone, et je vous rends votre fille. Mais si vous essayez de me doubler, j'ai le moyen de vous la reprendre à tout jamais. Et vous serez encore plus seul que de votre vivant.

Il se redresse, va jusqu'à la table basse pour choisir un nouveau fruit confit. La bouche pleine, il se tourne vers un coin de la pièce où il perçoit ma présence.

— Ça va, Thomas Drimm ? Je te sens perturbé. Perturbé par le fait de ne pas être davantage perturbé. Je me trompe ? Eh oui, on s'habitue à tout, mon grand. Tu es en formation permanente, quand tu dors. Tu es attiré vers moi, vers le spectacle du Mal ; tu remontes vers la source pour apprendre à nager dans les eaux noires. Tout ce que tu intègres sans t'en souvenir, pour l'instant, te prépare à ton insu pour nos futurs combats. J'ai hâte. Et toi aussi, je le sens. Allez, rentre chez toi.

La pointe de son épingle de cravate pique trois fois la sixième touche, sur le clavier de sa montre. Les trois notes identiques me renvoient dans la nuit. Sans émotion, sans contrôle, sans but… Comme une feuille morte arrachée de son arbre.

L'image me contient tout entier, aussitôt : je deviens la feuille morte, les nervures, la sève asséchée, les bords dentelés, roussis, craquelés… J'ai l'impression d'être chaque parcelle qui se détache au gré du vent et des obstacles, et pourtant je reste *aussi* à l'intérieur de la feuille et je continue mon voyage. Un voyage à l'envers, on dirait. Un retour en arrière. Mes bords déchiquetés se reconstituent, mes trous se referment, ma sève circule à nouveau… De jaune-roux, je me sens redevenir peu à peu d'un vert tendre. Et soudain je me retrouve attaché à la branche du chêne dont je suis tombé.

Un balai géant me rajoute des couleurs. C'est un pinceau. La main qui le tient hésite, se retire, va chercher sur la palette une autre nuance de vert, revient m'embellir en me donnant de la profondeur. À mesure que ma couleur s'intensifie, mon regard devient plus net.

Brenda est en train de me peindre. De me redonner vie. Elle est si belle, avec son tee-shirt déchiré plein de peinture, ses yeux concentrés, ses seins qui tressautent à chaque mouvement du pinceau… Pourquoi fait-elle de moi une feuille, sur le chêne qu'elle est en train d'achever ? Peut-être qu'elle m'a chassé de son esprit, qu'elle s'absorbe dans autre chose pour ne plus penser à moi, et que je reviens malgré elle dans sa création végétale.

Plus elle me retouche et plus j'ai envie d'elle. Envie de redevenir « un homme », comme elle m'a appelé hier soir. Envie de la convaincre, de l'attirer, de lui plaire… Mais pour ça, il faut que je reprenne mon apparence. En mieux. Il faut que je devienne beau, mince et musclé, en avance sur mon âge. Il faut que j'utilise mon chagrin d'amour – la déception, la colère, la brûlure que je lui dois…

Ubiquitine. La protéine qui fait maigrir, a dit le professeur. Je me retrouve instantanément dans une sorte de conduit, où circulent des boules de feu et des liquides. Les nervures de ma feuille sont devenues les méandres d'un fleuve souterrain qui se transforme en volcan. Je comprends que j'ai réintégré mon corps de Thomas Drimm, que je suis *à l'intérieur de mes organes*.

U-bi-qui-tine ! U-bi-qui-tine ! Je prononce les quatre syllabes comme une formule magique. Aussitôt un commando de choux-fleurs violets se rassemble devant moi. Je m'entends ordonner : « Tuez les graisses ! Brûlez, brûlez ! » Mon armée part au combat, se lance à l'assaut des lipides, les encercle, les neutralise, les absorbe… Un combat de gargouillis, un carnage de couleurs, une guerre d'embuscade et d'encerclement des poches de résistance… « Tuez-les tous ! Réduisez l'ennemi ! »

Plus l'ennemi se réduit, plus mes combattants se reproduisent. Soudain retentit la sonnerie du cessez-le-feu. Alors ils s'absorbent mutuellement dans une embrassade généralisée qui répand la paix, la joie et l'harmonie par-dessous la sonnerie stridente. Il n'y a plus qu'un fleuve calme aux mille bras accueillants d'où j'émerge à regret.

27

À tâtons, ma main éteint le réveil. La chaleur d'un rayon de soleil me caresse le visage. Je me sens bien. Tout dégagé, tout léger, tout libre. Je me dis que tout ce que j'ai vécu, depuis la tempête où j'ai perdu mon cerf-volant, toute cette folie furieuse n'est qu'un long cauchemar dont je me réveille enfin.

J'ouvre un œil. L'ours est assis contre le coffre à jouets, sa place habituelle, immobile et de travers. Je souris et je referme les paupières. Tout va bien. Ma couette est chaude, et le sommeil me réclame encore un petit peu. Je sens la bonne odeur du café au lait qui monte de la cuisine. Je me dis que mon père est à la maison, que ma mère n'a aucun souci dans son travail, que je ne suis qu'un préado normal avec un problème de poids, une voisine canon qui ne sait pas que j'existe et des jouets désaffectés pour faire semblant, de temps en temps, d'être encore un peu un enfant. Je me rendormirais bien, mais, quand je pense à Brenda, ça me donne terriblement faim.

Je m'étire, me lève et vais ouvrir le store de ma lucarne. En fait, il pleut. Le soleil, c'était le spot de l'étagère qui était resté allumé. Ça ne sent pas non plus le café au lait, finalement : juste la bouillie de céréales édulcorée qui est censée me donner des forces en me coupant l'appétit. J'entends ma mère s'énerver en bas au téléphone avec son avocat, pour savoir dans quelle prison on a inscrit mon père.

— Je ne quitte pas, non. Thomas, enchaîne-t-elle en criant, lève-toi, c'est l'heure ! J'ai prévenu le collège que tu avais rendez-vous ce matin avec le Dr Macrosi, et ça tombe bien : ta prof de physique est absente. Dépêche-toi ! Oui, maître, je suis là, reprend-elle plus bas. Autre chose : ma responsabilité professionnelle est-elle engagée, dans le cas d'une tentative de suicide chez le gagnant d'un jackpot ?

L'estomac noué, je me tourne lentement vers l'ours en peluche inanimé. Il lève un doigt vers son front.

— Salut, gamin. Bienvenue dans la réalité.

Je ronchonne :

— Ça va, hein.

— Bien fondu ?

Je baisse les yeux, sursaute. Je remonte ma veste de pyjama, abasourdi. Mes bourrelets ont disparu. Mon ventre est plat. Tout plat. Quasiment creux.

— Comment vous avez fait ?

— Je n'ai rien fait, gamin. C'est toi qui développes tes pouvoirs sur l'infiniment petit. Tu as mobilisé tes protéines, transformé ton chagrin d'amour en arme de combat, et tu as brûlé tes graisses en représailles.

Je laisse retomber mon pyjama, partagé entre le bonheur fou et l'angoisse raisonnable.

— Mais… elles ne vont pas revenir, les graisses ?

— Bien sûr que si. Seulement, maintenant, tu connais ta puissance de feu. Elles aussi. Alors tu peux négocier. Parler aux aliments que tu ingurgites, les apprivoiser, les présenter aux cellules de ton corps pour éviter les conflits qui font grossir. Qu'est-ce que tu regardes ?

Je me suis arrêté devant le Boris Vigor en latex, pendu par un pied à l'étagère, la tête en bas. Dans un réflexe bizarre, comme une forme de respect, je lui prends le cou entre deux doigts et l'assieds sur ses fesses.

— Fourre-moi cet abruti dans le placard, marmonne Pictone. Il ne faut pas compter dessus. Je me suis branché sur lui : échec complet. Il ne nous a pas crus, et il a déjà oublié les menaces ridicules de ta Brenda. Personne ne peut rien contre lui ; il le sait bien.

Je regarde la figurine du ministre, mal à l'aise. J'ai l'impression que le professeur se trompe, ou qu'il me cache quelque chose.

— Tu commences à évoluer, Thomas, constate-t-il sur un ton de tristesse. Ta pensée est de plus en plus claire… Bientôt, tu n'auras plus besoin de moi.

Il s'interrompt un instant, comme s'il tendait l'oreille à mon cerveau. Il acquiesce :

— C'est vrai, tu as raison : j'ai un problème avec Boris, indépendamment de ce qu'il projette. En fait, il ne projette plus rien. Quand je le visualise, il ne répond pas. Au niveau vibratoire, ça sonne dans le vide.

Saisi d'une angoisse soudaine, je désigne le jouet en costume-cravate sous son équipement de manball :

— Ne me dites pas qu'il est mort… et qu'il s'est réincarné là-dedans !

L'ours en peluche soutient mon regard sans répondre. Je saisis la figurine, je la secoue, demande malgré moi :

— Monsieur le ministre, vous êtes là ?

— Tu as un message, dit Léo Pictone.

Je me tourne vers mon portable qui clignote sur l'étagère. En reconnaissant le numéro, mon cœur s'emballe. J'affiche le texto :

Viens chez moi dès que tu peux. Urgent.
Brenda.

— Thomas, descends ! crie ma mère. J'ai besoin de toi.

Je crispe les doigts, agacé qu'on vienne saccager l'émotion qui a jailli de mon écran. Brenda Logan veut me voir. Brenda Logan m'a pardonné. Brenda Logan m'appelle au secours. C'est dingue, la vitesse avec laquelle le fond du gouffre se transforme en tapis volant.

— Bon, débarrasse-toi de ce Dr Macrosi et passons aux choses sérieuses, dit l'ours.

Je lui rends son regard, pensif. Puis je vais prendre le rouleau de sparadrap dans la salle de bains, j'attrape l'académicien et je le fixe sur mon ventre.

— Qu'est-ce que tu fais ?

— Un faux bide. Ma mère ne croira jamais que j'ai maigri tout seul. Je vous enlèverai discrètement en me déshabillant, je dirai au médecin que ma mère me voit gros parce qu'elle a des angoisses de psy, et qu'il ne faut pas la contrarier. À elle, je dirai qu'il m'a donné un truc miracle pour maigrir en restant chez moi, au lieu d'aller dans un camp.

— Et tu crois que ça suffira ? grogne-t-il, la truffe contre mon absence de bourrelets.

— Évitez de bouger, dis-je en enfilant mon sweat par-dessus le dos du professeur. J'arrive, maman !

Je la trouve à la cuisine, adossée au frigo. Elle écarte un instant le téléphone de son oreille pour me dire qu'elle attend du neuf au sujet de mon père, et qu'il faut passer d'urgence à la teinturerie récupérer son tailleur beige : elle vient de faire une tache sur son blazer à cause de ma bouillie de céréales.

posthume de m'aider pour mon père aurait dû l'orienter vers mon Boris Vigor en latex. Se réincarner dans un jouet à son image, ça doit quand même être plus simple. Question d'ego. D'un autre côté, c'est vrai qu'on lui avait demandé, au cas où il aurait du neuf pour mon père, de contacter plutôt Brenda. L'espoir renaît d'un coup.

— Ne t'emballe pas, Thomas, dit le professeur scotché sous mon sweat. Si Boris est mort dans la nuit et que son âme est en libre circulation, c'est qu'on ne l'a pas encore dépucé. Et ça, franchement, c'est bizarre.

— Pourquoi ?

— Sa puce cumule soixante quinze mille yods : il a fêté son record le mois dernier. C'est une énergie colossale que le gouvernement ne peut pas laisser perdre.

— Peut-être qu'ils attendent pour lui faire un Dépuçage national.

— Je n'ai pas d'infos, dit Pictone. Tout ce que je sais, à l'heure actuelle, c'est que l'esprit de Boris est englué dans les molécules de ce kangourou. Et qu'une puce qu'on laisse dans un cerveau mort perd mille yods à l'heure.

— Tu es en téléconférence avec ta peluche ? s'informe Brenda en se servant un verre de whisky. Ça marche à distance, maintenant, vous deux ?

J'hésite à lui confier que mon interlocuteur est scotché à la place de mes bourrelets. Ça lui ferait trop de miracles pour aujourd'hui. Elle avale une gorgée, ferme les yeux un instant avec une grimace, puis enchaîne :

— Écoute, mon petit Thomas, je t'ai dit que j'étais rationaliste, mais je ne suis pas non plus débile. J'ai vu remuer à jeun ton ours et mon kangourou, et j'ai même cru entendre parler Brandon. OK. J'assume. Il y a une seule explication possible : les pouvoirs inconnus du cerveau. La télékinésie, faire bouger des trucs à distance par la force de la pensée, ça s'est déjà fait en laboratoire. Une histoire d'ondes cérébrales électromagnétiques qui peuvent influencer la matière. C'est avéré, mais non scientifique, puisque ça ne marche pas à tous les coups...

Je la laisse divaguer : ça lui fait du bien d'aller sur un terrain connu.

— Donc, c'est nous-mêmes qui créons ce phénomène, à notre insu. Ensuite, notre inconscient nous persuade que c'est un fantôme qui parle. Mais, en fait, c'est nous qui programmons un objet pour nous faire croire que c'est un mort réincarné, dans le but de combler nos manques et d'apaiser nos angoisses. Tu me suis ?

Je n'écoute pas. Je viens de me dire que Pictone, comme Boris Vigor, perd mille yods à l'heure depuis que sa puce se décharge dans son cadavre, et je m'inquiète des conséquences.

— Ne t'en fais pas pour moi, me rassure-t-il en captant ma pensée. Ce qu'on perd, c'est de l'énergie recyclable en machine, pas de l'intelligence ni de la mémoire. J'en suis la preuve vivante, si je puis dire, après quarante heures de mort. Mais tu as raison : il faut qu'on réanime l'âme de ce crétin de Vigor, sans perdre de temps. Qu'on l'aide à délivrer son message, s'il en a un.

Je regarde Brenda vider son verre et retourner s'asseoir sur un pouf, le plus loin possible de son kangourou. Brenda, Brandon... Elle devait se sentir bien seule, quand elle était petite, pour s'inventer ce genre de Prince Charmant. Moi, je n'ai jamais donné de nom à mon ours. Ce n'était qu'un élément de déco. Pour rêver, j'avais mon père.

— Comment ça se déprogramme, un kangourou ? s'interroge Brenda, qui a repris le dessus grâce au whisky. Si je le passais en machine à 30, sur « textiles délicats » ?

Avant même d'entendre la réponse de Pictone, je proteste :

— Surtout pas ! On a besoin de Boris. Mets-le près de sa fille devant le tableau : ça le maintiendra en veille.

Elle se redresse, crispée.

— Thomas, tu as écouté ce que je t'ai dit ? Il n'y a pas de Boris Vigor dans ce kangourou ! C'est *nous* qui créons ces manifestations !

— Bien sûr : tu as pensé à Boris, tu as peint sa fille, et il est là parce que ton cerveau l'a fait venir. On est bien d'accord.

Elle s'entoure les épaules de ses bras, comme si elle avait soudain froid. Ça ne lui plaît pas trop que je détourne son explication rationnelle. Ou alors c'est ce qu'elle attendait. Les femmes, d'après mon père, quand elles disent non ça veut dire oui.

— Tu fais quelque chose, aujourd'hui, Brenda ?

— Plusieurs castings qui ne déboucheront sur rien, oui, pourquoi ?

— Écoute, j'ai une idée. De toute façon, on a le même problème de cerveau, toi et moi : on est obligés de le régler ensemble. Tu me fais confiance ?

Elle a une moue en coin qui signifie clairement : « Est-ce que j'ai le choix ? »

— Là, faut que je file chez mon nutritionniste, mais je vais m'arranger pour revenir très vite. Je t'appelle.

Je m'approche d'elle. Elle est tellement touchante, affalée de travers sur son pouf, les doigts joints entre les genoux, pas maquillée, avec ses yeux de nuit blanche. Je pose les mains sur ses épaules dans un geste de protection masculine.

— Courage, Brenda. Je suis là. Je veux dire : j'existe.

— OK. Je te signale tout de même que si tu existais ailleurs, ma vie serait plus calme.

Je prends ça comme un compliment, et je détale à toute allure.

De retour à la maison, je trouve ma mère en train de se noircir les paupières. Elle m'annonce, d'un ton triomphant, que mon père est tiré d'affaire : elle vient de faire intervenir le ministère du Hasard, en la personne de M. Burle. Son « contact », comme elle dit en détournant les yeux de mon reflet dans la glace. M. Burle lui a confirmé que la garde à vue s'achevait, et qu'il avait obtenu qu'on transfère son mari en cellule de dégrisement au ministère du Bien-Être. Une cure de désintoxication gratuite et obligatoire pour les innocents interpellés en état d'ivresse.

Je sens une tension contre mon ventre. L'ours n'y croit pas vraiment, et moi non plus. Il est urgent d'agir, mais une chose après l'autre.

— Il a failli me faire mourir d'angoisse, dit ma mère en redessinant sa ligne de sourcils. Plus jamais ça, je te préviens ! Je lui mettrai les points sur les i, quand il rentrera.

— Il rentre quand ?

— En principe, ils le désintoxiquent pendant vingt-quatre heures : qu'il en profite ! Ses perversions narcissiques d'autodestructeur, je vais y mettre un terme, moi, une fois pour toutes ! Heureusement, j'ai une bonne nouvelle : mon gagnant de dimanche est sorti du coma. Et mon tailleur ?

J'ai du mal à saisir l'enchaînement.

— La teinturerie ! s'énerve-t-elle. Mon tailleur beige !

J'improvise :

— Il n'est pas prêt.

— Mais je n'ai rien d'autre à me mettre, Thomas ! Je ne peux pas me présenter devant le Dr Macrosi avec une tache !

— C'est moi son malade, non ?

Elle me dévisage, sidérée. La première fois de ma vie que je la remets à sa place. Faudra qu'elle s'y habitue : c'est un effet secondaire de mes nouveaux pouvoirs.

— Allez, vite, maman ! Je vais être en retard.

Je lui tends les clés de sa voiture. Elle les prend sans rien dire, range son maquillage, attrape son blazer taché et m'emboîte le pas, déstabilisée.

Personnellement, je trouve ça assez super de devenir un homme. Ça ne compense pas l'absence de mon père, mais j'ai l'impression de le venger.

28

Ministère de la Sécurité, 9 h 30

Dans une cellule ronde au sixième sous-sol, Robert Drimm est attaché debout sur un plateau métallique qui pivote d'un écran à l'autre, au rythme de ses pensées. Un casque à électrodes recueille, par l'intermédiaire de sa puce, les images mentales, les peurs, les fantasmes, les cauchemars que son cerveau lui projette en 3D sur six écrans plasma. Des pinces l'empêchent de fermer les paupières pour échapper au spectacle de ses angoisses. Il crie, mais sa voix cassée n'arrive plus à couvrir les appels lancinants de l'enfant qui répète sur les écrans : « Au secours, papa, ne m'abandonne pas ! »

— Ça s'appelle une séance de Tor-Peur, dit Olivier Nox. La torture par la peur.

Bras croisés, appuyé d'une épaule aux barreaux de la cellule, il commente la scène avec la voix précise et détachée d'un guide touristique.

— C'est une autotorture qui évite les bourreaux, les agressions physiques, les cicatrices… Très propre et parfaitement efficace. Le sujet craque en général au bout d'une heure, et nous dit tout ce que nous voulons apprendre. Sauf quand il ne sait rien, comme ton père. Ça fait quinze heures qu'il marine dans ses angoisses, et son cœur ne tiendra plus longtemps.

Le jeune homme tourne entre ses doigts une longue mèche noire, dilate en souriant son regard vert.

— Tu remarqueras, Thomas Drimm, que ce qui est en train de le tuer… c'est toi.

D'un écran à l'autre, un petit gros court à perdre haleine derrière les barbelés d'un camp. On comprime ses bourrelets dans un étau d'acier. On l'enferme dans une chambre à gaz avec une serviette autour de la taille. On l'affame, attaché sur une chaise, devant un énorme steak qui pourrit à vue d'œil. Maintenu par deux soldats en blouse blanche, il se débat tandis qu'une énorme seringue aspire sa graisse, puis ses yeux, ses dents, son cerveau…

— Dépêche-toi de venir le délivrer, Thomas. Ou les peurs que tu lui inspires auront raison de lui.

29

Je me réveille en sursaut. Je suis allongé en slip sur la table d'auscultation du Dr Macrosi, dans une lumière infrarouge baignée d'une musique douce. Mon ours, caché sous mes vêtements entassés sur une chaise, me demande d'une voix inquiète à quoi j'ai rêvé. Il ajoute qu'on attend depuis dix minutes que le nutritionniste vienne m'examiner. J'ai apparemment sombré dans un cauchemar où, dit-il, je criais : « Papa ! »

Je referme les yeux. Des bribes d'images et de sons s'entrechoquent dans ma tête. Je me souviens d'une immense peur. La mienne ou celle de mon père, je ne sais plus…

La porte s'ouvre, et un bronzé dynamique aux cheveux bouclés entre en enfilant des gants de latex.

— Alors, jeune homme, comment va la vie, quel est ton prénom ?

Je me redresse sur un coude.

— Thomas, docteur.

— C'est bien. Mais dis-moi, le traitement antigraisse que t'a fait suivre ta maman a très bien marché, c'est formidable ! Tu es content ?

Il oriente sur mon visage la lampe articulée, abaisse ma mâchoire, tire ma langue, palpe mon ventre, puis déclare en se perchant d'une fesse sur un tabouret à vis :

— Seulement il n'y a pas de quoi se réjouir, mon garçon. Au contraire. Tu as vu la projection masse musculaire/masse graisseuse qu'a donnée la Prédiglace. Plus vite on perd du poids, et plus vite on en reprend : c'est mathématique. Il te faut donc un suivi médical en internat diététique, dans une ambiance conviviale avec des jeunes de ton âge souffrant du même problème. C'est juste au moment de la puberté qu'on peut vraiment éradiquer la tendance au surpoids : ensuite c'est trop tard.

Il tapote mon ventre plat, baisse mon slip et inspecte mes couilles comme un vigneron vérifie la maturité des grains de raisin.

— Une fois adulte, poursuit-il de sa voix satisfaite en remontant le slip, il ne te reste que les Obèses anonymes. Ces réunions où vous êtes assis en rond autour de vos problèmes : « Bonjour, je m'appelle Thomas, je fais cent trente kilos et j'ai arrêté le sucre depuis six mois. » On t'applaudit, ça te flatte, mais ça ne résout rien. Heureusement que tu as le privilège d'être admis en camp de dénutrition avant l'âge fatidique. Remercie tes parents : c'est un traitement cher, ils devront faire de gros sacrifices, alors il faudra que tu sois à la hauteur. Promis ? Allez, rhabille-toi, conclut-il en retirant un gant, ta maman nous attend pour remplir le dossier.

— Lucy Wahl, Caroline Carter, Frank Sorano, lance la peluche sous mon tas de vêtements. Donne-lui ces noms.

J'obéis, sans me poser de questions. Le Dr Macrosi se pétrifie, l'index en latex de son gant droit démesurément étiré entre le pouce et le majeur de sa main gauche.

— Trois enfants qui sont morts à cause de lui, précise l'ours. Anorexie et suicide. Je les ai avec moi, en ce moment. Il y a aussi Nancy Lamond, douze ans et demi : elle me dit qu'il l'a convaincue qu'elle était obèse parce que son père lui avait fait des attouchements sexuels. Elle avait tellement honte qu'elle s'est jetée sous un bus. Transmets.

Je transmets. Le gant en extension s'arrache soudain dans un claquement.

— Qui… Qui t'a dit ça ? balbutie le Dr Macrosi.

Pictone se tait. De toute manière, j'en sais assez : à moi de jouer.

— Vous voulez que je raconte tout ça à la police, docteur ? Non ? Bon. Alors voilà le programme. Vous allez dire à ma mère que je ne vais plus dans votre camp. Et vous me donnez une ordonnance où vous me confiez au Dr Brenda Logan, qui aura tout le pouvoir sur mon contrôle médical. Voilà. C'est elle qui décidera quand je pars, où et combien de temps. Elle aura le droit de me faire des dispenses de collège, aussi, pour ma santé. Écrivez.

Blême, il sort un carnet de sa blouse, et prend des notes. Sa voix n'a plus rien à voir avec les modulations dynamiques de tout à l'heure.

— Je ne comprends pas… Tu veux que je te donne ce Dr Logan comme coach diététique ?

— Exact.

— Mais… C'est ta mère qui t'a parlé de ces enfants ?

— Ça ne vous regarde pas. Vous lui recommandez le Dr Logan, c'est tout. Vous lui dites qu'elle est meilleure que vous – en plus on est voisins, ça sera pratique.

Son stylo s'immobilise.

— Logan… Ce n'est tout de même pas cette généraliste que nous avons radiée, au conseil de l'Ordre ?

— Si, si, parce qu'elle refusait de trahir ses clients dépressifs. Déradiez-la.

— Quoi ? Mais enfin tu plaisantes ?

— J'ai l'air ? C'est elle ou c'est vous. Et vous, si je vous dénonce, avec les preuves que j'ai, c'est la prison à vie.

Il me fixe. Son beau visage aux rides de soleil est devenu un masque de trouille et de haine.

— Petit salaud, articule-t-il entre ses dents. Qu'est-ce qui me prouve que tu ne me dénonceras pas quand même ?

— J'en ai rien à foutre de vous, docteur. Ce qui m'intéresse, c'est Brenda. On est OK ?

Il hoche la tête, les lèvres serrées entre ses dents, recommence à écrire dans son carnet. Je suis doué, quand même. Le professeur Pictone me le confirme.

— Utilise son abonnement de taxi, ajoute-t-il. Envoie une voiture chercher Brenda, comme ça il la présentera à ta mère et te confiera à elle tout de suite. Il y a une chose très importante que tu dois faire avec elle, le plus vite possible, par rapport à ton père.

Je donne mes nouveaux ordres au nutritionniste, en prenant mon portable. Avec un soupir entre chaque chiffre, il me dicte son numéro d'abonné. Je commande un taxi à ses frais, puis je l'invite à aller m'attendre dans son bureau pendant que je me rhabille.

Dès qu'il est sorti, j'appelle Brenda pour lui annoncer la bonne nouvelle. Agitée, elle me répond que le kangourou s'est remis à bouger, devant le tableau de sa fille. Toutes les trente secondes, il prononce « Iris ».

— Excellent, conclut Pictone, on a réussi à le maintenir. Maintenant qu'il est stabilisé dans la matière, on a le temps de se consacrer au reste.

— Thomas, je deviens dingue…

— Je suis là, Brenda, dis-je avec une voix virile. Je t'envoie un taxi et je m'occupe de tout. À partir de maintenant, on peut se voir sans se cacher : tu es ma coach officielle.

— C'est ça, la solution du problème ? dit-elle d'un ton sceptique.

— Fais-moi confiance : je contrôle la situation.

J'ai l'air si sûr de moi que je finis par y croire. Le professeur intervient :

— Qu'elle mette Boris au congélateur avant de venir.

— Au congélateur ? Pourquoi ?

— Parce que je n'ai pas confiance. Je t'expliquerai.

30

Mon sweat flottant sur mon ventre plat, mon ours caché dans mon blouson roulé en boule, j'entre dans la belle pièce lumineuse où le Dr Macrosi se morfond sur son fauteuil en cuir, les traits creusés, entouré de ses diplômes et des photos dédicacées par les stars qui lui doivent leur ligne.

— C'est bon : allez chercher ma mère.

Son regard assassin se plante dans mes yeux.

— Elle est au courant de tout, n'est-ce pas ? C'est elle qui te manipule !

Poliment, je fais remarquer au nutritionniste qu'au lieu d'affamer les autres, il aurait intérêt à nourrir ses cellules grises. Ma pauvre mère est victime comme lui de mes agissements diaboliques, et s'il lui dit un seul mot sur le chantage auquel je le soumets, il est cuit. Même chose s'il s'avise de recommencer à persécuter des enfants soi-disant pour leur bien. Mes ordres sont clairs : dorénavant, il ne leur prescrira plus que du vrai sucre, de l'amour et des exercices de concentration sur leur ubiquitine. Sinon, je le cafte à la police avec toutes les preuves qu'il faut, et ça lui fera deux mille ans de prison, avec une peine de sûreté d'un siècle.

— Tu connais l'ubiquitine ? s'effraie-t-il, comme si je claironnais sur les toits un secret de magicien.

— La preuve que ça marche, dis-je en montrant mon ventre plat. Mais ça ne coûte rien aux patients, alors vous ne leur en parlez pas, et vous faites du pognon avec vos traitements qui les bousillent.

— J'ai un taux de réussite de quatre-vingt-treize pour cent ! crache-t-il dans un sursaut.

— Les sept pour cent, c'est ceux qui meurent gros. Et les autres, c'est ceux qui meurent d'avoir maigri.

— Mais tu es un monstre ! s'exclame-t-il.

Sous l'horreur que je lui inspire, il y a comme une sorte de respect, et je ne déteste pas. Je me redresse en gonflant les épaules.

— Un vrai monstre, ouais. T'as intérêt à t'en souvenir, charlatan. Allez hop, ma mère !

D'un coup d'ongle sur son interphone, il commande à sa secrétaire, sans me quitter des yeux :

— Mme Drimm !

Vingt secondes après, la chef de la psychologie du casino de Ludiland entre par la porte qui donne sur la salle d'attente, tout aimable et anxieuse. Son sourire se fige devant ma silhouette. Je soulève mon sweat, pour lui confirmer qu'elle n'hallucine pas.

— Mais docteur, bredouille-t-elle, c'est un miracle…

— Il est très fort, oui, dis-je sans fausse modestie, tandis que l'autre bronzé se liquéfie derrière sa table en verre. Et en plus, comme c'est un nouveau traitement, c'est gratuit. Mais il faut que je sois sous contrôle individuel, parce que je risque de reprendre du poids deux fois plus vite. Il va t'expliquer.

Muette de surprise, ma mère obéit au geste brutal du médecin qui l'invite à s'asseoir. Et il lui expose la situation, dans une tension extrême. Il est parfait : il n'oublie rien, il est crédible et persuasif. J'adore. Un ours maître chanteur, c'est quand même la chose la plus pratique du monde.

Au fait, le professeur Pictone est bien silencieux, depuis tout à l'heure. Je me répète ce qu'il m'a dit ce matin : « Tu commences à évoluer, Thomas. Ta pensée est de plus en plus claire... Bientôt, tu n'auras plus besoin de moi. » L'écho de ces paroles m'emplit d'une fierté qui se transforme en nostalgie. Ça ne va pas très bien, brusquement. Quand je vois ce que je suis en train de faire, je ne me reconnais plus. J'ai mûri aussi vite que j'ai fondu : moralement, j'ai du mal à suivre. Tout à coup j'aimerais tellement être encore un enfant. Au temps où je n'avais pas à prendre les choses en main, où mon rôle était juste d'écouter mon père me raconter ses histoires de civilisations disparues... Les guerres de religion, les débats politiques, les conflits sociaux, les droits de l'homme... Tous ces contes de fées qui se passaient si mal, mais qui mettaient de l'espoir, de la violence et du rêve à la place du calme plat qui nous fait vivre en paix comme des bûches.

Je me ressaisis. Tandis que le Dr Macrosi remplit mon ordonnance en recopiant les consignes que je lui ai données, j'observe les réactions de ma mère. Tout va trop vite pour elle aussi. Son mari en prison, son fils qui retrouve en moins d'une heure un poids normal : elle n'a plus de victimes sous la main, plus de torts à redresser pour oublier ses propres malheurs. Son visage passe sans arrêt du sourire incrédule à l'angoisse raisonnée. Le miracle, ce n'est pas plus simple à gérer que les drames. Je lui prends la main, avec un bon sourire. Je suis soutien de famille, à présent. La chaleur de mon regard fait briller une larme dans son œil gauche.

— Autre chose ? me glisse froidement le nutritionniste en pliant sa prescription dans une enveloppe.

Je fais oui de la tête, avec une lenteur sadique. Tant pis pour les patients qui s'entassent dans la salle d'attente : j'ai décidé de prolonger ma consultation jusqu'à l'arrivée de Brenda. Sans faire cas des raclements de gorge de ma mère, je me fais délivrer une deuxième ordonnance avec les aliments que je désire manger, puis un certificat donnant au Dr Brenda Logan l'autorisation médicale de m'emmener où elle veut pour raison de santé, avec la permission d'utiliser gratuitement, quand on voudra, l'abonnement de taxi au nom de Macrosi.

— Quoi d'autre ? fait-il sur un ton mécanique.

Ma mère n'en revient pas de son dévouement envers ses patients. Avec un air de groupie aux abois, elle le qualifie de bienfaiteur de l'humanité. Je confirme, en narguant du haut de ma reconnaissance le maigrisseur de la jet-set. Au point de servilité où je l'ai réduit, je pourrais lui demander sa maison et son avion privé, il me les délivrerait sur ordonnance.

— En plus, dis-je à ma mère, il t'offre une consultation gratuite et un traitement d'Oméga 5 anti-âge.

Je montre la publicité encadrée sur le mur.

— Mais… mais pourquoi ? se défend-elle.

— Il fait toujours ça pour les nouveaux clients.

Le nutritionniste se relève, les mâchoires serrées, et désigne la porte latérale à ma mère. Elle s'empresse de passer dans la salle d'examen en le remerciant. Macrosi me fusille du regard avant de refermer le battant dans son dos.

— Je me débrouille pas mal, hein ? dis-je à l'ours qui est resté immobile dans mon blouson roulé sur mes genoux, comme une saucisse dans un hot-dog.

— Ravi que tu sois content de toi, marmonne-t-il. Moi je réfléchis, pendant que tu arnaques. La mort accidentelle de Boris, je n'y crois pas. On l'a tué parce qu'il voulait nous aider.

— Hein ? Mais qui ça ?

— Ceux qui ont arrêté ton père. Ceux qui veulent récupérer ma puce pour me mettre hors d'état de nuire.

— Nox-Noctis ?

Il sort brusquement la tête du blouson.

— Tu lis dans mes pensées, maintenant ?

— Non, c'est vous qui en avez parlé hier.

— Écoute, j'ai peur d'une chose, c'est qu'ils utilisent contre nous l'âme de Boris. C'est pour ça qu'ils ne l'ont pas dépucé. L'avantage…

Il s'interrompt, la truffe aux aguets.

— L'avantage ?

— C'est qu'il va nous mener jusqu'à eux, en échange de sa fille.

— Vous êtes sûr ?

— Je suis sûr d'une seule chose, c'est que le temps presse. Il nous reste vingt-quatre heures pour sauver ton père et détruire le Bouclier d'antimatière.

— Pourquoi vingt-quatre heures ?

— La météo.

Je lui demande d'être plus clair.

— Tu n'as pas entendu la météo, dans la voiture de ta mère ? La tempête sera finie, demain, et les recherches au large de Ludiland reprendront. On retrouvera mon corps, on le dépucera… Je serai définitivement mort et tu seras seul.

Le cœur serré, je pose une main sur la tête de l'ours, et le caresse malgré moi.

— C'est bon, murmure-t-il d'une voix soudain paisible.

Mes doigts s'immobilisent. C'est la première fois que je le sens se détendre.

— Je m'y suis habitué, à cette cochonnerie de peluche, dit-il tout bas. Il ne faut pas... Je n'ai pas envie de mourir davantage, Thomas. Pas envie de quitter ce corps d'accueil... Et pourtant, je dois bien suivre la loi de l'Évolution...

Je reprends ma caresse. Il repousse ma main d'une patte agacée, se redresse.

— Ce n'est pas le moment de se laisser aller ! Dès que Brenda arrive, tu l'emmènes à la banque !

— Où ça ?

— Digibanque d'investissement des États-Uniques, place Léonard-Pictone. Oui, je sais, ne te moque pas : c'est ma femme qui a choisi cette agence à l'autre bout de la ville. Crier mon nom sous forme de destination à un chauffeur de taxi, c'est le dernier plaisir qui lui reste.

Il ajoute d'une voix déterminée :

— Dans mon coffre, vous trouverez ce qu'il faut pour libérer ton père et résoudre nos problèmes.

Un mélange épuisant d'espoir et de méfiance s'empare de moi à nouveau. J'essaie d'en savoir plus, mais il répond qu'il cesse la communication : il a besoin de s'économiser, dit-il, de refaire son plein d'énergie pour ce qui nous attend.

Je le remmaillote dans mon blouson. Je reste quelques minutes à réfléchir dans le silence à tous ces rebondissements. Puis Macrosi et ma mère reviennent de la salle d'examen. Elle paraît assombrie, et il semble avoir repris du poil de la bête. La crainte qu'il lui ait raconté mon chantage me noue soudain l'estomac. Mais non, il se contente de me dire, sur un ton d'inquiétude, que ma mère se fait beaucoup de souci pour moi à cause de ma conduite incohérente : son métabolisme en est gravement perturbé, et pour elle le meilleur des traitements anti-âge serait que je me comporte en préadulte.

Je soutiens son regard en acquiesçant d'un air de défi. S'il croit que la culpabilité va me rendre inoffensif, il s'illusionne grave.

La porte de la salle d'attente se rouvre et Brenda fait son entrée. Je me lève, impressionné. Elle est venue en tailleur-jupe très classe, avec un maquillage sérieux, des boucles d'oreilles et les cheveux tordus en chignon de mère de famille. Il n'y a que les baskets qui clochent. Mais c'est vrai qu'elle est top model au détail : quand ses pieds tournent dans un spot de pub, elle oublie le reste du corps. Et inversement.

— Je suis le docteur Logan, enchantée.

Elle serre la main de ma mère, puis celle du nutritionniste, puis la mienne, avec un sourire à la fois glam et très pro.

— Alors c'est toi, mon nouveau patient ? poursuit-elle, les yeux légèrement vitreux. Je suis ton coach personnel, tu peux m'appeler Brenda.

— Moi, c'est Thomas. Bonjour, Brenda. Je suis très honoré.

On est parfaits, dans notre numéro de Jteups. Je surveille quand même la réaction maternelle. Visiblement, elle n'a pas reconnu la voisine d'en face. Elle déteste tellement la banlieue de pauvres où on est obligés de vivre qu'elle fait l'impasse sur tout, le décor comme les gens.

— On se fait la bise ? me propose Brenda.

J'accepte. Elle en profite pour me glisser à l'oreille :

— Superbe, ta liposuccion. Mais je te préférais moins beau.

Elle se détache, demande pardon pour le rouge à lèvres qu'elle m'a mis, et le tartine sur mes joues pour me donner bonne mine. Je la laisse faire, partagé entre l'exaltation et le dépit. C'est fou le pouvoir d'une phrase. « Je te préférais moins beau. » Soyons positif, allez : ça veut dire que non seulement elle me trouve beau, mais qu'elle m'aimait déjà avant.

— Vous avez un bon contact avec les adolescents, constate ma mère, amère. D'habitude, il est très sauvage.

— Je l'emmène faire du shopping, répond Brenda comme je le lui ai demandé au téléphone. C'est un bon moyen de faire connaissance. Et puis son nouveau rapport au corps est très important sur le plan du choix vestimentaire, dans l'objectif de sa stabilisation pondérale.

Le nutritionniste hausse un sourcil devant ce discours. Je lui rappelle d'un coup d'œil froid qu'il a intérêt à s'écraser. Il s'écrase.

— Mais… et le collège ? s'inquiète ma mère.

— Je gère, rassure Brenda. Quand il saura se nourrir, il pourra assimiler. En attendant, ce n'est pas la peine qu'on le gave.

Ma mère hoche la tête, soulagée du poids de décider à l'aveuglette ce qui est bon pour moi. Comme ça, elle peut se consacrer au reste. Aux choses importantes.

— Je suis à mon bureau au casino, s'il y a quoi que ce soit, dit-elle en donnant sa carte de visite à ma coach. Thomas, je t'appellerai quand ton père sera de retour. Sois sage. Et ne dépense pas trop.

— Ne t'inquiète pas, maman, c'est pris en charge, dis-je en désignant le Dr Macrosi.

Le nutritionniste nous souhaite bonne journée, en ouvrant sa porte avec une puissance disproportionnée.

Pendant que la secrétaire fait remplir à ma mère le formulaire de non-remboursement pour soins gratuits, je dévale l'escalier de marbre avec Brenda. Un peu troublé par son attitude décalée, l'aisance paisible avec laquelle elle s'est coulée dans le rôle que je lui fais jouer, je demande si tout va bien.

— Impeccable.

— Et le kangourou ?

— Super.

En fait, elle a dû finir la bouteille de whisky. À la différence de mon père, l'alcool a l'air de lui rendre les réalités moins graves. Un sublime taxi Tournesol 2-litres nous attend dans la rue.

— Je suis comment, déguisée en Toug ? enchaîne-t-elle d'un ton léger en refermant sa portière.

— Attends, on va demander à un Trèm.

Autant m'aligner sur son humeur. Je dégage le professeur saucissonné dans mon blouson roulé en boule, lui précise qu'il y a quatre types d'hommes : les Tout-Gris, les Trop-Cons, les Très-Mariés et les J'te-prends-pour-une-conne.

— Comment vous trouvez Brenda, Léo ?

Il ne répond pas. Je le secoue, étonné, le pince, tire sur ses lèvres décousues qui restent inertes et molles.

— Que se passe-t-il ? demande Brenda en battant des cils, d'une voix mondaine assortie à son tailleur. Il est parti en vacances ?

Je ne réponds pas, mon ours vide entre les mains. Je suis en train de me dire, effondré, qu'ils ont découvert plus tôt que prévu le cadavre de Léo Pictone, et qu'ils viennent de capturer son âme en recyclant sa puce.

31

— Où allons-nous ? demande le chauffeur de taxi.

Lentement, je repose sur mes genoux ce qui n'est plus qu'une peluche ordinaire. Le chauffeur demande à nouveau, avec une amabilité à pourboire, quelle est notre destination. Je réponds, la voix nouée :

— Place Léonard-Pictone.

La Tournesol 2-litres démarre dans un nuage de silence.

— Il avait déjà une place à son nom, avant d'être mort ? La classe, apprécie Brenda. Pourquoi tu m'emmènes là-bas ?

— C'est lui qui a dit…

— Ah bon ? J'ai pas vu. Il parle sans bouger les lèvres, maintenant ?

C'est fou comme les femmes s'habituent vite à une situation exceptionnelle. Ce qui étonne Brenda, à présent, c'est qu'une peluche puisse prononcer une phrase avec la bouche immobile. Cela dit, c'est sans doute moins une question de féminité que de whisky. Avec ménagement, je lui chuchote à l'oreille que Pictone ne répond plus.

— C'est une bonne ou une mauvaise nouvelle ?

— Il voulait nous emmener à sa banque, pour nous ouvrir son coffre.

— Et merde, laisse-t-elle échapper. Donne.

Elle me prend l'ours des mains, et entreprend de lui faire la respiration artificielle.

— Allez… Bouge ! Reviens ! C'est pas sympa…

Dans son rétro, le chauffeur lui jette un regard solidaire.

— Ça tombe souvent en panne, les nounours, dit-il sur un ton concerné. Trop d'électronique, ça tue l'électronique. Enfin, c'est déjà une chance d'avoir un enfant. Ma femme et moi, on est restés seuls avec les jouets qu'on avait achetés d'avance.

Brenda ne fait pas de commentaires. Elle a l'air coincée qu'on me prenne pour son fils. Moi aussi, de mon côté, j'aimerais mieux passer pour son petit copain. Mais j'ai d'autres soucis en tête, là. Si les flics ont retrouvé le corps de Pictone, ils vont faire le lien avec ma mère qui travaille au casino d'à côté. Tout le mal que je me suis donné pour qu'on pense à un suicide, ça va se retourner contre moi. J'ai appelé le Service des personnes disparues au sujet du professeur, et ensuite j'ai dit à la police que je m'étais trompé en croyant l'avoir reconnu. On va découvrir qu'il a été tué par un cerf-volant, juste le jour où j'ai déclaré que j'avais perdu le mien : ça sent vraiment le roussi.

Je sursaute. L'ours vient de froncer la mousse de son front. Je croise le regard de Brenda. Elle a vu, elle aussi. Elle serre mes doigts avec force. Apparemment, elle est aussi rassurée que moi.

— Il se foutait de nous ? me glisse-t-elle à mi-voix.

— Non, il se rechargeait.

Après avoir tourné un moment dans un quartier d'immeubles murés qui attendent leur permis de démolition, le taxi s'arrête sur une petite place moche. Des tentes de SDF entourent la statue de Pictone où sèche du linge.

— Vous pouvez nous attendre ? dis-je au chauffeur.

Je descends ouvrir la porte de Brenda qui s'est endormie. Elle sort du taxi en regardant le paysage d'un air perplexe. Puis elle se rappelle le but du voyage, et son visage s'éclaire tandis que je lui prends la main pour traverser.

Coincée entre un charcutier bio et une agence immobilière, la Digibanque d'investissement des États-Uniques est un petit cube de béton entièrement automatisé. Depuis la dernière crise bancaire, le gouvernement a supprimé les banquiers pour que ça aille mieux, et chacun gère ses comptes à domicile. Normalement, on ne peut entrer dans les salles des coffres que si on est client et qu'on présente sa puce devant le scanner. Mais, en cas de panne, il y a un boîtier à l'ancienne où l'on peut taper son code de secours.

— Y 213 B 12 24, dit l'ours.

La porte coulissante s'ouvre en nous disant bonjour monsieur Pictone. Il nous pilote jusqu'à la chambre forte, où un autre code ouvre le sas blindé. On se retrouve dans une grande salle en acier parfumée aux fruits de la passion. Le coffre 1432 est un peu haut pour moi : c'est Brenda qui manœuvre la molette des chiffres que je lui donne sous la dictée du professeur. Le battant s'entrebâille dans un clic. Sur l'étagère, il y a un Monnayor pour transférer ses placements sur le compte courant de sa puce, des dossiers dans un sac d'hypermarché en bioplastique, et un écrin de cuir rouge que Brenda ouvre immédiatement.

— Wah ! s'exclame-t-elle en découvrant le contenu.

— Les quatre-vingts ans de ma femme, soupire l'ours. C'est dans un mois. Je voulais que ce soit une vraie surprise, alors je lui ai fait monter en cachette huit diamants sur ce bracelet de famille. Ça m'a coûté mon assurance vie, mais je pensais que ça lui ferait tellement plaisir. Évidemment, à présent que je suis mort…

Il écarte les pattes, désabusé.

— J'ai toujours cru qu'elle partirait avant moi, avec tous les cancers qu'elle a eus… Alors je voulais lui organiser une fête inoubliable, pour garder d'elle au moins un beau souvenir. La grande fête que je n'avais jamais eu le temps de nous offrir, tellement j'ai travaillé dans ma vie…

Il observe une minute de silence à sa propre mémoire, puis enchaîne :

— Le Monnayor, c'est ce que j'avais mis de côté pour construire mon canon à protons. Dis au Dr Logan de se virer le montant.

— Tout ?

— Tout.

Je donne à Brenda la bonne nouvelle. Sans un merci, comme s'il s'agissait d'un dédommagement normal, elle ventouse l'électrode sur son crâne, au niveau de sa puce, et met le Monnayor sous tension pour effectuer le transfert de fonds. Je demande au professeur, avec un brin de méfiance, s'il veut qu'on s'en serve pour faire libérer mon père. Parce que la corruption, c'est assez dangereux : souvent les corrompus encaissent le pot-de-vin et ne font rien.

Les chiffres défilent sur l'écran digital, puis s'immobilisent dans un bip.

— Huit cents ludors ! s'exclame Brenda, éblouie.

— C'est impossible ! sursaute l'ours. Il y en avait quatre mille !

— J'étais à moins trois mille deux, explique-t-elle. Première fois depuis trois ans que je ne suis plus dans le rouge ! Merci, Léo.

Elle lui pose une bise sur la truffe. Sans faire de commentaires, il se tourne vers moi, et m'invite d'un ton sec à consulter les dossiers qui sont restés dans le coffre. Je vide le sac d'hypermarché sur l'une des petites tables en acier disposées dans la salle. On s'assied autour, et je propose à Brenda de feuilleter à ma place les pages de calculs et de conclusions scientifiques. Vu mon niveau, il vaut mieux qu'elle se mette au courant toute seule.

— C'est effrayant, murmure-t-elle au bout d'un moment.

— Ça parle de quoi ?

Elle relève les yeux, me prend les mains d'un air égaré.

— Qu'est-ce qu'il attend de toi exactement, Thomas ?

L'ours demeure silencieux, assis sur la table entre nous. Je réponds pour lui, de mémoire :

— Il veut qu'on aille demain dans un congrès, à Sudville, pour convaincre ses collègues de fabriquer un canon à protons. C'est un machin pour détruire le Bouclier d'antimatière.

— Mais, attends, s'ils le détruisent…

Brenda s'interrompt, angoissée, reprend la lecture du rapport scientifique. Les minutes passent dans le bourdonnement léger de l'air conditionné. Avec un claquement de langue, elle referme brusquement le dossier, et se lève pour faire les cent pas.

— C'est dément, Thomas ! Jusqu'à ce matin, je croyais que l'au-delà n'existait pas, et maintenant il faudrait que je t'aide à sauver les morts ?

Je précise :

— Surtout les enfants… Comme la fille de Vigor.

— Attends, je récapitule. Ce que je viens de lire, là, sous forme de mécanique quantique et de physique ondulatoire, tu sais ce que ça prétend prouver ? En plus de notre puce recyclée en énergie quand on meurt, on aurait tous une âme, une sorte de satellite de nous-même, avec nos souvenirs et nos émotions, qui se retrouverait bloqué sur Terre par le Bouclier d'antimatière.

— C'est ce qu'il m'a dit, oui, en gros.

— Lequel Bouclier ne servirait pas à nous protéger des missiles tirés par des nations ennemies qui n'existent plus, mais à empêcher l'exode des morts vers le Paradis.

— Voilà.

— Parce que, d'après ton Pictone, ce qui alimente le pays en énergie renouvelable, ça n'est pas ce qu'on nous raconte. Ça ne serait pas la puissance que toute une vie de travail mental et de gains au jeu a donnée à notre puce : ça serait la souffrance, la force de colère, la vibration de refus qui émanent des âmes emprisonnées dans le monde matériel.

— Ça, il ne m'a pas tout expliqué, mais faut dire que j'ai pas non plus un niveau terrible…

— La souffrance humaine comme source d'énergie… Attends, mais c'est monstrueux ! Et là, scientifiquement, sur la mesure et la conversion des ondes psychiques, si je me réfère à mes cours de fac, je n'ai rien à dire. Ça tient debout, ce que j'ai lu, Thomas ! C'est monstrueux, mais ça tient debout !

— Donc, il a raison ?

— Je n'ai pas dit ça ! On peut très bien calculer juste et penser faux. Raisonner bien et agir mal. Je vois une seule chose, moi, là, par rapport à toi. De son vivant, Pictone avait décidé de détruire sa propre invention, pour libérer les âmes prisonnières des machines qui recyclent nos puces. Et maintenant, il veut que tu prennes la relève. Que tu sabotes à sa place le Bouclier d'antimatière, au péril de ta vie.

— C'est ça.

— Et pourquoi tu ferais ça pour lui ? lance-t-elle dans un sursaut. C'est même pas quelqu'un de ta famille !

Une immense détresse me plombe de l'intérieur.

— C'est bon, vas-y, soupire l'ours. Dis-lui.

Le cœur au bord des lèvres, j'avoue tout à Brenda. Mon cerf-volant, ma rencontre sur la plage avec Léo Pictone, le coup de vent, mon crime involontaire et mes efforts pour le dissimuler en suicide. Elle me considère avec un mélange de stupeur, de consternation et de respect. Je m'attendais à ce qu'elle m'engueule ou qu'elle me plaigne, mais c'est bien autre chose. On dirait qu'elle s'identifie à moi. Dans l'enchaînement de mes actes comme dans leurs conséquences.

— Il te fait le coup du chantage affectif, c'est ça ? Il te laisse le choix entre le remords et la soumission. Ils sont vraiment dégueulasses, les mecs…

— C'est pas pour le défendre, mais il n'a plus que moi.

Elle s'insurge, l'air vraiment indignée :

— Mais tu es un enfant, Thomas !

Je me redresse, la moue virile et le menton en avant :

— Non, je suis un ado ! Je suis assez grand pour décider ce que je veux faire ou pas !

Je marque un temps, en voyant qu'elle me toise

avec une méfiance nouvelle. Apparemment, vu ce que les hommes lui ont fait subir avant moi, je n'ai pas intérêt à trop jouer les machos. J'ajoute d'une voix plus douce :

— Mais je peux rien faire sans toi, Brenda.

Elle tourne vers l'ours un regard où brille soudain une lueur différente.

— Et pourquoi tu ne l'échangerais pas ?

— Pardon ?

— La police te soupçonne, Thomas. Ils ont arrêté ton père pour le faire parler, ou pour avoir un moyen de pression sur toi. C'est clair. Ça veut dire qu'ils savent ce que mijote ton petit copain. Ils savent qu'il est mort et que tu le planques dans ton ours. Qu'est-ce qui est le plus important, à tes yeux ? Devenir un terroriste pour accomplir les dernières volontés d'une peluche, ou faire libérer ton papa ? Ils veulent Pictone : donne-le-leur.

L'ours bondit soudain de la table, et entreprend de courir vers la porte sur ses pattes malhabiles. Brenda se baisse, l'attrape par le collet. Il mouline, impuissant, à un mètre du sol.

— Dis-lui de me lâcher, Thomas !

— Ça marchera pas, Brenda ! J'ai bien vu, quand j'ai voulu aller le rendre à sa veuve ! Il se tait, il ne bouge plus, il fait semblant d'être une peluche normale : personne me croira !

Pictone tourne la tête vers moi et déclare, brusquement calmé, sur un ton de froideur digne :

— C'est une question d'enjeu, gamin ! Ne t'inquiète pas : s'il s'agit de sauver ton père, je parlerai sous la torture.

Je le dévisage, abasourdi. Il a cessé de gigoter, entre les doigts de Brenda. Sentant un revirement, elle le repose sur la table.

— Ta voisine a raison, Thomas : il faut que je me sacrifie, c'est la seule solution.

Je proteste, par politesse. Il repousse mon objection d'un coup de patte, enchaîne :

— On va passer un accord. Si vous partez demain au congrès de Sudville transmettre mes travaux à mes collègues et les convaincre de détruire le Bouclier, j'accepte de me constituer prisonnier en échange de ton père.

Bouleversé, j'interroge Brenda du regard.

— Qu'est-ce qu'il a dit ?

Je lui rapporte la proposition de Léo. Une grande perplexité s'installe sur son visage.

— Et tu crois que tu peux lui faire confiance ?

Je rassemble mes souvenirs et mes émotions ; tout le bilan des deux jours passés avec mon ours hanté. Je réponds oui, gravement. Brenda objecte :

— Mais ça changera quoi, si on détruit son Bouclier ? Tu crois que ça foutra par terre cette société de merde ? Tu crois que ça suffira pour renverser le gouvernement, faire la révolution et revenir trente ans en arrière, au temps où on vivait sans puces dans un monde libre ? C'est la vie qu'il faudrait changer, Thomas, pas la mort !

— C'est déjà un début…

Elle secoue la tête en passant la main dans mes cheveux. Elle dit, avec beaucoup plus de douceur :

— J'ai rien à perdre, moi, personnellement. Mais toi, c'est ton avenir que tu joues.

Dans un cri du cœur, je réponds :

— J'en avais pas, avant de te connaître. Là, toi plus moi, on peut devenir les plus forts du monde.

Elle me fixe, à la fois touchée et pas dupe. Les illusions, visiblement, c'est pas son truc.

— Allons-y, soupire-t-elle. Au moins, on aura essayé quelque chose.

Elle me lance l'ours. Je le range dans le sac d'hypermarché au milieu de ses dossiers. Elle remet le Monnayor vide sur l'étagère métallique, hésite devant le bracelet de diamants. Avec un haussement d'épaules, elle fourre l'écrin dans notre butin, referme le battant, et on quitte la salle des coffres.

32

En sortant de la banque, on découvre que le taxi n'est plus là. Brenda le désigne, à trois cents mètres, en double file au coin de la rue. La police a dû le faire circuler, pour raison de sécurité. Pendant qu'on marche vers le carrefour, je réfléchis à la proposition de l'ours. Bien sûr, l'idée de l'échanger contre mon père est tentante. Mais, s'il faut vraiment détruire le Bouclier d'antimatière pour sauver le monde, comment vais-je convaincre ses collègues scientifiques, s'il n'est plus là pour me souffler ?

Je suis brusquement propulsé en avant, tandis que Brenda pousse un cri. Je roule sur le trottoir, me relève aussitôt. Deux types détalent devant moi ; le plus grand tient le sac d'hypermarché. Brenda se lance à leur poursuite. Une douleur dans le pied stoppe mon élan. J'ai dû me fouler la cheville. Atterré, je regarde Brenda courser les voleurs, avec une vitesse hallucinante. Au coin du boulevard, elle en chope un, le tire violemment par l'épaule. L'homme s'écroule dans le caniveau, lâchant le sac. Son complice se jette sur Brenda par-derrière, la ceinture et, de son autre main, tente de lui briser le cou.

Éjecté par la chute du sac, Pictone se faufile à quatre pattes entre leurs jambes. Je boite vers eux aussi vite que je peux. Au moment où je les rejoins, il s'escrime à dénouer avec ses gros doigts les lacets de l'agresseur. Le deuxième type se relève, sort un couteau à cran d'arrêt.

Affolé, j'appelle au secours le flic d'en face. Il me fait non de la tête, en désignant le galon jaune sur son uniforme : il n'a le droit de s'occuper que de la circulation. Face à la lame pointée vers son ventre, Brenda s'arc-boute et recule, entraînant l'homme qui l'étrangle par-derrière. Il marche sur ses lacets, perd l'équilibre, se rattrape en resserrant son étreinte. Elle en profite pour se retourner brusquement, juste au moment où l'autre avançait le bras. La lame entre dans le dos de son complice. Une exclamation de surprise jaillit de ses lèvres, puis un flot de sang. Il lâche prise, glisse sur le sol. L'autre s'enfuit sans demander son reste.

— Font chier ! marmonne Brenda en ramassant l'ours qu'elle remet sans douceur dans le sac, et elle m'entraîne vivement jusqu'au taxi.

Je me retourne vers le flic qui parle dans son portable. Il doit sans doute appeler le Service du dépuçage. Ça, il a le droit, vu que le cadavre gêne la circulation des piétons. Enfin, manière de parler : le trottoir est désert. Les rares passants ont rebroussé chemin dès qu'ils ont vu l'agression, pour ne pas être témoins. Si on vit dans un monde sécurisé, c'est aussi que personne n'ose plus porter plainte – du coup, ça fait baisser les chiffres de la délinquance.

— Ça va ? me demande Brenda à l'arrière du taxi, en me voyant masser ma cheville.

Je hoche la tête. Je sens la douleur diminuer sous mes doigts.

— Et toi ?

— J'ai eu pire.

Le chauffeur replie son journal, ôte ses oreillettes d'où s'échappe un vieux technorap. Il nous demande où nous allons à présent. Brenda donne son adresse, ajoute en me fixant du coin de l'œil :

— Je ne sais pas si tu es courageux ou insensible, mais tu tiens bien le coup.

J'ai envie de lui répondre dans le genre viril qu'il n'y a que le premier mort qui coûte, mais elle enchaîne :

— Ils voulaient le bracelet ou l'ours ?

Sa question me fait frémir. Le cœur battant, je lui demande si, à son avis, c'étaient des types de la police secrète. Pictone répond le premier :

— Je n'ai pas eu le temps de me concentrer sur eux – juste sur leurs lacets. Ça pouvait être aussi bien de simples braqueurs qui guettaient notre sortie de la banque. Mais, dans le doute, si tu veux m'échanger contre ton père, on a intérêt à me livrer très vite.

— J'ai un feeling bizarre, dit Brenda.

Moi aussi. De plus en plus, j'ai l'impression que Pictone essaie de me doubler – en tout cas il a une idée derrière la tête. Cette obsession d'aller se jeter dans la gueule du loup, je me demande si c'est vraiment de l'altruisme par rapport à mon père.

— Évidemment ! se défend-il.

J'ai oublié qu'il captait mes pensées. Il précise que si j'ai une meilleure solution pour sortir mon père de prison, il est preneur.

— J'en ai une.

— Une quoi ? demande Brenda.

Je ne réponds pas. L'ours se tait lui aussi, pour examiner l'idée dans ma tête.

— Ça peut marcher, admet-il.

On est montés chez Brenda, on a sorti son kangourou du congélateur et on l'a réchauffé au micro-ondes. Puis j'ai procédé à l'interrogatoire. Rien. Ou Boris Vigor refusait de parler, ou il en était incapable. C'était peut-être le choc thermique.

— Au contraire, a dit Pictone. Dans un micro-ondes, les cellules changent de polarité cent milliards de fois par seconde : ç'aurait dû aider Boris à booster les échanges entre les photons de sa conscience et les molécules du kangourou. Non, le problème est ailleurs.

Pendant que Brenda utilisait le micro-ondes pour se faire un café, il a récapitulé la situation :

— Après sa mort, cet abruti s'est retrouvé attiré ici malgré lui, parce que ta voisine peignait sa fille. D'accord ? Et du coup il a voulu se matérialiser dans un animal synthétique – comme moi. De son vivant, déjà, tout ce qu'il savait faire, c'était me piquer mes idées. Mais le résultat est pathétique : il n'arrive à bredouiller qu'un seul mot et il est incapable du moindre mouvement. Il lui faut donc une réincarnation plus en rapport avec lui.

Je demande brusquement :

— Mais vous, quel rapport vous aviez avec mon ours ? Pourquoi ça a marché aussi bien, entre vous ?

— Parce qu'il était vide. C'était un vieux jouet, un nid à poussière. Tu n'éprouvais plus rien pour lui : il était libre. Le kangourou, lui, est encore hanté par tout l'amour, la frustration, la solitude de Brenda. Son rêve de petite fille, ce Prince Charmant projeté dans un fourre-tout en éponge… C'est un objet trop chargé, affectivement, incompatible avec les vibrations négatives de Vigor. Transfère-le.

— Où ça ?

— Dans son effigie. Le Boris Vigor miniature qui est dans ta chambre. Cette horreur en latex avec qui personne n'a jamais créé de lien. Ça l'aidera à faire ses connexions, à somatiser dans son apparence physique.

— Et comment je fais, pour le transférer ?

— Je t'expliquerai.

J'ai proposé à Brenda de venir chez moi. Elle a dit non. Elle n'allait pas très bien. Peut-être le fait qu'on s'acharne sur le kangourou de son enfance, du congélateur au micro-ondes… Elle a grommelé :

— Même pas midi, et je suis déjà cuite. Je vieillis, moi.

Elle a avalé une poignée de cachets, puis m'a regardé de travers.

— Il faut que j'arrête de me prendre la tête avec tes histoires, Thomas. Si ça se trouve, tu as tout inventé. Moi je t'écoute, je te crois et du coup j'hallucine. J'en ai marre qu'on se foute de moi !

J'ai poussé un soupir. C'était fatigant de toujours revenir en arrière, avec elle. Les effets dopants du whisky étaient retombés, et son mauvais côté refaisait surface. C'était peut-être le contrecoup de la bagarre, aussi. Sa violence naturelle et précise, face aux braqueurs, m'avait fait froid dans le dos. L'agression avait dû réveiller dans son passé des trucs bien glauques, qui à présent lui bouchaient la vue.

D'un ton compréhensif, avec une déception marquée mais sans rancune, j'ai dit :

— Excuse-moi, Brenda. Je vais me débrouiller tout seul. Tu me prêtes le kangourou ? Je te le vide, et je reviens te le déposer sur le paillasson. Bonne journée.

Elle m'a regardé ranger Vigor et Pictone au milieu des paperasses, dans le sac d'hypermarché. Ses yeux sont tombés sur l'écrin du bracelet de diamants. J'ai croisé son regard. L'air de rien, j'ai sorti l'écrin et je l'ai posé sur l'évier en disant :

— Pour le dérangement.

Et j'ai quitté l'appartement en tirant la porte derrière moi.

33

J'étais en train de glisser ma clé dans la serrure quand j'ai entendu des pas. Je ne me suis pas retourné, confiant. J'ai vu l'écrin du bracelet de diamants atterrir violemment dans le sac d'hypermarché, entre l'ours et le kangourou. La main de Brenda a terminé son geste en coup de poing sur mon épaule. Elle a dit entre ses dents, d'un air fataliste et vaincu :

— Tu m'emmerdes.

Et c'étaient les trois plus belles syllabes du monde. Ça voulait dire qu'elle n'y pouvait rien : malgré mes inconvénients et les soucis que je lui causais, j'étais irrésistible.

— Pourquoi je fais tout ça pour toi, Thomas, tu le sais ? Parce que j'ai rien ni personne d'intéressant dans ma vie, c'est tout. Alors c'est pas la peine de te la péter.

J'ai hoché la tête. Je comprenais sa pudeur. J'ai dit que moi aussi, si j'avais eu quelqu'un d'autre, je ne lui aurais rien demandé. Au moins, les choses étaient claires.

Je lui ai ouvert la porte :

— Après toi.

C'était la première fois que je ramenais une femme à la maison. J'étais très ému, mais je la jouais naturel, limite désinvolte et malpoli, pour qu'elle se sente à l'aise.

— Enlève tes chaussures, sinon ma mère va encore me gaver.

Elle ôte ses baskets, demande si elle a le droit de garder ses chaussettes ou si elle doit s'envelopper les pieds dans des sacs-poubelles. Je décide de prendre son agressivité pour de la connivence, et je la fais asseoir sur le canapé du salon – le lit de mon père. Un coup de cafard, brusquement, me gâche l'émotion de ses belles jambes nues croisées sur le tissu taché de vin. Je lui demande si je peux lui offrir quelque chose, mais elle a déjà débouché la bouteille planquée derrière le coussin. Le son familier du glouglou dans le verre me fait monter les larmes aux yeux.

— À la santé de ton père, dit-elle d'un ton sobre. À son retour.

J'acquiesce en quittant le salon. Le bruit des marches me permet de renifler sans honte, de ravaler le chagrin à coups d'espoir. J'attrape le Boris Vigor miniature assis sur l'étagère de ma chambre, et je descends le plus vite possible rejoindre Brenda, poser la figurine en latex contre son kangourou.

— Faut pas que je boive avec les cachets, soupire-t-elle.

Elle finit son verre, ferme les yeux et laisse aller sa tête en arrière, là où le coussin est encore creusé par la tête de mon père. Je rebouche le vin pour qu'il ne le trouve pas trop oxydé à son retour, et je regarde avec un peu de consternation les quatre personnages alignés sur le canapé. La femme de ma vie qui se cuite aux cachets anti-cuite, l'ours de mon enfance colonisé par un savant hystérique, et le ministre en exil dans un kangourou qu'il faut maintenant transvaser dans le pantin d'à côté. Un immense coup de fatigue me donne envie de tout laisser tomber.

— Ne fais pas ta crise d'adolescence, ronchonne Pictone. Tu auras tout le temps, après. Allez, au boulot.

— Et je fais comment ?

— Débrouille-toi. Fais comme la nuit dernière, quand tu as mobilisé tes protéines pour attaquer tes graisses. Ce que tu as accompli à l'intérieur de ton corps, tu peux le réussir à l'extérieur. C'est la même chose. Laisse faire ton instinct. Projette-toi et visualise.

Je pousse un long soupir, et j'essaie de me brancher sur le kangourou de Brenda, d'entrer par la pensée à l'intérieur du sac en éponge. Je rassemble dans ma tête mes souvenirs de Boris vivant. Je les imagine tourbillonnant dans les molécules de Brandon comme dans ces boules de verre qui neigent quand on les retourne. Et puis je me concentre pour que toutes ces boules n'en fassent plus qu'une. Alors je ferme les yeux comme si je refermais les mâchoires d'une pelleteuse, j'arrache mentalement la boule de conscience du kangourou, et je vais la déposer à l'intérieur de la figurine en latex. Je relâche mes paupières, en ordonnant aux souvenirs en boule de se multiplier à nouveau, pour fusionner avec les composants du caoutchouc.

— Thomas, ça va ?

Je suis tombé par terre. Brenda, complètement angoissée, est penchée sur moi, me secoue. Je réponds que ça va. Je me relève.

— Excellent, dit l'ours. Tu commences à contrôler ton pouvoir.

— I... ris, murmure le Vigor en modèle réduit.

— Je l'entends ! s'écrie Brenda. C'est la même voix, c'est lui !

Je me tourne vers elle. Elle se mord le poing, entre la panique et le soulagement. Je lui désigne son kangourou :

— Tu peux le reprendre, c'est bon. J'ai fini le déménagement.

Sur la défensive, elle regarde Pictone manœuvrer les bras de Vigor. Il lui fait faire des assouplissements pour l'aider à s'intégrer dans la structure caoutchoutée, à coordonner ses mouvements, tout en le questionnant :

— Comment tu es mort, Boris ?

— Le… cœur…, articulent difficilement les lèvres en latex figées dans un sourire sportif.

— On ne t'a pas assassiné ?

— N… non.

— Et ta puce ?

— Et la t… tienne ? demande lentement l'ex-ministre de l'Énergie, comme si chaque syllabe demandait un effort surhumain. Elle… est où ?

— Tu es en mission, c'est ça ? En mission posthume ? J'avais raison, enchaîne l'ours en me prenant à témoin, c'est Olivier Nox qui est derrière tout ça. Les vivants ont perdu le contrôle de mon âme : ils ont envoyé un mort pour me faire parler. Logique. C'est pour ça qu'ils ne l'ont pas dépucé.

— Où est… ma fille ? bredouille le jouet.

Je lui lance en réponse :

— Où est mon père ?

Plus rien ne bouge dans le sourire niais de la face peinte.

— Réponds, commande Pictone, si tu veux revoir la petite.

— Je… ne suis pas… un traître, articule le modèle réduit.

L'ours saute à pattes jointes sur la table basse, allume l'écran mural, presse trois fois la touche 6 de la télécommande. Des parasites grésillent sur le canal inexploité.

— Papa ! appelle une petite voix au milieu du bruit blanc.

Brenda attrape ma main, blême, m'interroge du regard. Je lui confirme que j'ai entendu la même chose qu'elle. C'est merveilleux de partager ça, d'être connectés ensemble. Les doigts dans les siens, j'en oublie la gravité de la situation, les problèmes qui nous entourent… C'est fou comme la mort, c'est soluble dans l'amour.

— Iris ! crie le ministre caoutchouté. Viens !

— J'peux pas… ! gémit la voix mangée par les parasites. Viens, toi… Au secours !

Le jouet essaie de se lever, retombe.

— Fais-moi passer dans la télé, Pictone ! supplie-t-il.

— Je n'en ai pas les moyens, lui réplique-t-il. Et ça servirait à quoi ? Vous n'auriez pas plus de relations que deux grumeaux dans une purée. Non, vous ne pourrez vraiment vous retrouver que dans les plans supérieurs, les plans spirituels, dès que tu m'auras aidé à détruire le Bouclier qui vous retient sur Terre… Nox t'a menti, pour t'expédier dans l'au-delà. Vivant ou mort, tu ne peux rien pour ta fille, sauf si tu te rallies à ma cause. Il t'a missionné comme envoyé spécial ; deviens notre agent double.

— Qu'est-ce que je lui dis, alors… pour ton cadavre ? Il est où ?

L'ours m'interroge de son regard en plastique. Soudain, j'ai l'illumination. Je m'écrie :

— Un requin l'a mangé ! On l'a pêché, on l'a découpé en rillettes, on l'a mis en boîte… Le temps qu'ils ouvrent toutes les conserves de requin du pays, ça nous fait gagner quelques jours…

Emballé par mon idée, j'ajoute que je vais aller tout de suite rapporter le ministre au ministère, et il transmettra l'info en échange de la libération de mon père.

Les deux jouets se consultent en silence.

— Tu es vraiment fêlé, me dit Brenda.

Je la remercie du compliment, et je prends mon portable pour commander un taxi. La sonnerie de la porte retentit. Brenda se fige, prête à planquer nos morts sous le canapé. Nouveau coup de sonnette. Je vais glisser un œil à travers les rideaux. C'est Jennifer, ma copine de collège. Elle sait que j'avais rendez-vous chez le Dr Macrosi, ce matin : elle est venue aux nouvelles.

— Débarrasse-t'en, dit Brenda, et tu préviens les gens du ministère.

— Surtout pas ! objecte l'ours. On va les prendre par surprise, toi et moi. Ton nom nous ouvrira toutes les portes.

Sans même traduire ses propos à Brenda, je les récuse :

— J'emmène Brenda et Boris, c'est tout. Vous, vous restez planqué ici.

— Pas question. Ça bouscule mes plans, mais l'occasion est trop belle. Je pensais vous envoyer saboter le Bouclier d'antimatière au niveau du générateur de Sudville… Mais là, autant que j'agisse directement sur la lentille émettrice qui se trouve sur le toit du ministère de l'Énergie. Il suffit d'envoyer un jet de protons dans les antiprotons satellisés, pour neutraliser tout le Bouclier par réaction en chaîne !

— Mais vous n'aurez jamais le temps ! Ils savent que vous êtes Pictone : ils vont vous arrêter tout de suite !

— Vigor leur a dit que j'étais un ours en peluche, pas un kangourou en éponge. Tu n'as qu'à me glisser à l'intérieur de Brandon. On va leur refaire le coup du cheval de Troie.

Pendant le silence qui suit, Brenda me demande ce qu'il a dit. Je lui répète, le plus fidèlement possible. Je précise que le cheval de Troie, c'est une histoire de civilisation disparue que m'a racontée mon père. Une astuce des guerriers grecs pour entrer discrètement dans une ville ennemie, cachés à l'intérieur d'un gigantesque cheval à roulettes. Elle me scrute, l'air brusquement soupçonneux.

— Thomas… tu es sûr que c'est vraiment le professeur Pictone qui te parle ?

Je fronce les sourcils. Ça veut dire quoi, ça ? Jennifer s'impatiente, le doigt sur la sonnette. Elle a dû me voir à l'intérieur ; elle va croire que je ne veux pas lui ouvrir. J'entrebâille la fenêtre, je lance :

— J'arrive, une minute !

Je referme et je me retourne vers Brenda. Je demande ce qui lui prend. Elle ne va quand même pas se remettre à douter qu'un fantôme puisse parler dans un jouet ? Elle n'arrête pas de le constater ! Et elle l'a dit elle-même : un phénomène qui se reproduit à chaque fois, il devient scientifique !

— On voit des lèvres bouger, Thomas, d'accord, mais on entend ce qu'on veut entendre ! C'est tout. Moi je suis émue par la fille de Vigor, alors tout ce que je crois entendre me parle d'elle. Et toi tu es obsédé par ton père, par ton attrait pour les sciences et tes fantasmes sur moi… Alors tes hallucinations auditives sont le produit de tout ça. On ne reçoit pas d'infos, en fait ; on les projette.

— Elle est pénible, soupire le physicien en peluche.

— Très, confirme le ministre en caoutchouc.

Dominant moi aussi mon agacement, je rappelle à Brenda que je n'ai pas pu inventer le numéro de compte pour accéder au coffre du professeur. Elle examine un instant la preuve, et, sans répondre, se ressert un verre de vin.

J'en profite pour filer ouvrir la porte de la maison, avec mon air le plus normal.

— Salut, Jennifer, c'est sympa d'être passée, mais j'ai plein de boulot. Tu n'es pas en cours ?

Elle commence à répondre que Mlle Brott est absente, et brusquement elle se pétrifie. Son regard abasourdi me parcourt des pieds à la tête. C'est vrai que j'ai perdu dix kilos, depuis hier. Ses yeux s'emplissent de larmes, qu'elle essaie d'arrêter en souriant avec des hochements de tête. Elle est contente pour moi, ça se voit, mais désormais c'est la seule grosse de la classe.

Maladroitement, je lui dis que ça n'empêche rien : on reste copains.

— Il est cher ?

— Quoi donc ?

— Le Dr Macrosi. Je pourrais avoir un rendez-vous, tu crois ? Je ferai des heures sup.

Je la regarde, apitoyé. Son père était concessionnaire Colza à Ludiland, avant, mais on l'a surpris en train de fumer à proximité d'un apprenti de dix-sept ans, alors on l'a viré. Depuis, il est devenu simple mécano dans le seul garage qui a voulu de lui, près de notre collège. Sa femme, qui était trop habituée au luxe, n'a pas supporté sa nouvelle vie, et elle s'est tuée l'an dernier. Je pense que c'est là que Jennifer s'est mise à grossir. Entre les heures de cours, elle est laveuse de voitures pour aider son père à payer les dommages et intérêts : ils doivent six mille ludors au ministère de la Protection de l'enfance, parce que le suicide des mères est interdit par la loi.

— Tu as deux minutes ou je te dérange ?

J'hésite. Mais elle a l'air si seule que je la laisse entrer. Elle aperçoit Brenda dans le salon, dit « Bonjour madame », puis se retourne vers moi, interrogative. Boudin comme elle est, ça m'ennuie pour elle de lui présenter la femme que j'aime. D'un autre côté, vue par Jennifer, Brenda n'est peut-être pas terrible non plus. La ligne est belle, mais la carrosserie ne date pas d'hier et on sent bien que le moteur a des ratés.

— Jennifer, Brenda. Brenda, Jennifer.

— Bonjour, se disent les filles avec une amabilité méfiante.

Le regard de Jennifer tombe sur l'ours en peluche, le kangourou en éponge et le Vigor en latex.

— Vous... étiez en train de jouer ? demande-t-elle, étonnée.

Évidemment, je ne vais pas lui dire qu'elle nous dérange en pleine cellule de crise. Je lui réponds ce qui me passe par la tête : Brenda est antiquaire, et je vends mes vieux jouets. Jennifer marque un temps de réflexion, puis me demande :

— Je pourrai prendre un rendez-vous de ta part ?

J'essaie de suivre son raisonnement. Elle doit penser que je vends mes jouets pour rembourser à ma mère une partie des honoraires du Dr Macrosi. Dans un réflexe de protection, je lui réponds vivement que ce charlatan n'est pour rien dans ma nouvelle silhouette. C'est l'ubiquitine qui a tout fait. Une protéine qu'on a tous dans notre corps, et qu'il suffit de réveiller.

— Tu me la réveilleras ? murmure-t-elle doucement.

Il y a tant de naturel, de tristesse et de confiance dans sa voix que je ne peux pas lui dire non. Le regard de Brenda croise le mien. Elle ramasse ses affaires, nous dit avec la brutalité qui lui sert de cache-gentillesse qu'elle va fumer sur le trottoir.

— Ce n'est peut-être pas vraiment le moment idéal pour un cours de diététique, laisse tomber l'ours avec raideur. Vire-la : il faut qu'on continue à briefer Boris pour qu'il soit crédible quand il fera son rapport à Nox.

J'ignore sa réflexion. Jennifer n'est pas une priorité, je sais bien. Ses kilos peuvent attendre, pas mon père. Mais pourquoi ai-je la certitude que je dois passer par cette étape, *d'abord* ? Pourquoi cette impression que toute ma vie est devenue comme un jeu vidéo, où je risque de tout perdre si je n'affronte pas dans l'ordre les épreuves qui se présentent ?

— Ferme les yeux, Jennifer. Je vais voir ce que je peux faire.

34

Ministère du Hasard, midi trente

En entrant dans la salle de contrôle des jeux, Lily Noctis demande au claviste de permanence quel est son prénom. Rouge d'émotion, le fonctionnaire jaillit de son siège, et balbutie la réponse comme s'il s'agissait d'une épreuve de concours. Sans écouter, elle lui demande de se connecter au casino de Ludiland. Il se rassoit pour effectuer l'opération, puis elle l'invite d'un coup d'ongle sur l'épaule à lui céder la place.

Moulée dans un imper noir ultra-strict, à peine fendu sur le côté, la femme d'affaires s'installe sur le siège pivotant. Tandis que le contrôleur se concentre sur le porte-jarretelles apparu par la fente de l'imper, la codirigeante du groupe Nox-Noctis passe en revue, sur les moniteurs, les machines à sous de la grande salle. La caméra en mode panoramique s'arrête sur les joueurs, tandis qu'apparaît sur le coin droit de l'écran la puissance énergétique capitalisée par leur puce.

Après quelques instants, le choix de Lily Noctis se fixe sur un beau quadragénaire à mille cinq cent yods, dont la bio s'affiche dans une fenêtre à gauche de l'image. Sous-chef du tri sélectif au ministère de l'Insémination artificielle, il est en train de reperdre ce qu'il a gagné depuis trois heures. Elle promène sa langue sur sa lèvre supérieure, tandis que ses doigts parcourent le clavier pour afficher les références de la machine sur laquelle il joue.

Prévenu de l'arrivée impromptue de Lily Noctis, le ministre du Hasard surgit dans la salle de contrôle, le visage creusé par l'inquiétude. Lui aussi est vêtu en grand deuil, pour l'hommage qui sera rendu par le gouvernement à Boris Vigor, lors de la cérémonie de Dépuçage national prévue dans une demi-heure.

— Que se passe-t-il ? s'informe-t-il en découvrant au bas de l'écran les coordonnées du casino près duquel habitait Léo Pictone. Il y a du neuf ?

— Il va y en avoir, répond Lily Noctis sans lui accorder le moindre regard.

Elle clique sur le menu sélection, entre un code secret, puis désactive le mode aléatoire.

— Que faites-vous ? s'alarme le ministre du Hasard.

— Vous le voyez.

Les circuits électroniques de la machine à sous apparaissent dans une fenêtre. Elle les étudie un instant, presse une touche pour consulter le compteur des mises et celui des gains. Après quoi elle entre une programmation, l'ajuste et la valide.

Au même instant, sur l'image centrale, le joueur sélectionné lance les rouleaux, l'œil morne, résigné à sa malchance du jour. Cinq 7 rouges s'alignent en tremblotant, pendant que s'allument dans une musique pimpante les spots clignotants du super-jackpot.

— C'est parfaitement illégal ! s'indigne le ministre. Nous avions déjà atteint le quota mensuel des GNA ! Les gains non aléatoires doivent rester dans la fourchette des probabilités, sinon où allons-nous ? Cette inflation est très dangereuse ! On ne plaisante pas avec l'équilibre de la balance des paiements, vous l'ignorez ? Nous devons tous respecter la loi ! Le hasard, ce n'est pas un jeu !

— Mais la loi, c'est moi, coupe-t-elle d'un ton sec. Si vous voulez conserver la confiance du Président, tenez-vous tranquille. Au fait, vous êtes remanié.

— Pardon ?

— Vous serez nommé demain au ministère des Espaces verts. Bravo pour votre promotion. Le Président a souhaité que je vous remplace.

Le ministre crispe les mâchoires, resserre son nœud de cravate et, d'un ton de malédiction, lui souhaite bien du plaisir.

Dès qu'il a tourné les talons, Lily Noctis pianote, sur un autre clavier, un ordre de mission avec effet immédiat pour Anthony Burle, inspecteur de la Moralité des gagnants. Destination : casino de Ludiland. Elle expédie le mail avec un sourire en coin, puis suggère au contrôleur de permanence d'aller lui chercher un café. Le jeune homme, flatté de cet honneur, se presse hors de la salle. Sur le seuil, il se retourne et questionne d'un ton anxieux :

— Court sucré ou long sans sucre ?

— À votre avis ? répond-elle d'un air suave.

Il rougit à nouveau et s'éclipse. Elle se renverse en arrière dans son siège articulé, croise les jambes en tapotant les doigts devant sa bouche. Le regard au plafond, elle cherche ma présence, se concentre sur mes vibrations, définit mon point de vue.

— Alors, Thomas ? Tu n'es pas venu d'une façon habituelle, dis-moi… Tu ne dors pas, là, tu es en état modifié de conscience… En pleine transe. C'est bien. Tu progresses. Tu commences à exercer ton pouvoir, sans aucun moyen hélas de le contrôler…

Une froideur désagréable engourdit mes pensées. Elle ajoute :

— C'est pour cet après-midi, n'est-ce pas, notre première vraie rencontre ? C'est bien. J'ai hâte. Ton plan est intéressant, mais tu vas devoir le modifier encore.

Elle désigne d'un doigt désinvolte, sur l'écran, le joueur émerveillé que le personnel du casino entoure avec ferveur et sollicitude.

— Il vient de monter à soixante huit mille yods, dit-elle en montrant le score de sa puce. Ça fera l'affaire. C'est décidément son jour de chance : il va recevoir l'hommage de tout le gouvernement. Quel honneur, d'avoir possédé une puce qui sera recyclée sous l'identité de Boris Vigor…

Elle humecte ses lèvres, se rapproche de l'écran, poursuit :

— De quoi le fait-on mourir ? De joie, tiens, c'est une belle fin. Son cœur n'aura pas supporté le choc. On va attendre l'arrivée de ta mère. Ils sont allés la prévenir : elle descend tout de suite. Tu te rends compte ? Le plus gros jackpotteur de l'histoire des casinos, et ça tombe sur elle ! Quelle émotion pour ta maman ! D'autant plus que d'ici trois minutes, il va lui claquer dans les doigts.

Le décor se contracte. Une force de refus brouille ma vision.

— Ah, c'est bien ! se réjouit-elle. Tu résistes. On voit que tu as bien travaillé ton pouvoir mental, aujourd'hui… Donc, tu veux que j'épargne ce joueur ? Tu as raison, dans un sens : ça ne sert plus à rien de le sacrifier, puisque vous avez retourné Boris. N'est-ce pas ? Si cet imbécile est passé de votre côté, nous le retirons du jeu. Il sera dépucé, tant pis pour lui. Et tant pis pour sa fille… Mais tu m'obliges à gracier un condamné, Thomas. Et tu connais la loi du Hasard : pour chaque victime épargnée, il faut qu'une autre périsse. Tu as voulu que je laisse vivre un tocard inconnu ; libre à toi. Mais du coup tu risques de perdre un être cher.

Elle pousse un soupir fataliste, éteint l'écran.

— Que veux-tu, j'ai programmé un décès au casino de ta mère ; je ne peux pas désactiver le sort. J'ai bien peur que tu ne sois pas content. Et que tu regrettes ton choix.

Elle se tait un instant, le regard dans le vide, sourit aux images qui passent devant ses yeux.

— De toute manière, reprend-elle, le processus que tu as enclenché est en marche. Grâce à toi, joli jeune homme, l'humanité n'a plus que deux jours devant elle. La fin du monde tombe un jeudi.

35

— Thomas ! Thomas !

L'image est brouillée devant mes yeux. Je suis dans le canapé, deux femmes penchées sur moi. Des mains me secouent.

— Ça fait combien de temps qu'il n'a pas mangé ? Il est trop maigre, il n'a plus d'énergie !

La voix de Jennifer achève de me faire revenir à moi. J'étais entré par la pensée dans son corps. J'étais une cellule comme les autres, j'en croisais des milliers en cherchant à repérer les ubiquitines. Je les appelais à se rebeller contre les graisses, à utiliser toutes les forces en présence dans la conscience de Jennifer – y compris sa jalousie envers moi, son dépit de me voir soudain si différent d'elle – pour brûler ses kilos en trop. Comme je m'étais servi de mon chagrin d'amour, quand Brenda m'avait rayé de sa vie…

Et puis je me suis fait attaquer. Les anticorps, ces commandos contre l'immigration clandestine, m'ont cerné, coincé, absorbé… C'était moi l'ennemi, pour eux, et pas les cellules de graisse. C'était moi l'envahisseur, c'était moi qui étais rejeté, qu'il fallait éliminer pour la sécurité intérieure. Je me défendais comme je pouvais, j'argumentais, je répétais mes bonnes intentions, mais je n'étais là qu'à moitié… Une autre part de moi-même était occupée ailleurs, travaillait sur autre chose… Je ne sais plus sur quoi, mais c'était important. Il y avait un danger, une menace immédiate…

Je n'en peux plus. À quoi ça rime, d'être tiraillé sans fin entre tous ces cauchemars ?

On me glisse une barre de céréales dans la main droite, et mon portable dans la gauche. J'engloutis la première en regardant le deuxième clignoter.

— Ton téléphone vibrait quand je suis rentrée, dit Brenda. Tu as un message.

Je me demande combien de temps j'ai passé dans le corps de Jennifer – l'équivalent d'une ou deux cigarettes de Brenda ? Jennifer ne se souvient de rien, si ce n'est que j'ai essayé de l'hypnotiser et que c'est moi qui me suis endormi. En tout cas, à vue de nez, elle n'a pas perdu un gramme. Elle est résignée, elle minimise mon échec ; de toute manière, elle n'y croyait pas. Elle dit que son père a raison : c'est glandulaire, il n'y a rien à faire. Elle sera obèse, et voilà. Pour laver les voitures, ce n'est pas grave, ajoute-t-elle, c'est même apprécié par les clients. Les rondeurs, quand ça frotte, c'est mieux que les rouleaux du Lavomatic.

Elle me fait la bise, serre la main de Brenda, et retourne gagner sa vie à coups de pourboires sur le parking du casino. L'été dernier, ma mère l'a pistonnée auprès de la direction des ressources humaines, par charité intéressée : en échange, l'entretien de sa Colza 800 est gratuit.

Je raconte ça à Brenda, pour meubler le silence un peu glauque qui a suivi le départ de Jennifer.

— Pauvre fille, murmure Brenda. Ne sois pas moche avec elle.

— Mais j'essayais de l'aider, moi, c'est tout !

— Elle est amoureuse de toi, tu le sens bien. À toi de décider ce qui est le moins cruel : faire semblant de ne rien voir, ou lui laisser de faux espoirs.

Je hoche la tête en finissant la barre énergétique. Je crois que je vais mettre les femmes entre parenthèses, tant que je n'ai pas réglé le problème de mon père.

— Il serait temps, marmonne l'ours. Tu te disperses, Thomas ! Allez, au ministère, vite !

— Ho ! Je peux souffler deux minutes, oui ?

Je reprends mon portable, j'écoute ma boîte vocale. C'est ma mère. Elle a sa voix de catastrophe ; il faut que je la rappelle tout de suite. Avec un soupir d'épuisement, j'appuie sur 3, son numéro abrégé en mémoire.

— Oui, Thomas, je ne peux pas te parler ! répond-elle en décrochant. Où es-tu ?

— À la maison. Je fais des exercices avec le Dr Logan.

— Qu'elle t'emmène tout de suite au casino, il m'arrive une chose extraordinaire : je passe à la télé, regarde National Info ! Là, c'est juste une réaction à chaud en direct, mais du coup ils me consacrent un portrait qui sera diffusé ce soir, ils me veulent en famille. Dépêche-toi, on tourne dans une heure ! Et pas un mot sur ton père, surtout ! Si on te demande, il est en voyage pédagogique avec sa classe, compris ? Je te quitte ; c'est à moi.

J'ai mis le haut-parleur en regardant Brenda. Ça me soulage un peu qu'elle partage ma consternation. Avec un grattouillis dans mes cheveux, mon amoureuse me glisse :

— Elle n'est pas méchante, mais c'est vraiment un monstre.

Elle attrape la télécommande, va sur National Info. Ma mère, sourire d'émotion et cheveux pétrifiés de laque, s'émerveille de nous présenter l'heureux gagnant du plus gros super-jackpot de tous les temps, ici même au casino de Ludiland où elle exerce ses fonctions de psychologue.

L'interview s'arrête au milieu de sa phrase, pour un retour sur le plateau du JT où la présentatrice, d'un air de fin du monde, annonce que la cérémonie du Dépuçage national de Boris Vigor vient de commencer, en direct de la Maison-Mère, siège de la présidence des États-Uniques.

Une musique funèbre lance les images. Brenda, l'ours et moi, nous nous tournons d'un même mouvement vers mon Vigor en caoutchouc. Penché en avant au bord du canapé, il fixe de son regard peint l'écran où un zoom avant découvre avec lenteur son cercueil en verre blindé.

— ... En présence de Son Excellence le fils du Président Narkos et du gouvernement au grand complet, se rengorge la voix off de la présentatrice, tandis qu'une autre caméra passe en revue les visages officiels. Sans parler du double vide, politique et sportif, que laisse derrière lui un tel héros national, on peut le dire, l'émotion est palpable.

Sur le canapé, la figurine de Boris tressaille lorsque le maître dépuceur, en redingote turquoise, s'approche avec une lenteur solennelle du cadavre tiré à quatre épingles. La seringue à perceuse se pose contre le crâne de l'ancien ministre.

— Mais..., bredouille l'intéressé par sa bouche en latex, on... m'avait promis... Non ! Iris... mon bébé...

Fschhtt, blop, gling ! Gros plan de la puce du héros national qui brille sous les projecteurs, aspirée au fond d'une capsule en verre. Mon Boris miniature tombe en avant sur le tapis, délesté de son âme.

— Adieu, mon vieil ennemi, grommelle Léo Pictone.

Il me commente l'événement, dans un mélange de tristesse impuissante et de rébellion amère. Lorsque la puce en veille est retirée du cerveau mort, la rupture entre le corps et l'esprit est consommée. Et une nouvelle existence commence pour l'âme, que le Bouclier empêche de rejoindre les plans supérieurs : une détention à perpétuité dans les fonctions énergétiques qu'elle va remplir au service de la collectivité.

— Nox a dû comprendre que j'avais gagné Boris à ma cause. Il a modifié ses plans, Thomas ; nous devrons faire de même.

Un joueur de la Nordville Star s'avance d'un pas cérémonieux, pour recueillir dans une coupe en or capitonnée la puce de son capitaine. Puis il part en courant au son des grandes orgues, entouré d'un cordon de sécurité armé jusqu'aux dents.

— ... Également au second rang des officiels, poursuit la voix de la journaliste, on reconnaît Olivier Nox, PDG de Nox-Noctis, la firme qui fabrique et commercialise nos puces cérébrales. On imagine son chagrin mais aussi sa fierté, face aux soixante quinze mille yods atteints par la puce du défunt ministre de l'Énergie, qui fut aussi le joueur de man-ball qui totalisa le plus grand nombre de victoires.

Une autre caméra suit le joueur de l'équipe de Nordville qui traverse la cour d'honneur au pas de gymnastique en portant, comme autrefois la flamme olympique dans les légendes de mon père, la puce du héros vers son lieu de recyclage.

— Une puce qui selon nos sources, ajoute la journaliste, va être implantée à présent dans l'alimentation d'une lentille émettrice du Bouclier d'antimatière, située sur le toit du ministère de l'Énergie. Quel plus bel hommage, en effet, que de permettre à l'âme d'un créateur de survivre au cœur même de sa création ?

— « Sa » création, soupire l'ours, désabusé. La postérité qui rend justice, tu parles ! En tout cas, enchaîne-t-il avec encore plus de dépit, ce n'est pas le jour d'aller là-bas pour faire mon sabotage. Bon, rejoignons ta mère, en attendant. Je sens qu'il y a un autre problème, au casino. Toi aussi, non ?

Je fais oui de la tête, sans bien arriver à démêler toutes ces émotions qui me ballottent le cœur. Je me tourne vers Brenda. Elle vient d'éteindre la télé. Elle observe la dépouille caoutchoutée de Boris Vigor sur le tapis, puis elle lève vers moi un regard tout humide. J'ai l'impression que c'est la première fois qu'elle montre une vraie fragilité, sans avoir peur qu'on s'en serve contre elle.

— Je peux le garder ? demande-t-elle en montrant le jouet inerte.

Touché par sa réaction, j'acquiesce. Elle le ramasse avec précaution, et lui jure d'un ton farouche qu'elle ne laissera jamais tomber sa petite Iris. Puis elle le glisse dans le kangourou, et me lance :

— On y va ?

— Allez hop ! répond l'ours.

Au moment de plonger à son tour dans le sac fétiche de Brenda, il se tourne vers moi en levant une patte arrière, pour me montrer l'usure de la peluche sous la voûte plantaire.

— Va chercher tes souliers de bébé. Si je dois encore intervenir en urgence pour vous sauver la vie, comme tout à l'heure, j'ai besoin d'un minimum de stabilité.

Sans discuter, je l'emporte sous le bras dans la chambre de ma mère. De sous le lit, je tire le carton où elle enferme ses souvenirs de mon enfance. Tandis que j'enfile à l'ours mes premières chaussures, il s'empare du stylo de collection coincé entre la timbale et la tétine. Concentré sur le vieil accessoire en corne, il prononce lentement :

— C'est le premier cadeau que t'a fait ton père, le jour où il a renoncé à écrire. Mais ta mère te l'a confisqué, de peur que tu te blesses avec la plume.

Sa voix devient de plus en plus rauque.

— Il me parle, cet objet. Alors je lui réponds. Regarde…

Sidéré, je vois deux excroissances en corne se former au bout du stylo, entre les pattes de Pictone.

— Une coupelle pour recevoir les ondes d'en haut, dit-il, et une serpe qui te coupera des mauvaises influences.

On dirait mes initiales. Un T et un D utilisant la même barre verticale.

— Ce sont tes initiales, oui, mais c'est bien plus. Un jour, tu en feras ton arme d'expression. Tu écriras ton histoire avec cette plume, et tu découvriras ton vrai pouvoir sur les êtres et les choses. Mais l'heure n'est pas venue, enchaîne-t-il en remettant brusquement le stylo parmi les souvenirs. En route !

36

Un gigantesque embouteillage bloquait les abords du casino. La police refoulait les curieux, ne laissant passer que les véhicules de presse avec une accréditation. J'ai dit au taxi de nous déposer devant la plage.

Brenda a suivi mon regard. Anxieux, je fixais la dune sous le ponton.

— C'est là que tu as… ?

J'ai hoché la tête dans ses points de suspension. La tempête avait sévèrement remué le sable, à l'endroit où j'avais enterré XR9. Heureusement, la plage était déserte, tous les curieux s'étant massés autour du casino pour essayer d'apercevoir le gagnant du super-jackpot. J'ai demandé à Brenda de faire le guet, et je suis allé vérifier la tombe de mon cerf-volant.

Après cinq minutes de fouille, j'ai dû me rendre à l'évidence : il avait disparu. Ou une vague l'avait emporté, ou quelqu'un l'avait déterré. Si la preuve de mon crime était tombée entre les mains de la police, j'étais foutu. N'importe quelle analyse d'ADN prouverait que le sang sur l'armature était celui du professeur Pictone.

L'angoisse au ventre et l'air dégagé, je suis revenu vers Brenda. J'ai préféré lui dire que tout allait bien pour la ménager, mais, dans le sac éponge qu'elle portait en bandoulière, l'ours avait déjà capté l'info.

— Ne t'inquiète pas, a-t-il dit à travers les fibres synthétiques du kangourou. Je ne sens pas de négatif.

Et sa voix sonnait tellement faux que ses paroles rassurantes ont redoublé mon angoisse.

— Qu'est-ce qui se passe, Léo ?

— Mais rien ! Et ça ne te regarde pas ! J'ai le droit d'avoir des états d'âme, non ? Si tu crois que ça m'amuse de revenir sur les lieux de ma mort ! Ma dernière promenade, mes dernières pensées en chair et en os, avant de me retrouver dans cette saleté de peluche...

— C'est pas la peine de vous insulter !

— Arrête de parler à mon sac, m'a conseillé Brenda. On n'est pas tout seuls.

Contenue par des barrières de sécurité, la foule prenait d'assaut les marches du casino. Brenda m'a frayé un chemin en disant que j'étais attendu par l'équipe de télé. Ce qui n'était pas forcément très malin, parce que du coup les gens ont cru que j'étais le fils du gagnant, alors ils m'ont sauté dessus pour me raconter leurs dettes, leurs maladies, leurs familles à charge et les huissiers qui allaient les jeter à la rue. Brenda leur a expliqué à coups de poing que j'étais juste le rejeton de la psy du casino, en dessous du seuil de pauvreté comme eux, alors ils ont arrêté de m'arracher les vêtements et la police a pu nous laisser entrer sans émeute.

— Tu as vu ta chemise ? s'est écriée ma mère. Tu ne vas pas faire l'émission dans cet état !

— Au contraire ! s'est réjoui le réalisateur. Ça fera vécu. Mais il a le temps d'aller jouer : on ne le tournera pas avant deux heures. On reprend l'interview du gagnant, madame Drimm. Si vous pouvez nous le chauffer un peu mieux, qu'on refasse pas douze prises à chaque question !

En guise de réponse, ma mère a demandé un raccord coiffure.

— Mais vous serez off !

— Non. Le gagnant exige que je sois devant la caméra avec lui : il dit que ça le sécurise.

— Mais faut refaire les éclairages, alors !

— Eh bien refaites ! Sinon il refuse d'être filmé.

Le réalisateur est retourné voir son équipe en gonflant les joues. Ma mère a serré les doigts sur ma nuque, avec un sourire d'enthousiasme exténué. C'était son jour de gloire. Peut-être la seule fois de son existence où elle aurait le monde à ses pieds, parce qu'elle avait la main sur une vedette. Elle comptait bien en profiter, mais il y avait autre chose dans son regard. Une sorte de lueur égarée, derrière les apparences du triomphe. Elle a vérifié que personne ne nous écoutait, et elle a entraîné Brenda à l'écart.

— Docteur, il m'arrive une énorme tuile. Au moment le plus important de ma vie, naturellement. Vous voyez le monsieur très chic, là-bas, qui parle avec la productrice ?

— Le Toug à tronche de Troc ? a traduit Brenda.

J'ai confirmé.

— C'est M. Burle, l'inspecteur de la Moralité envoyé par le ministère du Hasard. Il est crucial pour ma carrière : tout mon avenir se joue sur la façon dont je gère le super-jackpot d'aujourd'hui. La moindre bavure psychologique, le plus petit incident avec les médias, et je peux dire adieu à ma promotion.

— Et votre mari, vous avez des nouvelles ? a coupé Brenda sur un ton d'agacement, moins habituée que moi à voir le monde tourner autour du nombril de ma mère.

— Oui, tout va bien de son côté, ce n'est pas le problème. Il m'est arrivé un drame affreux, juste au moment du super-jackpot. Un suicide. J'ai fait mettre la personne dans la chambre froide, je crois bien qu'elle est morte, mais il ne faut absolument pas que ça s'ébruite auprès des journalistes ! Ça ne vous ennuie pas d'aller constater le décès, et de conclure à l'accident ? Vous gardez le certificat pour vous, bien sûr, mais vous l'antidatez d'une heure. Ça me couvrira en cas de besoin : on verra que j'ai appelé un médecin tout de suite, mais que j'ai évité le scandale. Je peux compter sur vous ?

— Vous êtes gonflée, dans le genre.

— Je n'ai pas le choix, docteur. Pensez à mon fils ! Si je suis arrêtée pour dissimulation de suicide, ça voudra dire que je n'ai pas su guérir, dénoncer ni même diagnostiquer une dépression nerveuse dans le personnel ! Je serai arrêtée sur-le-champ pour infraction à la loi sur les Ressources humaines, et le petit n'aura plus personne !

Je contemplais ma mère, impressionné. Voilà qu'elle vivait, deux jours plus tard, ce que j'avais enduré avec le cadavre du professeur Pictone. Et elle réagissait comme moi. Par le mensonge, la destruction de preuves, l'improvisation catastrophe… À chaque initiative, elle aggravait son cas pour protéger les siens. J'avais vraiment de qui tenir. Ça me rassurait autant que ça me faisait peur. Pour la première fois de ma vie, je m'identifiais à elle. Ce n'était pas le moment, bien sûr, mais j'aurais tellement voulu lui raconter, là, tout de suite, mon homicide involontaire. Enfin on aurait pu se comprendre. Échanger quelque chose.

— Madame Drimm ! a glapi l'inspecteur de la Moralité. Le gagnant vous demande !

— J'arrive, monsieur Burle ! Montre la chambre froide au docteur, Thomas, a-t-elle enchaîné trois tons plus bas. Mais ne regarde pas la personne, ça te ferait de la peine.

— C'est qui ? ai-je demandé, l'estomac brusquement serré.

J'ai senti les ongles de Brenda se refermer sur mon épaule, et je me suis tourné vers elle. Dans ses yeux, j'ai vu qu'elle pensait à Jennifer.

37

— Allez, vite ! dit ma mère en pressant le poignet de Brenda. Je compte sur vous, mais faites-moi confiance : je ne suis pas une ingrate. Vous pouvez demander à Thomas. En remontant de la chambre froide, venez me donner des nouvelles, discrètement, si je ne suis pas en tournage.

On la regarde filer vers son bureau, sur ses hauts talons qui mettent en valeur ses jambes spaghetti. Brusquement je bondis derrière elle, et je la rattrape dans le couloir du personnel.

— C'est qui, maman ?

Elle a regardé autour d'elle, anxieuse, s'est penchée sur mon oreille :

— Le physionomiste. Ça devait arriver, j'aurais dû le dénoncer à la direction dès qu'il a commencé à perdre la tête, mais il te promenait quand tu étais petit, qu'est-ce que tu veux… Mon bon cœur me perdra.

Machinalement, elle s'est mise à gratter une tache sur ma chemise.

— Son alzheimer s'était beaucoup aggravé, depuis quelques jours. Il y a eu des plaintes, et les agents du Retraitement sont venus aux nouvelles. Manque de chance, sa mémoire a fonctionné, cette fois-ci : dès qu'il a reconnu leur camionnette, il est monté sur le toit et il s'est jeté dans la cour. J'ai raconté aux retraiteurs qu'il n'était pas venu travailler aujourd'hui, ils sont repartis, et voilà. Allez, va le montrer au Dr Logan, mais promets-moi de ne pas le regarder : le premier mort qu'on voit dans sa vie, ça crée toujours une image récurrente pathogène.

J'aurais pu la rassurer en lui disant que ça ne serait pas le premier, mais j'avais trop de peine pour mon vieux pote Physio. D'un autre côté, il était mort entier. Sa pire angoisse, c'était qu'on le désosse pour les pièces détachées, au centre de Retraitement. Un œil par-ci, un rein par-là… Il me disait : « Je suis tellement détraqué de partout, je ne voudrais pas qu'on arnaque des gens avec mes organes. »

Le plus discrètement possible, j'emmène Brenda dans les sous-sols du casino. Un croupier monte la garde devant la chambre froide. On se présente nos condoléances pour Physio, et il laisse entrer le médecin parmi les jambons suspendus et les caisses de soda.

— Je retourne à mon poste, me dit-il avec autant de chagrin que de fermeté. Il t'aimait beaucoup, tu sais. Tout le personnel est d'accord avec ta mère, pour une fois : c'est un accident du travail. Faut qu'on respecte sa mémoire, même s'il n'en avait plus.

Je regarde mon vieux pote, de loin, étendu sur un congélateur. Il est tombé du toit la tête la première, et on ne le reconnaît plus qu'à son costume. C'est alors qu'il me vient une idée complètement dingue. Mais je crois bien que c'est la seule solution.

— Tu es aussi tordu que naïf, me dit Pictone dans le sac de Brenda, quand elle ressort de la chambre froide. Ça ne marchera jamais.

Je lui réponds qu'on n'a pas le choix : les explorations sous-marines vont reprendre, maintenant que la tempête est finie. Ce qu'il faut, c'est que la police abandonne les recherches.

— C'est quoi, ton idée ? me demande Brenda avec méfiance.

Je lui explique que Physio était presque aussi vieux que le professeur Pictone, avec la même taille et pas plus de cheveux : ça peut le faire.

— Attends, tu veux rouler la police et le gouvernement en leur refilant le mauvais cadavre ? Mais tu es complètement ouf !

— Remarque, réfléchit l'ours dans son sac-kangourou, l'idée n'est pas si débile qu'on pourrait croire. Six minutes après la mort, la puce cesse d'émettre le code d'identification. Si les dépuceurs ne se sont pas dérangés en recevant le signal du décès de ton Physio, c'est que son potentiel énergétique n'a rien d'excitant. Ils attendent qu'on les appelle pour facturer le déplacement...

— Ils vont comparer l'ADN, Thomas ! Et quel rapport entre la puce d'un physionomiste alzheimer et celle d'un génie de la science ?

— Justement, poursuit le génie. On est proches de zéro yod, lui comme moi. Je suis un objecteur de hasard, j'ai toujours refusé de toucher aux machines à sous, et lui était interdit de jeu, en tant que physionomiste. Au niveau énergétique, le yodmètre peut tout à fait confondre nos deux puces : ce n'est pas l'intelligence ni la concentration qui se recyclent en source d'énergie, c'est l'appât du gain. La cupidité, la rage et la joie de vaincre, la puissance de l'ego... Non, ce qu'il faudrait, c'est que ma veuve identifie le corps. Ça éviterait l'analyse ADN. Mais là, on a un problème.

— Thomas, lance le croupier dans l'escalier, ta mère te demande pour le tournage.

On remonte. Je me laisse maquiller, coiffer, briefer par des assistants qui me disent ce que je dois dire, de quelle manière et en combien de temps.

— Et surtout, sois naturel. Spontané.

En deux prises, ils ont ce qu'ils veulent. J'explique à la caméra que je suis fier de ma mère, que j'ai de la chance d'être élevé par une psychologue qui se dépense autant pour le moral de ses gagnants que pour celui de son fils : grâce à elle je suis équilibré, travailleur, bien dans ma peau, et je remercie le casino qui la rend si heureuse de faire le métier le plus utile du monde.

— À ce soir, mon chéri, dit ma mère en nous raccompagnant. Je suis fier de toi, moi aussi. Je rentrerai dès que possible, suis bien les conseils diététiques du Dr Logan : il ne faut surtout pas que tu reprennes un gramme, beau comme tu es. M. Burle m'a fait plein de compliments. C'est grâce à lui, ce miracle.

Après un coup d'œil au blaireau de la Moralité qui a l'air d'attendre sa récompense, elle retient Brenda sur le seuil de la salle des jeux. Elle lui demande avec une angoisse discrète :

— Et… pour notre problème ?

— On s'en occupe, répond Brenda.

Le long de la plage, on s'est dirigés en silence vers l'avenue du Président-Narkos-III. On était en train de refaire à l'envers la dernière promenade du professeur Pictone, avant que mon cerf-volant lui troue le crâne, et j'imaginais l'effet que ça pouvait lui faire. À quel moment se résigne-t-on à être mort ? Et le pauvre Physio, dans toute sa confusion mentale, a-t-il réalisé qu'il n'est plus de ce monde ? Ou bien son âme continue-t-elle à détailler pour rien les clients qui entrent au casino ? Déjà, au temps où il avait toute sa mémoire, ça ne servait plus à grand-chose, un physionomiste, avec tous les systèmes de contrôle des puces qui permettent d'identifier en deux secondes les tricheurs et les interdits de jeu. Mais on le gardait pour le décor. Le respect des traditions.

Je finis par poser au professeur la question qui me pèse sur la conscience. Si jamais notre plan fonctionne, si les flics prennent la puce de Physio pour la sienne, qu'est-ce qu'ils en feront ?

— Ils la déclareront civilement non recyclable, répond-il. Comme celle des grands criminels, des grands penseurs et des mauvais citoyens. Et ils convertiront son énergie vitale en arme de dissuasion massive, contre les manifestations d'antipucistes.

Je hoche la tête, le cœur lourd. Il confirme ce que me disait mon père. Dans les États du Sud, il y a paraît-il des rebelles qui se charcutent le cerveau pour se dépucer de leur vivant : du coup ils deviennent fous, alors on les bombarde à coups d'esprits déviants. Les rebelles tuent les rebelles : c'est la morale officielle du ministère de la Sécurité. Je suis désolé pour Physio que sa pauvre énergie autodestructrice soit récupérée à des fins guerrières par les marchands d'âmes, mais on n'a pas le choix.

— Salut, Thomas !

Je sursaute. C'est David, le pêcheur que j'ai utilisé à son insu pour expédier au large le corps de Pictone, attaché à son bateau par les ficelles de mon cerf-volant.

— Tu vas être content ! se réjouit-il en se dirigeant vers son gros pick-up plein de poissons morts, de bidons, de branchages et de sacs bio mal dégradés. Regarde ce que j'ai trouvé en nettoyant la plage !

Il fouille son chargement de détritus, et me brandit sous le nez avec fierté la chose que je regrette et redoute le plus au monde – XR9. Mon cerf-volant mutilé.

— Ta mère m'a dit que tu l'avais perdu. Tu vois, il ne faut jamais désespérer : les vagues te l'ont ramené. Une petite réparation, et il redeviendra le roi de la plage.

— Merci, David, dis-je en m'efforçant de paraître soulagé.

Et puis une espèce de lame de fond me remonte dans la gorge, et les larmes jaillissent de mes yeux. C'est trop. Trop d'émotions, trop de souvenirs, trop de chocs. Je n'en peux plus de jouer le jeu, de donner le change, de chercher des solutions pour arranger tout le monde… Je craque.

— T'inquiète, dit David avec une bourrade sympa. Je sais bien que t'es pas très manuel. Je vais te le réparer moi, allez. Il sera tout neuf.

Sans réagir, je le regarde monter dans son pick-up, qui s'éloigne avec l'arme du crime. Après tout, chez lui ou ailleurs… Si on doit la trouver, on la trouvera. Le sang de ma victime était toujours visible sur l'armature, mais il y a encore autre chose qui me tracasse. Autre chose que je n'avais pas remarqué avant-hier, ou qu'on a rajouté depuis. À la jointure des ailes, j'ai vu une pastille de métal. Comme une espèce de micro.

— C'est un système de téléguidage, dit l'ours d'une voix nouée. Ma mort n'était pas un accident, Thomas. Quelqu'un a équipé ton cerf-volant pour modifier sa trajectoire. Quelqu'un a voulu que je sois tué par toi.

38

Durant le kilomètre et demi qui nous séparait de sa maison, le professeur Pictone a ressassé la nouvelle version de notre rencontre, telle qu'elle se dessinait quand on emboîtait les indices. Ce n'était pas un hasard s'il était venu sur la plage, avant-hier, pendant que je manœuvrais mon cerf-volant tout seul dans la tempête. Quelqu'un lui avait téléphoné, dix minutes avant, pour lui fixer rendez-vous sur le ponton près duquel je jouais.

— Qui ça ?

— L'un des rebelles qui soutient mon projet de destruction du Bouclier – enfin, c'est ce que j'ai cru. Il m'a donné le mot de passe, il parlait en langage codé : je ne me suis pas méfié. Mais il n'y avait personne, au rendez-vous, tu as bien vu. Il n'y avait que toi.

— Mais qui aurait trafiqué mon cerf-volant ?

— Je ne sais pas. Quelqu'un a fait en sorte qu'il s'abatte sur mon crâne, c'est tout.

— Enfin, c'est dingue ! Pourquoi on aurait voulu que je vous tue ? Pourquoi moi ?

— Je ne sais pas, Thomas ! Et pourquoi je n'ai pas eu cette information plus tôt ? Oui d'accord, se répond-il, un peu moins véhément. Ça aurait changé la nature de nos rapports. C'est pénible, ce libre arbitre ! Ça empoisonne la vie, et ça continue avec la mort !

— Pourquoi vous dites ça ? Pourquoi ça aurait changé nos rapports ?

— Si j'avais su que tu n'étais pour rien dans ma mort, crétin, je t'aurais empêché de culpabiliser ! Du moins je n'aurais pas tiré profit de ta culpabilité : je ne me serais jamais manifesté dans cet ours pour t'obliger à m'aider.

Je pousse un soupir d'épuisement. Je ne sais plus à quoi me raccrocher, moi. Si ceux qui veulent m'empêcher d'aider Pictone sont ceux qui ont provoqué notre rencontre, ça devient l'enfer ! Où sont les bons, où sont les méchants ? Si les ennemis se révèlent des alliés, on se met à douter de ses alliés, c'est normal. Même Brenda paraît bizarre, tout à coup. Elle nous laisse discuter, elle marche dix pas en arrière, collée à son portable où elle parle à un Troc en lui disant qu'elle veut bien recommencer avec lui, à condition qu'il lui rende un petit service. J'ai un mal fou à ne pas tendre l'oreille, à rester concentré sur l'ours qui me pourrit la tête avec ses hypothèses.

— Tu avais raison, Thomas, soupire-t-il.

— Raison de quoi ?

— Si nous sommes manipulés dès le début, toi et moi, il n'y a qu'un seul recours possible. Manipuler à notre tour.

Ça y est, on arrive devant chez lui. Il va falloir encore parlementer avec sa veuve, expliquer, mentir, essayer de convaincre… Si seulement je pouvais redevenir un préado normal, avec pour seuls problèmes des profs, des parents qui se disputent et des kilos en trop. Je ne connaissais pas mon bonheur. Tout ce que je voudrais, aujourd'hui, c'est qu'on me rende mes galères d'avant.

Je n'arrête pas de penser au stylo de mon père où Pictone a fait pousser mes initiales, tout à l'heure. Pourquoi a-t-il fait ça ? Pour me préparer à être orphelin ? Pour que je reprenne le flambeau – un flambeau qui n'a jamais rien allumé ? L'image du vieux stylo entre les pattes en peluche grandit devant mes yeux, devient comme une espèce de lance, d'étendard...

— Vas-y, sonne ! s'impatiente l'ours. Qu'est-ce que tu attends ?

Je tourne brusquement les talons. J'en ai marre. Je laisse tomber. J'arrête. Qu'est-ce qui compte, pour moi ? La libération de mon père. Le seul qui ait fait quelque chose pour lui, jusqu'à présent, c'est Anthony Burle. Son intervention l'a fait passer de garde à vue en cellule de dégrisement. Même s'il est sympa avec ma mère pour coucher avec elle – ou parce que c'est déjà fait –, il est le seul espoir de papa. Le seul qui soit fiable. Il ne faut plus que je me trompe dans le choix de mes alliés.

Je passe devant Brenda qui me retient par le bras, l'air tendue.

— Je viens d'appeler un ex, qui est attaché de presse au ministère du Bien-Être. Le copain de ta mère a menti : ton père n'a jamais été transféré dans leurs unités antialcooliques. Il est toujours en garde à vue au ministère de la Sécurité, à la Division 6.

— La Division 6 ? s'écrie Pictone. Mais c'est horrible ! C'est la section d'autotorture mentale ! J'y ai passé vingt-quatre heures, quand mon éditeur a dénoncé mon livre au Comité de censure. Il faut le sortir de là tout de suite, Thomas ! Il est impossible de résister deux jours : ou on craque, ou on meurt.

Je regarde l'ours, je regarde Brenda, et je fais demi-tour au pas de charge, animé d'une rage absolue. La grande porte en bois laqué s'ouvre au troisième coup de sonnette. En me reconnaissant, Mme Pictone a un haut-le-cœur.

— Encore toi ! Décampe ou j'appelle la police !

— C'est pas le moment de m'énerver, OK ?

— Vous devriez l'écouter, madame, intervient Brenda avec beaucoup plus de diplomatie.

— Ce gamin ? Ah non, ça suffit comme ça ! Hier, il a essayé de me vendre ce jouet en peluche en disant qu'il était à mon mari !

— C'est fou ce qu'elle peut déformer les propos, soupire l'ours. Moi aussi, elle me comprenait toujours de travers.

Brenda allonge son sourire, et affronte avec une douceur persuasive le regard mauvais de la grande vieille à cheveux bleus.

— Je suis médecin, madame Pictone, et je vous confirme que ce jouet en peluche est effectivement la réincarnation de votre époux. Pour des raisons un peu longues à vous expliquer, il nous a choisis pour être ses exécuteurs testamentaires. Il a un mois d'avance, mais il a voulu absolument qu'on vous apporte son cadeau. Joyeux anniversaire.

Et elle lui tend l'écrin en cuir rouge. Mme Pictone l'ouvre, abasourdie.

— On… on dirait…

— Votre bracelet de famille, confirme Brenda.

— Mais ce n'est pas possible : il est au coffre !

— Votre mari nous l'a ouvert.

— Et… et ces diamants… ?

— Il voulait vous faire la surprise.

Les mains tremblantes, le regard halluciné, elle fixe l'ours que je lui dépose dans les bras comme un bébé. Il lève une patte :

— Bonjour, Edna. Je ne te demande pas si je te manque.

— Léonard ! crie-t-elle.

Elle tombe évanouie.

— Vous avez vu ? s'exclame son mari, incrédule. Elle m'a entendu !

— Rien de tel qu'un bijou, marmonne Brenda, pour rétablir la communication dans les couples.

39

On ramasse la veuve Pictone, on l'installe dans un fauteuil de son salon, et on attend qu'elle revienne à elle. Impatiente, Brenda prend une carafe en cristal sur un plateau, boit une gorgée afin de vérifier si c'est bien du whisky, et lui fourre le nez dans le goulot. La vieille dame ouvre un œil. Assis sur son genou droit, son défunt lui tient la main entre ses pattes. Psychologiquement, il lui a passé au poignet son bracelet d'anniversaire. Le scintillement des diamants la fait reculer d'un coup dans son fauteuil.

— Ce n'était pas un rêve ? s'effraie-t-elle.

— Si, ma chérie, lui répond l'ours en peluche d'une voix rassurante. Pour moi, en tout cas, c'est un rêve qui se réalise : j'ai tellement prié pour que tu entendes enfin ma voix…

Je trouve qu'il en fait des tonnes, mais bon, il a raison. Et puis je le préfère hypocrite qu'hypocondriaque. Ce qui compte, c'est l'efficacité.

— Mais comment est-ce possible ? bredouille-t-elle.

— Je suis mort, Edna, mais je vais bien, grâce à ce garçon. Tu t'es assez moquée de mes travaux en physique quantique, de ma théorie sur la conscience qui crée notre enveloppe charnelle et lui survit – eh bien tu vois : j'avais raison. Il n'empêche que j'ai besoin de toi, Edna. Je suis en danger. Je t'ai pourri la vie, je sais bien, mais tu es la seule à pouvoir me sauver la mort.

Il s'interrompt, regarde les yeux de la vieille dame s'emplir de larmes. Avec effort, elle avale sa salive et se tourne vers moi en secouant la tête :

— Ce n'est pas Léonard. Je ne le reconnais pas… Il est… il est trop gentil.

— La mort, ça remet les choses en place, Edna. Je te demande pardon pour tout le mal qu'on s'est fait, pour toutes ces disputes inutiles, pour toutes mes critiques sur ta cuisine et ces maniaqueries qui m'agaçaient tellement… Tu me pompais l'air, c'est vrai, mais ça me manque. L'enfer conjugal, c'est toujours mieux que le purgatoire en solo.

La vieille dame cherche à tâtons un mouchoir dans sa manche. Il ajoute :

— Ça va, tu me reconnais mieux, là ?

Elle secoue la tête en reniflant. Elle hésite puis, dominant un genre de répulsion, elle pose la main sur la fourrure de l'ours à cheval sur son genou droit.

— Moi aussi ça me manque, Léonard. Un tel silence… Jamais je ne pourrai vivre seule.

— Il y a les enfants, répond-il sans conviction.

— Justement. Ils vont me mettre dans une maison de retraite. La villa est à eux, maintenant.

— Non, non, rassure-toi : je l'ai vendue en viager. Pour financer mes recherches. Un viager sur nos deux têtes : personne ne te mettra à la rue.

— Et si on parlait de mon problème ? dis-je pour abréger les roucoulades.

L'ours et la vieille dame continuent de se fixer, comme si je n'existais plus.

— Je n'ai pas l'intention de te survivre, insiste-t-elle avec fermeté. La vie sans toi, ça ne signifie rien. Emmène-moi, Léonard…

— Pas tout de suite, Nounou, répond-il d'un air embarrassé. Mais je te promets qu'on aura une seconde chance, toi et moi, dans l'au-delà… si tu fais ce que je te dis.

Et il lui explique avec le maximum de délicatesse la nécessité de laisser sa dépouille au fond de la mer, et donc de fournir aux autorités une autre puce que la sienne, afin de lui laisser le temps de détruire le Bouclier d'antimatière.

— Tu ne vas pas recommencer, non ? s'indigne Nounou.

Il lui réplique que c'est la seule solution pour, le jour venu, l'emmener en voyage de noces au Paradis.

— Tu te moques de moi ?

— Mais non, Nounou ! Le Bouclier bloque les âmes sur Terre, je te l'ai dit cent fois ! Et si on me dépuce, je ne pourrai plus te parler. Écoute, on a une chance folle : un homme de mon âge vient de mourir à deux pas d'ici, le visage en bouillie et sans aucune famille. Il suffit que tu dises que c'est moi.

Elle garde le silence, sourcils froncés. Quelque chose la chiffonne. Sûrement le coup du Bouclier, la perspective de voir son époux devenir un terroriste à titre posthume.

— Léonard ! articule-t-elle avec une lenteur offusquée. J'ai bien entendu : tu me demandes de reconnaître un corps qui n'est pas le tien ? Et de l'inhumer dans le caveau de mes parents !

— Les cadavres n'ont pas d'importance, Edna. Quand tu ouvres un courrier, tu jettes l'enveloppe. C'est la lettre qui importe.

— Mais c'est un sacrilège !

— Non, c'est une preuve d'amour ! réplique-t-il d'un ton agacé. Si tu veux que je t'emmène avec moi refaire notre vie dans l'au-delà, il faut que tu empêches la police de trouver mon vrai corps ! Un point c'est tout !

— Ah non, je te reconnais bien, finalement ! grince-t-elle. Tu n'as pas changé, tu es bien toujours le même égoïste, sans aucune considération pour ce qu'éprouvent les autres…

— Mais tu m'emmerdes, Edna ! s'écrie-t-il en lui cognant le genou gauche. Arrête de ressasser le passé : j'ai une demande précise, et le temps presse ! Maintenant, si tu préfères rester seule sur la Terre comme aux cieux, avec tes principes ridicules et ton qu'en-dira-t-on, libre à toi, je m'en fiche !

Avant qu'il ne torpille notre cause, je me dépêche de préciser à sa veuve que, si elle refuse de coopérer, je vais me retrouver orphelin. Elle me toise froidement, comme si je perturbais leur intimité.

— Mais tu es qui, toi, à la fin ? me jette-t-elle au visage.

Pris de court, j'évite de répondre : « L'assassin de votre mari ».

— C'est mon propriétaire, déclare l'ours. Il s'appelle Thomas Drimm, et il m'a offert spontanément l'asile politique dans sa peluche. Résultat, il a mis en péril la vie de son père qui, pendant que tu ergotes sur ton caveau de famille, se fait torturer par le ministère de la Sécurité à cause de moi !

La vieille dame soutient le regard des billes de plastique, puis me dévisage en biais, avant de se tourner vers Brenda qui lui tend un verre de whisky. Elle y trempe ses lèvres, le lui rend, laisse tomber d'une voix acide :

— Et vous, docteur, quel est votre rôle dans cette histoire ?

— Le même que vous, madame, sourit Brenda. Victime consentante de l'union sacrée de ces deux olibrius.

Les lèvres de la veuve cessent de trembler, et ses traits se détendent un instant, avant de se durcir à nouveau dans une moue guerrière.

— Donnez-moi ma canne, lui ordonne-t-elle tandis qu'elle s'arrache brusquement du fauteuil, faisant tomber sans égard son mari sur le tapis.

40

La Colline Bleue, siège du pouvoir politique, dresse ses grands arbres au-dessus du Centre d'affaires de Nordville. Les douze ministères peints couleur ciel entourent la Maison-Mère, résidence du Président, une sorte de pâtisserie à colonnades turquoise surmontée d'un dôme en or avec un drapeau sur le paratonnerre.

Le taxi s'est arrêté devant le poste de contrôle central. Brenda est sortie avec son plus beau sourire, modèle spécial guichetier.

— Thomas Drimm, dit-elle.

Le visage impénétrable, l'officier de sécurité la scanne du regard en demandant avec qui nous avons rendez-vous.

— Je ne sais pas. Dites Thomas Drimm, de la part du professeur Pictone, et vous verrez qui répond le premier.

Sans la quitter des yeux, l'officier pianote sur un clavier.

— Vous êtes ?

— Le médecin personnel de M. Drimm, et j'assure sa protection rapprochée.

Il lui désigne le lecteur de puce, sous l'auvent en plexiglas. Brenda incline la tête vers le faisceau, et son identité apparaît sur l'ordinateur.

— Vous êtes en majoration de retard pour une contravention de classe 3, lui rappelle-t-il en désignant l'écran. Défaut d'éclairage sur un vélo.

— J'ai porté plainte pour vol des phares.

— Ça ne suspend pas le paiement. Le nouveau ministre de l'Énergie attend M. Thomas Drimm, enchaîne-t-il en lisant sur un autre écran la réponse à la demande de rendez-vous. Cinquième ministère à votre gauche.

Brenda secoue la tête avec trois petits claquements de langue.

— M. Drimm préfère que l'entretien ait lieu au ministère de la Sécurité, Division 6.

Je retiens ma respiration. Pictone m'a conseillé de jouer cartes sur table : effet de surprise et rapport de force. Je suis traqué, manipulé ; je le sais, je le montre et je reprends l'avantage. Brenda est d'accord avec cette stratégie. Je n'ai plus qu'à être à la hauteur du bluff.

L'officier transmet la requête sur son clavier. Un haussement de son sourcil gauche ponctue la réponse qui s'affiche dix secondes plus tard sur l'écran.

— Ce sera le dixième ministère à droite, puis à gauche, puis au centre. Place de la Guerre-Préventive. Mais M. Drimm est attendu seul, mademoiselle. La Garde ministérielle le prend en charge dès le franchissement des grilles.

Brenda guette ma réaction, le visage tendu. Je la rassure d'une moue opérationnelle : j'assume. Elle se retourne vers le guichet :

— Alors annoncez-moi à Paul Benz, ministère du Bien-Être.

Un sourire narquois s'installe sur les lèvres de l'officier, tandis que ses doigts communiquent la demande de Brenda.

— M. Benz est toujours en charge des Soirées hologrammes ? s'informe-t-il après quelques secondes, avec un regard en coin.

— Demandez-lui.

L'officier désigne l'écran où vient d'apparaître une demi-ligne.

— Il est ravi de vous recevoir, répond-il d'un petit air à sous-entendus.

Une jeep électrique avec trois soldats s'arrête sans bruit devant la grille qui coulisse, tandis que les crève-pneus s'enfoncent dans le sol. Je sors du taxi, avec le professeur Pictone accroupi au fond de son sac d'hypermarché. Je demande à Brenda :

— C'est quoi, une Soirée hologramme ?

Elle hausse les épaules, et se penche à mon oreille :

— Tu crois que je paye mon loyer en tournant une pub du pied gauche tous les six mois ? Je t'aide comme je peux, Thomas. Suivant comment ça tourne, tu auras peut-être besoin de mes relations, alors je les réactive… OK ? En cas de problème à la Division 6, tu demandes qu'on appelle Paul Benz, qui se porte caution pour toi. Il a l'oreille du Président.

— L'oreille et la queue, marmonne l'ours.

Je donne un coup de genou dans son sac. J'ai bien compris, je ne suis pas débile, mais je n'ai pas envie d'entendre. Ma mère aussi est obligée de faire des trucs avec l'inspecteur de la Moralité, si elle veut garder son job. Mais je pensais que Brenda était au-dessus de tout ça. Je ne la juge pas ; je suis triste, c'est tout. D'un autre côté, c'était peut-être le moyen pour elle d'infiltrer le gouvernement, en tant que révolutionnaire. D'après mon père, le seul espoir de réussir un jour un coup d'État, c'est les partouzes du Président.

Je monte dans ma jeep, Brenda dans la sienne, chacun se souhaite bon courage avec les yeux, et on part dans des directions opposées. Les sentiments très variables qu'elle m'inspire, du beau fixe à l'orage en passant par le brouillard total, aèrent un peu mon trac. On devrait toujours être amoureux quand on risque sa vie. Et inversement. Ça donne du recul.

La jeep s'arrête devant le bloc en verre fumé du ministère de la Sécurité. On me confisque mon portable et mes lacets de baskets. Puis on me fait passer sous un portique pour voir si je suis un ado piégé – ça se faisait, autrefois, m'a raconté mon père, pendant les guerres de religion. Et on glisse le sac contenant le professeur Pictone dans un tunnel à rayons X. Je regarde l'image sur l'écran de contrôle. Machinalement, je m'étonne qu'il n'ait pas de squelette ni de cerveau. Vu le degré d'autonomie et de communication auquel il est parvenu, c'est difficile de croire qu'il est toujours en mousse.

— Reste concentré, Thomas, murmure-t-il entre ses lèvres jointes, quand le tapis roulant l'extrait du tunnel de contrôle. La partie va être serrée.

Je reprends le sac. C'est vrai que s'ils ne m'ont pas confisqué mon ours, au même titre que mes lacets ou mon portable, c'est qu'ils savent très bien ce qu'il contient. Je suis beaucoup moins sûr de mon avantage, tout à coup.

Une hôtesse géante avec une démarche de robot vient me chercher, me fait traverser un grand hall de marbre vide jusqu'à un ascenseur où nous entrons. Elle appuie sur – 6. Je lui souris, pour me faire une alliée. Elle reste de marbre, assortie à son hall.

Dix secondes plus tard, les portes de l'ascenseur s'ouvrent dans une lumière glauque, genre aquarium. Un jeune homme très beau avec de longs cheveux noirs et des yeux verts se tient au centre de la pièce ronde, les mains dans le dos. Il est vêtu d'un costume noir à liseré vert boutonné jusqu'au cou. Il me tend la main. Sa voix est chaude mais sa paume est glacée.

— Bonjour Thomas Drimm. Ravi qu'on se rencontre enfin.

Je fronce les sourcils. Je ne le reconnais pas, et pourtant j'ai comme un sentiment de déjà-vu. En rejetant la tête en arrière, comme pour ne rien perdre de ma réaction, il se présente :

— Olivier Nox. Je suis le nouveau ministre de l'Énergie.

41

L'ascenseur se referme, réexpédiant l'hôtesse à la surface. Un bruit de talons ferrés me fait tourner la tête. Raide et pressé, un petit nerveux à moustache fond sur moi, l'air insignifiant. Sans me dire bonjour, il écarte les bords de mon sac d'hypermarché, avise l'ours en peluche. Il consulte du regard le jeune homme aux yeux verts, qui rejette ses longues mèches en arrière et me glisse d'une voix douce :

— Thomas Drimm, je te présente Jack Hermak, le ministre de la Sécurité. Il pense que tu as beaucoup de choses à nous dire.

Avec un sang-froid qui m'impressionne, je réponds sèchement :

— Je veux voir mon père, d'abord.

Les deux types échangent une œillade amusée qui me glace. Olivier Nox nous fait signe de le suivre dans un large couloir où il nous ouvre une porte capitonnée, comme s'il était chez lui. L'autre a l'air de filer doux, ce qui paraît bizarre quand on sait combien son ministère de la Sécurité terrorise le pays.

On entre dans une salle de cinéma aux profonds canapés de cuir noir. Ils m'invitent à m'asseoir entre eux. Le nouveau ministre de l'Énergie manœuvre une télécommande. La lumière s'éteint, l'écran s'éclaire et le film commence.

Les doigts crispés sur les accoudoirs, je mords mes lèvres pour ne pas leur crier d'arrêter. Sur l'écran, je me vois tout gros et tout paniqué, en train de courir comme un malade dans un champ de barbelés. Il y a des miradors, des projecteurs, des soldats qui pointent des mitraillettes… Fondu enchaîné sur une chambre à gaz où l'on m'enferme, une serviette autour de la taille. Puis une gigantesque seringue entre dans mon ventre et aspire ma graisse, mes yeux, mes dents… C'est horrible, c'est complètement horrible ! Comment ils ont filmé ce truc ?

— Il s'agit d'images mentales, Thomas, me dit Olivier Nox sur un ton rassurant.

— Ton père qui se fait un film, ricane le ministre de la Sécurité. Tu vois : tu as le premier rôle.

Je disparais brusquement de l'écran, remplacé par mon père. Il est en train de se débattre, au milieu d'une centaine de livres qui s'ouvrent comme des mâchoires, les pages hérissées de lettres pointues, et qui lui arrachent un bras, le dévorent…

Je ferme les yeux. Lorsque je les rouvre, le film est terminé, la salle se rallume.

— Nos peurs intimes fabriquent généralement des fictions sans queue ni tête, commente le ministre de la Sécurité en lissant sa moustache. Mais là, avec ton père, on se régale. J'ai déjà organisé trois projections privées : c'est un vrai succès.

L'écran coulisse vers le plafond, découvrant une baie vitrée. Mon père est enchaîné de l'autre côté, dans une cellule ronde. Sa tête pend sur le côté, le crâne recouvert d'un casque à électrodes.

— Il va bien, pour l'instant, dit le ministre de l'Énergie avec douceur. Il récupère, après tous ces rêves agités… Alors, Thomas, qu'as-tu à nous dire ?

Le nain de la Sécurité sort brusquement l'ours de mon sac, le brandit sous mon nez.

— Tu sais qui est à l'intérieur de ce jouet ?

Je serre les poings en affrontant son regard, et je rassemble toute ma colère pour répondre :

— C'est pas mon problème, je veux pas le savoir. Prenez-le, et rendez-moi mon père.

— Hélas, soupire Olivier Nox en joignant les doigts devant son nez, ta monnaie d'échange ne vaut plus grand-chose, Thomas. Nous avons retrouvé le corps du professeur Pictone. Sa veuve vient de l'identifier. Dès que nous aurons retiré sa puce, nous contrôlerons son âme, et ton ours en peluche sera désaffecté.

Une pression de son pouce sur la télécommande fait redescendre l'écran. Une seconde pression affiche l'image d'une pièce carrelée. Sur une table métallique repose le corps de Physio. Mme Pictone l'a vêtu d'un costume de son mari, à peu près identique à celui qu'il portait quand je l'ai tué. La grosse seringue foreuse pénètre dans le crâne défoncé, aspire et dépose la puce dans un appareil à cadran – sans doute un yodmètre. L'aiguille quitte à peine le zéro.

— Si peu d'énergie récupérable dans un tel cerveau, soupire Olivier Nox. C'est vraiment du gâchis. Tu vois, Thomas, l'activité négative de la pensée ne produit rien qui vaille. Le bilan final de l'intelligence de ton père sera aussi navrant, j'en ai bien peur.

La puce de Physio est glissée dans un fusil d'assaut, comme une vulgaire cartouche, et l'écran s'éteint.

— Voilà comment finissent les savants dévoyés qui mettent la paix sociale en péril, conclut le ministre de la Sécurité.

Et il brandit la peluche sous mon nez, l'agite frénétiquement :

— Tu peux constater : il n'y a plus personne à bord ! Que de la mousse et des poils ! Fini, de jouer les gardes-fantômes !

Je fixe l'ours qui, en effet, demeure d'une immobilité totale. Ou Pictone tient à la perfection son rôle de dépucé, ou il y a un problème. Après coup, je n'en reviens pas que mon stratagème ait pu tromper si facilement deux ministres aussi retors. Ils ne sont quand même pas en train de me jouer la comédie ?

Jack Hermak se lève, va ouvrir une petite trappe dissimulée dans le mur en moquette. Avant que j'aie pu faire le moindre geste, il jette la peluche dans un vide-ordures. Le bruit du broyeur me déchire le cœur. Au prix d'un effort surhumain, je réussis à retenir aussi bien mes larmes que mon envie de meurtre.

— Paix à sa mousse, laisse tomber Olivier Nox. À présent, Thomas, nous aimerions que tu nous dises la vérité. Toute la vérité sur la relation spirituelle que tu as eue avec feu le professeur Pictone.

— Tu as le choix, enchaîne l'autre nabot. Ou tu nous parles de ton plein gré, ou on t'inflige une séance de Tor-Peur comme à ton cher papa.

— Ton cher papa que tu as fait souffrir pour rien, puisque tu l'as privé de tes confidences, et qu'il a donc été incapable de nous avouer quoi que ce soit.

J'avale ma salive. J'étais sûr qu'ils me laisseraient repartir avec mon ours, dès qu'ils penseraient en avoir expulsé Pictone. Si je me suis trompé à ce point, la suite de notre plan pour libérer mon père ne vaut pas grand-chose, mais je n'ai pas d'autre solution.

Je hoche la tête, et je prends mon courage à deux mains pour passer aux aveux.

42

— Nous t'écoutons, Thomas Drimm, dit le ministre de l'Énergie en se laissant aller contre son dossier.

Je compte jusqu'à dix pour ménager le suspense, et surtout pour ne pas donner l'impression que je récite une leçon. Et je me lance :

— Voilà. Je jouais sur la plage de Ludiland, dimanche, quand mon cerf-volant a tué par accident un vieux monsieur. Comme déjà mon père avait des problèmes avec la loi contre l'Alcoolisme, j'ai eu peur que ça aggrave son cas parce que je suis mineur, et que ça fasse perdre à ma mère son travail au casino, alors j'ai appelé au secours Physio.

— Qui ça ? demande le ministre de la Sécurité.

— Un physionomiste qui m'aime bien depuis que je suis né, parce qu'il n'a pas de famille, alors il a caché le corps dans la chambre froide du casino, sans rien dire à ma mère. Mais, manque de bol, le fantôme du professeur Pictone est venu me hanter dans mon ours, comme vous l'avez dit, et puis j'ai vu aux infos que c'était un savant célèbre, alors j'ai appelé la police, mais au dernier moment j'ai eu peur, je me suis défilé, et je suis allé voir sa veuve qui est très gentille et qui a dit qu'elle dirait que c'était un accident.

Les deux ministres échangent un regard neutre. Je ne sais pas si la salle est équipée d'un détecteur de mensonges, mais ils ont l'air de gober cette version light. Moi-même, je suis à deux doigts d'y croire.

— Et ce Physio, relance paisiblement Olivier Nox, je suppose qu'il peut confirmer ta déposition.

Sans me troubler, vu que le professeur et Brenda m'ont fait répéter toutes les phases possibles de l'interrogatoire, je réponds d'un air penaud :

— Oui, mais il s'est enfui, quand j'ai amené Mme Pictone au casino. Je pense qu'il a eu peur d'être arrêté comme complice.

— Nous le retrouverons, dit le ministre de la Sécurité en arrangeant le pli de son pantalon.

Avec une vraie détresse de Jteup, je le supplie :

— Ne lui faites pas de mal : il voulait juste me protéger…

— C'est bon, soupire Olivier Nox en se levant. Pour moi, l'affaire est close.

— Qu'est-ce qu'on fait de lui ? s'informe le nain en me désignant d'un coup de pouce.

L'autre lisse en arrière ses longs cheveux noirs, tout en s'étirant voluptueusement.

— En ce qui me concerne, Jack, sur le plan de l'Énergie, le problème est réglé. Je vous laisse seul juge de ce qui relève de la Sécurité. Nous nous voyons tout à l'heure à la Maison-Mère, je crois, pour la soirée en mémoire de mon prédécesseur.

— Absolument, Olivier. Merci de votre collaboration.

— Elle vous sera toujours acquise.

Et le jeune homme aux yeux verts quitte le bureau sans un regard pour moi. Comme si je n'existais plus. Comme si ma condamnation à mort allait de soi.

Je me tourne vers la trappe dans le mur en moquette, et je tends désespérément l'oreille, j'appelle Pictone de toute ma force mentale. Rien. Le choc du broyeur a dû écrabouiller sa conscience. Sans lui, je suis perdu. Je n'ai plus de moyen de pression, je n'ai plus de monnaie d'échange, je n'ai plus personne pour me guider. L'autre salaud de la Sécurité va décider de supprimer les témoins, c'est couru d'avance. Ni mon père ni Brenda ne me survivront. Vide-ordures pour tout le monde. Et moi, je me retrouverai dans l'enfer des mineurs sans puce, comme la petite Iris, bloqué entre la mort et l'au-delà…

M'efforçant de cacher ma panique, je joue ma dernière carte. Celle que Léo m'avait préparée en cas de problème. Le bluff ultime.

— Je vous signale, monsieur le ministre, que j'ai la preuve que mon cerf-volant a été trafiqué. La mort du professeur Pictone, ce n'est pas un accident, c'est un assassinat téléguidé. On a voulu me faire porter le chapeau !

Sa face de crabe s'éclaire d'un sourire intéressé.

— Ah tiens ! Et pourquoi ?

— Je ne sais pas. Mais c'est un complot du gouvernement !

Il se gratte l'oreille, pensif.

— Toi alors… Tu ne manques pas d'imagination, dis-moi. C'est le fait d'avoir une maman psy qui te rend parano ?

— Je ne suis pas parano, je suis prudent. Le cerf-volant est en lieu sûr. Si on n'est pas libérés tout de suite, mon père et moi, notre avocat sortira toutes les preuves en direct à la télé !

— Ouh là ! j'ai peur, se moque le ministre. Tu vas réussir une vraie petite révolution, dis-moi. Grâce à toi, la télévision d'État va se dresser contre le gouvernement ! C'est un scoop, ça ! Tu vas peut-être faire descendre le peuple dans la rue, aussi, comme autrefois ? Remarque, c'était le bon temps, ça me rajeunirait… Une vraie bonne émeute à écraser, comme quand j'avais vingt ans… Mais c'est fini, tout ça, mon petit Thomas.

La bouche en cœur, il pose un doigt au centre de mon genou gauche.

— Une impulsion sur un bouton, et les gens sont contents, ils pensent à autre chose et tout va bien. Et si ça ne va pas mieux, une autre impulsion et hop ! ils meurent. Si j'avais voulu éliminer le professeur Pictone d'une manière accidentelle, mon petit lapin, j'aurais fait envoyer un signal dans sa puce, c'est tout. Accident vasculaire, anévrisme, infarctus… J'ai le choix. Pas besoin de trafiquer ton cerf-volant.

Il se lève en claquant dans ses mains.

— Bon, j'aime bien discuter avec toi, ça me distrait, mais j'ai une soirée ; il faut que je me prépare. Autre chose ? Une dernière volonté, avant que je maquille ton exécution en accident d'avion ? C'est vrai : pourquoi faire simple ?

Il se fout carrément de ma gueule. C'est un vrai pervers, ce type. Et le pire, c'est que plus il déconne, plus j'angoisse.

Je suis à court d'idées, soudain. Et puis je repense à Brenda. En dernier ressort, je déclare que Paul Benz attend mon appel, au ministère du Bien-Être. Le nabot laisse échapper un hoquet de surprise. Il me dévisage d'un air réprobateur :

— Tu es un peu jeune, non ? Si tu étais mon fils, tu prendrais une beigne. Il est vraiment temps que tu oublies cette histoire, mon garçon. Allez, viens, que je te rende ton père.

Ses doigts se referment sur mon épaule. Décontenancé, je le laisse m'entraîner hors de la salle de projection. C'est un piège, forcément. Il va nous laisser partir et on nous tirera dans le dos. Ou un truc encore plus tordu.

Je n'ai pas le choix. Gringalet comme il est, il ne me reste plus qu'à lui flanquer un coup de boule et m'enfuir. Au point où j'en suis, autant risquer le tout pour le tout... Je commence à calculer mon angle de frappe, mais il sort un bip de sa poche, appuie dessus.

Deux policiers en uniforme, jaillis de nulle part, me chopent sous les bras, et me font entrer dans la cellule collée à la salle de projection. Je ne résiste même pas. Ils m'attachent par les poignets en face de mon père, qui marmonne dans son sommeil. Les lèvres étirées dans son sourire fielleux, Jack Hermak vient me caresser les cheveux.

— Ce n'est pas de la Tor-Peur, ne t'inquiète pas, c'est du déstockage. On va vous effacer la mémoire récente : ça prendra cinq minutes. On vous rajeunit de trois jours, et on vous dépose à une station de métro. Seul effet secondaire : la gueule de bois. De toute façon, chez toi, c'est héréditaire. Tu vois, il ne faut pas diaboliser le gouvernement : nous préservons la vie des citoyens, chaque fois que c'est possible. Allez, bonhomme, je suis content de t'avoir connu, mais fais-toi oublier.

Il sort de la cellule. Les deux flics installent sur mon crâne le même casque à électrodes que celui de mon père, le mettent sous tension. Un son suraigu me vrille les tempes, aussitôt remplacé par une musique planante. Sans savoir si je dois lâcher prise ou me cramponner à mes souvenirs, je me sens fondre peu à peu comme un cachet d'aspirine.

43

L'image se forme, se brouille, se reforme. Deux yeux verts me fixent. Les yeux d'Olivier Nox, mais avec de longs cils, un visage de femme et un parfum incroyable. Crêpe à l'orange et chocolat chaud. Elle recule d'un pas, me dévisage avec un sourire absolument craquant. Entre ses doigts, elle tient le casque à électrodes qu'elle m'a retiré, et dont elle intervertit les branchements sans regarder, avec une précision impressionnante.

— Bonjour, Thomas. Je m'appelle Lily Noctis. Tu as rencontré mon demi-frère, je crois. Je suis la nouvelle ministre du Hasard, et je ne suis pas du tout d'accord avec lui. Ni avec le reste du gouvernement, d'ailleurs. Alors tu vas faire semblant d'avoir oublié tout ce qui s'est passé depuis dimanche, mais je compte sur ta mémoire, sur ton soutien et ta confiance. D'accord ?

Elle replace le casque sur ma tête, solennellement, comme si c'était une couronne. Je dis d'accord. Mes souvenirs ont l'air de répondre présent, mais j'ai du mal à me concentrer sur le passé. Je suis incapable de détacher mon regard de ses yeux, de son corps, de ses gestes. Même dans les magazines de filles nues, je n'ai jamais rencontré une femme aussi sexy. Pardon, Brenda, mais il n'y a pas photo.

— Pas trop serré, ça va ? reprend-elle en glissant un doigt entre mon poignet gauche et la menotte. Je vais appeler les gardes et, quand ils te détacheront, tu simuleras l'amnésie. Mais ne dis rien à ton papa, surtout. Lui, il a tout oublié pour de bon, et c'est mieux : il n'aurait pas supporté le choc, sinon. Imite-le, c'est tout, pour être crédible. D'accord ?

Je me tourne vers mon père. Le corps en biais au bout des menottes, il a toujours le casque sur le crâne et il continue de dormir.

— Il y a un paquet pour toi à l'accueil, me chuchote-t-elle dans le creux de l'oreille, en me remettant une mèche à sa place. Tu ne m'as jamais vue, promis ? Mais on se reverra. Et surtout méfie-toi de mon frère.

Elle hésite un instant, retrousse ma manche droite, plante un ongle rouge dans mon avant-bras, et trace sur ma peau une série de chiffres.

— Tu pourras toujours me joindre, en cas d'extrême urgence. N'écoute que ton instinct, et va au bout de ta mission, Thomas. Toi seul peux sauver le monde.

Cinq minutes après son départ, j'ai toujours son parfum dans le nez. Et la sensation délicieuse de son numéro griffé dans ma chair, sous la manche qu'elle a redescendue.

Les policiers de tout à l'heure entrent avec des brancardiers, allument les néons. Je murmure des trucs inaudibles à la manière de mon père, en faisant semblant de dormir. Ils nous détachent, nous allongent sur les civières, nous enlèvent les casques, nous évacuent sans douceur.

À la sortie de l'ascenseur, un type du contrôle glisse mon portable dans ma poche, remet les lacets de mes baskets. Entre mes paupières soulevées d'un millimètre, je vois l'hôtesse d'accueil s'approcher de ma civière, un paquet-cadeau sous le bras. Elle dit quelque chose à l'oreille d'un policier, qui paraît surpris mais hoche la tête. Elle dépose le paquet sur mon ventre, et retourne à son comptoir. C'est léger, ça ballotte et ça parle.

— Surtout ne m'ouvre pas : attends d'être en lieu sûr.

La voix chuchotante de Pictone me file un coup de bonheur hallucinant. Je ne sais pas dans quel état je vais le trouver, après le broyeur, mais tant pis : ça se recoud. Je suis tellement heureux qu'il ait survécu encore une fois. Et que Lily Noctis ait eu l'idée de me le rendre. Cette femme est magique. Magique !

Les brancardiers sortent dans la nuit, glissent nos civières dans une ambulance. La résidence du Président est tout illuminée. Avec un pincement au cœur, je songe à Brenda qui est peut-être en train de faire je ne sais quoi, dans sa « soirée hologramme ». Mais, presque aussitôt, Lily Noctis revient prendre toute la place dans mes pensées.

L'ambulance démarre et se dirige vers les grilles de sortie de la Colline Bleue, en croisant dans les grandes allées obliques un embouteillage de limousines toutes plus longues les unes que les autres, qui se dirigent vers la présidence.

— Où je suis ? gémit mon père.

Une boule dans la gorge, je réponds que je ne sais pas, mais que je suis là. Et je lui prends la main tandis qu'il se rendort.

— On n'est pas dans la merde, soupire le paquet-cadeau sur ma civière.

Je fais semblant de ne pas avoir entendu, pour rester encore un peu dans le souvenir moelleux de Lily Noctis.

— C'est de ça que je parle, précise-t-il.

L'ambulance stoppe brutalement. Les portes se rouvrent, les brancardiers sortent nos civières, et les basculent comme des brouettes. On se retrouve sur le trottoir d'un quartier de bureaux désert, devant une entrée de métro. L'ambulance est déjà repartie.

Je me redresse, j'essaie de relever mon père qui marmonne des vers en latin comme dans ses plus beaux soirs de cuite. Pas le courage de le traîner dans le métro. Je sors mon portable, commande un taxi sur l'abonnement du Dr Macrosi, et, en attendant qu'il arrive, j'ouvre le paquet-cadeau pour faire le point sur la situation.

— Je ne comprends plus rien, attaque l'ours tandis que je le déballe. Nox et Noctis sont associés, ils s'étaient servis de Vigor pour voler mes brevets, et maintenant ils seraient adversaires ? Ils s'affronteraient sur ton dos ? Nox téléguide ton cerf-volant pour que tu me tues, et Noctis me sort du broyeur pour te faire un cadeau. C'est n'importe quoi. Ils se fichent de nous, Thomas, mais quel est le but, et quel est l'enjeu ?

— Lily Noctis, en tout cas, c'est une vraie alliée.

— Tu peux me répéter ça en face ?

J'ai un peu de mal, vu qu'il est en trois morceaux : une oreille, une patte et le reste. Une mousse jaunâtre, sèche et moisie, s'échappe des plaies.

— Ce n'est rien, me rassure-t-il. En revanche, je suis désolé pour tes souliers de bébé. Je me suis roulé en boule, je me suis déchaussé illico et je les ai balancés pour bloquer le broyeur. Non, sois sérieux, Thomas : Lily Noctis est la femme d'affaires la plus redoutable du monde.

— Eh ben peut-être qu'elle a changé ! Ou qu'elle a décidé de trahir son frère pour faire des affaires avec nous !

— Quelles affaires ?

— J'sais pas… Elle veut que je sauve le monde. Elle dit que je suis le seul à pouvoir.

— Quand c'est moi qui te le dis, j'ai moins de succès. Évidemment, si je tortille du cul, moi, ce n'est pas un argument.

Je le renferme dans son paquet-cadeau, et j'aide mon père à monter dans le taxi qui s'est arrêté devant la station.

— Tu parlais à qui ? bredouille-t-il.

— À personne, papa.

— Toi aussi…, crache-t-il dans un haut-le-cœur. Ils écoutent rien, ils s'en foutent… *Margaritas ante porcos*… Des perles à des cochons !

Je ne sais pas quel genre de fréquences le ministre de la Sécurité lui a balancé dans le casque pour imiter une cuite, mais ça le fait bien. Ma mère n'y verra que du feu. Je referme la portière avec un coup de pompe gigantesque. Je suis épuisé. Épuisé de mentir, de me battre pour les combats des autres, de confondre les bons et les méchants, de m'emballer pour des gens qui me mènent en bateau… Marre d'être un héros.

Quand on arrive devant chez nous, aucune lumière n'est allumée. Chez Brenda non plus. La voiture de ma mère n'est pas là. Elle doit fêter son show télévisé avec son Burle. Mais allez-y, ne vous gênez pas, éclatez-vous avec vos Trocs et vos Jteups ! Moi je suis là, tout va bien, pas de problème : j'assure la permanence, je m'occupe des alcoolos et des amputés du broyeur !

— *C'est la lu… tte fina-le !* braille mon père en levant le poing dans la direction du taxi qui s'éloigne. *Groupons-nous, et demain…*

Quand il attaque ses chansons du Moyen Âge, j'ai envie de le cogner. Mais qu'est-ce qui me prend ? Je ne sais pas pourquoi je dis un truc pareil. Pourquoi j'ai ce genre de réaction… Ça doit être ça, la gueule de bois. Ce sale pourri de la Sécurité m'avait prévenu. Mais ce n'est pas le Bouclier d'antimatière que j'ai envie de faire péter, moi, c'est la Colline Bleue ! Tous ces ministres, toutes ces magouilles, toutes ces pétasses !

— Arrête de penser à Lily Noctis ! barrit l'ours à travers le papier. Je n'aime pas l'influence qu'elle a sur toi !

— Mais vous n'aimez rien, espèce de jaloux ! Dès qu'une femme veut m'aider, ça devient le diable ! Quand c'est pas Brenda qui prend, c'est Lily ! Mais arrêtez de me gonfler, OK ? On n'est pas mariés !

— Quoi qu'il en soit, demain il faut que j'aille au congrès de Sudville.

— Bon voyage ! dis-je en donnant dans le paquet-cadeau un coup de pied géant qui l'expédie par-dessus une clôture.

Puis j'assieds mon père contre le mur de la maison, bien en vue dans la lumière du réverbère. Sa femme le trouvera toute seule en rentrant, et comme ça, pour une fois, je n'aurai pas d'explications à fournir.

Voilà. J'ouvre la porte, je referme à clé, et je fonce dans le salon finir sa bouteille de vin. Tant qu'à être bourré, autant que ça soit pour quelque chose.

44

Maison-Mère, résidence du Président des États-Uniques, 23 h

Dans la grande salle de bal tournoient une cinquantaine de filles en double exemplaire. Le jeu consiste à deviner lesquelles sont des hologrammes et lesquelles sont réelles. Les candidats entrent l'un après l'autre, sans avoir eu le temps de repérer leur proie, et ils disposent de trente secondes pour faire le bon choix. Ils n'ont pas droit à l'erreur : s'ils enlacent le vide, ils ont perdu et ils rentrent chez eux. S'ils attrapent une fille réelle, ils ont le droit de la consommer au premier étage, et le service de presse lui double son cachet de danseuse.

Brenda n'a pas de chance, jusqu'à présent : le fils du Président, les ministres et les journalistes invités n'ont peloté que son hologramme.

C'est au tour d'Olivier Nox d'entrer dans la salle de bal. Il s'arrête devant la photo géante de Boris Vigor, à qui la soirée est dédiée. Boris qui gagnait toujours, mais ne consommait jamais, depuis la mort de sa fille : il reversait son gain à la communauté. Son successeur au ministère de l'Énergie s'incline devant le poster barré d'un bandeau noir, fait le signe de Roue, puis se lance sur la piste.

La valse funèbre, les corps de femmes à demi dénudés sous les voiles de soie et les jeux de lumière me ballottent du désir à l'écœurement. Je suis là, invisible et voyeur, hors d'atteinte et prisonnier, incapable de regarder ailleurs, obligé d'assister avec une excitation morbide à ce que je redoute de voir.

Contournant soigneusement une dizaine de danseuses, Olivier Nox se dirige d'un air magnétique, sans l'ombre d'une hésitation, vers l'une des deux Brenda. La virtuelle ou la bonne ? Ses mains se referment sur les rondeurs de ses hanches, et il l'entraîne vers l'escalier sous les applaudissements du maître de maison.

Sanglé par une ceinture de sécurité sur son trône, surmonté à droite d'une potence de perfusion et à gauche d'une bonbonne d'oxygène, Oswald Narkos III, Président à vie des États-Uniques, assiste seul au spectacle. Gâteux depuis trois ans, il salive entre sa minerve et le tube de son respirateur. Il ne sort plus de son palais, mais il assure la pérennité de l'État.

— C'est bien que tu découvres toutes ces réalités, Thomas, dit Olivier Nox.

Le jeune homme aux yeux verts a offert Brenda au ministre de la Sécurité, puis s'est planté devant le grand miroir de l'escalier d'où part mon champ de vision.

— C'est ta première nuit alcoolisée, n'est-ce pas ? Je suis fier de toi. Ça donne à ton sommeil une qualité particulière, une vibration qui te permet d'entendre des choses importantes. Des choses qui vont nouer entre nous, au fond de ton inconscient, des liens définitifs. Cette fois tu es prêt, Thomas Drimm. J'entame la dernière phase de ton initiation.

Il pousse un soupir de bien-être, en se décalant de son reflet pour mieux me dévisager.

— C'était si bon de te rencontrer en chair et en os, tout à l'heure. Tu ne m'as pas déçu. Tu es à la hauteur de tous les espoirs que j'ai mis en toi depuis ta naissance. Vois-tu, le Mal a besoin du Bien pour se régénérer, sinon c'est le déclin, le désenchantement, la routine… Regarde ce monde pourri, autour de nous. C'est devenu sans aucun intérêt, bien trop facile à gouverner. Je m'ennuie. Plus d'opposition, plus de folie, plus de foi, plus de gratuité, plus de rêves… Tu vas nous remettre tout ça d'aplomb, mon garçon, n'est-ce pas ?

Il pose son doigt sur le miroir, dessine le contour de mon visage dans une caresse de buée.

— Tu es l'Élu. Mon Élu. J'avais besoin d'un adversaire, Thomas, pour me renforcer. Comme l'énergie du Christ se réactive face à la menace de l'Antéchrist, le Diable a besoin d'un Antédiable pour stimuler son pouvoir. Privées des Forces de la Lumière, les Puissances de la Nuit finissent par s'éteindre… Et ce serait dommage.

Il sort de sa poche un foulard noir bordé de vert, essuie le miroir comme pour améliorer ma vision.

— Ton destin sera passionnant, tu sais. Le grand dilemme de ta vie n'aura jamais de fin : dois-tu me combattre, au risque de toujours me renforcer, ou alors te rallier au Mal pour que le Bien triomphe ?

Il remonte ses longs cheveux, les noue en catogan.

— Tu m'as vraiment pris pour une truffe, avec la puce de ton Physio. Mais c'était un plaisir de te voir mentir aussi bien. Un plaisir très nourrissant, pour moi.

Soudain ses traits se brouillent et son visage se recompose autour de ses yeux verts.

— Pour moi aussi, précise la voix de Lily Noctis.

— Pour nous deux, reprend celle d'Olivier Nox.

Incrédule, je regarde le demi-frère et la demi-sœur prendre tour à tour l'apparence de l'autre.

— Homme et femme, yin et yang, disent-ils en chœur dans un même corps qui change à vue, qui passe en un instant d'un sexe à l'autre. Tu comprendras plus tard que c'est le secret du véritable pouvoir.

— En tout cas de notre pouvoir sur toi, dit-elle.

— Mais nous sommes totalement dépendants de ce pouvoir, dit-il.

— Nous avons besoin que tu nous aimes et que tu nous haïsses.

— Et nous continuerons de travailler dans ce but tes rêves et ta réalité.

— À très bientôt, donc, cher Thomas. Il te reste un jour pour sauver le monde…

MERCREDI

Je sauve le monde ou je le détruis ?

45

Il pleut des cordes, et j'ai envie de me pendre. Une telle tristesse m'est tombée dessus, au réveil… Pourtant tout va bien. Tout me sourit, comme on dit. J'ai fait des rêves érotiques super avec Lily Noctis et, en me levant, j'ai trouvé sur mon portable dix-huit textos de Brenda me demandant courage, pardon, si tout se passe bien, si j'ai récupéré mon père, ce qu'est devenu Pictone, comment elle peut nous aider, pourquoi je ne lui réponds pas, de quelle manière elle doit me dire qu'elle est folle d'inquiétude, combien ça la gonfle de se prendre la tête pour un Jteup de même pas treize ans, et à quoi ça rime de faire le mort alors que le ministre de la Sécurité lui a certifié cette nuit qu'il nous avait libérés, mon père et moi, et qu'en rentrant elle a vu de la lumière à ma fenêtre.

Si ce n'est pas de l'amour, c'est bien imité. Et sous ma porte, j'avais un mot de ma mère.

Mon chéri,

Ton papa est de retour ! Je l'ai trouvé devant la porte, ils l'ont relâché, je pense qu'il a un peu trop arrosé la fin du cauchemar, c'est normal. Il ne se souvient de rien, mais je suis tellement rassurée… Laisse-nous dormir un peu, si tu peux, pour nous remettre de nos émotions. Et nous lui ferons la surprise de ta méta-

morphose : il ne va pas en revenir, de ce régime miracle !

Ta maman qui t'aime.

J'en conclus qu'elle était bourrée, quand elle est rentrée. Pas grave. En plus, si elle s'en veut de l'avoir trompé, ça va la rendre humaine. Il est sept heures du matin. Je descends aux nouvelles, sur la pointe des pieds.

Étonné, je découvre mon père dans la chambre, en travers du lit, ronflant comme un bébé. C'est elle qui s'est couchée sur le canapé du salon, pliée en deux sous le plaid, les bras serrés autour d'elle, pleurant dans un demi-sommeil. Ça me contrarie, mais d'un autre côté ça me réconforte de voir que l'amour c'est compliqué pour les adultes aussi.

J'enfile mon blouson et je sors discrètement dans la rue. Les poubelles sont passées. Du moins, les salauds des autres banlieues qui nous balancent par la portière leurs sacs de déchets en vrac, pour s'éviter la corvée du tri sélectif.

Je contourne les ordures étalées par les pneus, et je vais glisser un œil dans le jardin du voisin. Sous son parapluie, il est en train de presser une laitue pourrie dans un entonnoir, pour essayer de démarrer la Trashette minable qu'il a achetée pour imiter mon père. Il devait se dire que ça lui porterait bonheur, en tant que chômeur longue durée, de rouler dans le même modèle qu'un prof de collège. Je lui dis bonjour, et je lui demande poliment s'il n'a pas vu un paquet-cadeau. Il envoie le doigt dans son dos, du côté de la niche du chien mort qui sert de cuve à compost. Je traverse avec son autorisation le potager ratatiné par les pluies acides, et je vais récupérer mon ours en morceaux, me préparant à une bordée d'injures méritées.

La boîte est vide. Une brindille trempée dans la boue a marqué sur le carton :

Je suis chez Brenda.

Avec un soupir, je traverse la rue et je monte sonner chez l'ex-femme de ma vie. Elle ouvre immédiatement, en petite culotte et gros pull. Elle ferme les yeux avec un air de soulagement, me serre contre elle, m'écarte aussitôt, me balance une gifle.

— Merci pour les nouvelles que tu m'as données ! Et merci pour ce que je me suis forcée à faire, cette nuit, dans le but d'obtenir ta libération qui avait déjà eu lieu !

— Je suis désolé.

— T'es pas le seul !

Elle me propulse jusqu'au professeur Pictone, accroché par un cintre à la poignée de la fenêtre. Je m'efforce de soutenir le regard de plastique. Je demande :

— Ça va ?

Il répond :

— Je sèche.

Brenda me précise avec la même froideur qu'elle l'a recousu. En effet, la patte et l'oreille ont retrouvé à peu près leur angle d'origine. L'épaule droite, en revanche, manque un peu de rembourrage. Je demande à Brenda comment il est entré.

— Il m'a appelée, *lui.*

— Appelée ?

— Ma sonnette est trop haute. Et taper à une porte avec une patte en mousse, il ne risquait pas de réveiller le quartier.

Je répète, abasourdi :

— Il t'a appelée… et tu l'as entendu ?

— Je l'ai entendu, oui, répond-elle, crispée.

— Mais… c'est la première fois ! Comment ça se fait ?

L'ours devance sa réponse :

— Elle était inquiète pour moi… *elle.*

Je la regarde sortir d'un placard une robe du soir, une écharpe noire et un tailleur de Toug, qu'elle plie avec soin dans une valise. D'un ton flottant, je lui demande où elle va.

— Nous allons au congrès de Sudville, répond l'ours. Inutile de nous accompagner : tu as autre chose à faire, et ta présence serait inutile. Un enfant, ça nous encombrerait plus qu'autre chose.

Je les dévisage tour à tour, suffoqué. Elle ferme sa valise, enfile un jean. Mais qu'est-ce qui leur prend ? Qu'est-ce que je leur ai fait ? Un coup de pied dans un paquet-cadeau et les messages de mon portable que j'ai oublié de consulter, d'accord, mais j'ai des circonstances atténuantes, non ? Il y a sûrement autre chose qu'ils me cachent.

— La voiture est là, dit Pictone en jetant un regard dans la rue, par-dessus le cintre.

Brenda le décroche et lui redonne un coup de séchoir, en me remerciant pour le seul aspect positif de notre relation : la gratuité des taxis. Je monte la voix par-dessus le bruit de l'appareil, pour exiger de savoir ce qui se passe. Elle me fait signe d'aller voir le tableau posé sur le chevalet. J'y vais, et je tombe en arrêt devant le grand chêne qu'elle a peint, dans la nuit de lundi à mardi, avec Iris Vigor tombant de la plus haute branche. La petite fille a disparu, comme dévorée par les pigments de couleur. À sa place, il n'y a plus que dix centimètres carrés de toile de jute agrafée sur une planche du cadre.

Je me retourne, demande à Brenda si elle a fait une fausse manœuvre. Genre un gobelet d'acide qu'on lâche quand on se prend le pied dans le tapis.

— Ça s'est passé tout seul, Thomas, répond-elle en éteignant le sèche-cheveux. *Tout seul !* C'est un appel au secours.

— Je confirme, dit l'ours en se glissant dans le sac-kangourou, que Brenda s'accroche aussitôt à l'épaule. La petite n'a plus d'autre moyen pour se manifester que de détruire son image.

— J'ai juré à son père que je ne l'abandonnerais pas, rappelle Brenda en empoignant sa valise.

— Il nous reste vingt-quatre heures de congrès pour convaincre mes collègues physiciens de détruire le Bouclier.

— Et j'ai les arguments qu'il faut, dit Brenda sur le seuil, en se retournant vers moi.

Une boule dans la gorge, je demande :

— Lesquels ?

— Tu n'aimerais pas. Tire la porte derrière toi.

Je reste figé un moment, dans l'écho de ses talons sur les marches. Je comprends ce qu'elle éprouve. Ce n'est pas une colère d'équipière à qui on n'a pas donné de nouvelles ; c'est une réaction de femme jalouse. Pictone a dû lui bourrer le crâne avec Lily Noctis – mais pourquoi ? Pour m'évincer, pour se retrouver seul avec elle ? Après m'avoir mis en garde successivement contre Brenda et contre Lily, on dirait que c'est de moi qu'il se méfie, à présent.

Quand j'arrive sur le trottoir, le taxi tourne déjà le coin de la rue. Je devrais être effondré, furieux – même pas. Après tout, ce ne sont pas mes affaires, ce n'est pas de mon âge et c'est voué à l'échec. Je ne sais pas ce qui est le plus désagréable dans ce que je ressens – la déception, la rancune ou le soulagement. Mais quel gâchis, quand même ! Tous ces efforts, tous ces dangers, tous ces mensonges, toute cette excitation pour rien… Je ne suis plus qu'un ado ordinaire sous la pluie, avec des rêves qui se barrent et la réalité qui reste.

Une démangeaison dans l'avant-bras me fait retrousser ma manche. Le numéro de téléphone griffé sur ma peau par Lily Noctis est encore visible. J'ai même l'impression qu'il s'est ravivé. Je rabaisse la manche. On va arrêter les illusions, d'accord ? Si déjà ça me fait aussi mal d'être plaqué par une top model en préretraite qui se loue dans les partouzes, qu'est-ce que ça serait avec une ministre !

Je rentre chez moi, la tête basse. Les parents sont à la cuisine. Petit déjeuner de profil. Je sens une vraie tension entre eux, mais pas la même que d'habitude.

— Tu ne remarques rien ? lui demande-t-elle d'un ton âpre, en reposant sa tasse.

— Qu'est-ce que je dois remarquer ?

— Enfin, Robert ! Tu ne vois pas que ton fils n'est plus obèse ?

Froidement, il répond :

— Je ne l'ai jamais vu obèse.

Et il se tourne vers moi, m'ouvre un bras. Je me serre contre lui.

— C'est le souci pour moi qui t'a fait maigrir, mon grand ? Je suis désolé. Allez, ajoute-t-il en me tendant sa tartine beurrée, reprends des forces.

— Tu le fais exprès, ou quoi ? lance ma mère.

Et elle sort en claquant la porte. Je soutiens le regard fatigué de mon père. Je vais mieux. Au fond, ce n'est pas plus mal de retrouver ses repères.

— Papa… Faut que je te fasse une confidence.

Je n'en peux plus de cacher mon secret à l'être humain dont je me sens le plus proche – un secret qu'on lui a fait payer cher. Il détourne les yeux.

— Moi aussi, Thomas, j'ai une confidence… J'ai décidé d'arrêter l'alcool. Ça va être dur pour ta mère et toi, je le sais – mais je ne veux plus vous faire vivre ces épreuves.

— Quelles épreuves ?

— Mais rien… Tout ! Ma disparition, ces deux jours dont je n'ai aucun souvenir…

— Mais c'est pas l'alcool, ça, papa !

Sa main s'abat sur la table.

— Arrête d'être mon complice, Thomas ! Arrête de fermer les yeux sur ce que je suis devenu ! Aide-moi à changer, merde !

Dans l'élan de mon émotion, je me dis soudain que si j'ai pu me faire maigrir mentalement, j'aurai peut-être le pouvoir d'éliminer dans son corps le besoin d'alcool… Et notre vie redeviendra comme avant. Une vie simple et calme et banale.

C'est à ce moment-là qu'un hélicoptère s'est posé dans le terrain vague derrière la cuisine.

46

Je me suis précipité à la fenêtre. Quatre soldats en armes ont sauté dans la boue, couru vers la maison. Maman a rouvert brusquement la porte, est rentrée dans la cuisine en reculant, mains en l'air, poussée par le canon d'un fusil-mitrailleur. Mon père a bandé ses muscles pour se lever. Je l'ai retenu d'une main ferme.

— C'est rien, papa. C'est pour moi.

Les trois autres soldats ont pris position autour du pavillon, silencieux et rapides. En m'efforçant d'avoir l'air habitué, pour rassurer les parents, j'ai posé ma tartine en disant :

— Bonjour, madame la ministre.

Lily Noctis est entrée en baissant le canon du soldat, lui a fait signe d'aller jouer avec ses camarades, puis elle s'est tournée vers ma mère en état de choc, et lui a tendu la main avec chaleur.

— Enchantée, madame Drimm. Pardon pour cette arrivée un peu théâtrale, mais vous connaissez les services du protocole. Dès qu'ils sortent du centre-ville, pour eux c'est la jungle. Monsieur Drimm, sans doute ? Ravie. Vous pouvez être fier de votre fils : c'est une vraie bête de scène.

Coude sur la table et tasse en main, il fixe d'un air de statue la superbe jeune femme en boots, pantalon de velours noir et blouson de cuir serré. Elle se retourne vers ma mère qui, elle aussi, est restée figée dans la même position.

— Je m'appelle Lily Noctis, je viens d'être nommée ministre du Hasard. Vous pouvez baisser les mains. J'ai trouvé formidable l'émission que vous avez tournée hier au casino, et j'ai de grands projets pour vous. Nous avons besoin de redonner au Jeu toute sa dimension humaine, psychologique et familiale. Si vous le permettez, j'ai choisi votre fils pour être la mascotte d'une grande campagne de sensibilisation. Puis-je vous l'emprunter ?

Mes parents m'ont regardé, bouche bée, se sont dévisagés sans un mot. Quand on est habitué à la routine et aux soucis matériels, on perd tous ses moyens lorsqu'il vous tombe dessus autre chose qu'une tuile. Moi-même, malgré tout l'entraînement que j'ai reçu depuis dimanche, ce coup du sort me laisse sans voix.

— Avec plaisir, madame la ministre, balbutie ma mère.

— Je l'emmène à la Convention nationale des casinos, je vous le rends demain matin. Mes services s'occupent de prévenir son collège. Vous-même, chère madame, je souhaite vous confier une mission nationale sur la Philosophie du Jeu. Vos conditions seront les miennes. Bonne journée.

— À votre disposition, madame la ministre, s'empresse ma mère, qui a quand même une sacrée faculté d'adaptation. Thomas, chéri, tu vas te changer ?

— Nous achèterons sur place. Allez, jeune homme, en route !

Lily Noctis me prend par le bras et m'entraîne hors de la cuisine. Je croise le regard des parents. La fierté émerveillée d'un côté, l'indignation impuissante de l'autre.

— Attendez ! proteste mon père à contretemps.

— Laisse ! grince ma mère entre ses dents. Tu vois bien qu'ils sont pressés.

Avec le bruit du rotor, je n'ai pas entendu la suite, mais je l'imaginais très bien. Là où elle s'extasiait sur l'espoir d'une promotion fabuleuse, il ne voyait que récupération médiatique, exploitation de mineur, merchandising humain. Moi, je sentais bien qu'il y avait autre chose dans la tête de Lily Noctis, mais je respectais le secret-défense. Et je vivais le plus beau moment de ma vie.

L'hélicoptère s'est arraché de la boue. J'ai vu ma banlieue minable s'éloigner, se confondre avec les autres, disparaître dans les nuages. Seuls restaient le parfum magique et la présence vibrante de la ministre tout contre moi.

— Pardon de cette mise en scène, Thomas, mais il y a urgence : nous allons à Sudville. Mon frère n'a pas été dupe de ton stratagème. Ils ont trouvé le véritable cadavre de Pictone, ils sont en train de le repêcher, ils vont le dépucer d'ici une heure, et ton ours ne sera plus opérationnel.

— Mais… comment vous savez tout ça ?

— Le gouvernement sait tout sur tout le monde, Thomas. Souvent on laisse faire, parfois on agit.

— Nous avons localisé le taxi, madame la ministre.

— Parfait : interception, atterrissage.

L'hélicoptère amorce sa descente, sort des nuages. On est au-dessus d'une autoroute déserte où des motards ont stoppé le taxi de Brenda. Des barrages bloquent la circulation, un kilomètre en arrière. L'hélico se pose près de la voiture, tandis que deux motards entraînent Brenda qui se débat comme une forcenée. Un de nos soldats la tire pour la faire monter dans le cockpit. Elle roule des yeux terrifiés, essaie de cogner tout ce qui bouge. En me découvrant, elle arrête brusquement de lutter. Je lui souris pour la rassurer : je contrôle la situation.

— Ministère du Hasard, lui dit Lily Noctis. Je suis de votre côté, mademoiselle Logan. Moi aussi je veux changer le monde, mais j'ai les moyens de le faire. Prenez ça comme un coup d'État en douceur.

Elle saisit le sac-kangourou que lui tend l'un des motards, en sort l'ours en peluche.

— Heureuse de vous revoir, professeur. Votre corps est en train d'être repêché : il ne vous reste qu'une heure au grand maximum pour mener à bien votre mission posthume.

L'ours reste immobile un instant, puis remue les lèvres.

— Que dit-il ? me crie la ministre par-dessus le bruit de l'hélico qui redécolle.

J'approche Pictone de mon oreille pour entendre sa voix.

— C'est un piège ! Sauvez-vous ! Tout de suite !

Je le raisonne en lui désignant le sol, cent mètres plus bas.

— En voiture, professeur, vous ne seriez jamais arrivés à temps, reprend Lily Noctis d'une voix forte. Vous êtes le seul à pouvoir expliquer à vos collègues comment détruire le Bouclier. Donnez les directives à Thomas, je le ferai passer pour votre petit-fils qui transmet vos dernières volontés, et ce sera bon.

Prise de court, la peluche tourne lentement la tête vers moi, vers Brenda, vers la ministre qui lui tend un bloc-notes. Brenda s'interpose, en dardant sur Lily des yeux de rivale :

— Qu'est-ce qui nous prouve que vous êtes des nôtres ? Pourquoi vous voulez détruire le Bouclier ?

— Querelle de famille, répond la ministre en souriant. Thomas vous expliquera.

La blonde et la brune se mesurent d'un regard distant.

— Vous avez des enfants, mademoiselle Logan ? Moi non plus. Ça ne nous empêche pas de vouloir les sauver, n'est-ce pas ? Je sais que vous êtes en relation avec la petite Iris Vigor, comme moi. Ces enfants SDF dans l'au-delà, c'est insupportable. Seule la destruction du Bouclier d'antimatière peut mettre fin à ce drame.

Brenda tourne la tête vers moi, luttant contre l'émotion dans un restant de méfiance. Pictone pose la patte sur mon genou, et hausse avec résignation ce qui lui sert d'épaules. Il attrape le bloc-notes, et se met à écrire avec une lenteur précise.

— Vu le peu de temps dont on dispose, je pense qu'il faut aller au plus simple, lui conseille Lily. Est-il possible de saboter, par exemple, la lentille émettrice de Sudville ?

Sans réagir à sa question, le savant continue d'écrire. Lorsqu'il a fini, il me tend son texte. On dirait une recette de cuisine.

Modifier la trajectoire des protons dans l'accélérateur, afin qu'ils ne soient pas dirigés vers la lentille au lithium qui en ferait des antiprotons.

Pendant ce temps : dans la fenêtre de béryllium, monter l'impulsion électrique à 10 000 ampères. L'envoyer le long de l'axe de la lentille, pour qu'elle chauffe le lithium à la limite de la fusion.

Puis diriger les protons vers l'anneau de stockage magnétique. Les laisser s'accumuler à la place des antiprotons.

Porter le champ magnétique à 150 000 gauss.

Le faisceau de protons ainsi émis par la lentille, lorsqu'il entrera en contact avec les antiprotons satellisés dans le Bouclier, provoquera sa rupture par résonance, tandis que l'inversion de trajectoire matière/antimatière évitera le danger d'explosion.

Léo Pictone,

ton vieux camarade des bancs de la fac à Ferville, où tu lui as chipé sa fiancée Amanda Kazall. Si tu réussis l'opération ci-dessus, je te pardonne, je te bénis et je t'embrasse.

— C'est destiné au professeur Henry Baxter, de l'Académie des sciences comme moi.

J'abaisse la feuille de bloc-notes et je fixe l'ours, un peu sceptique. Il ajoute que je n'ai plus qu'à apprendre par cœur la recette et les références du chagrin d'amour confirmant sa provenance.

— Et ça suffira à le convaincre ?

— Ne t'inquiète pas : il sait pourquoi il faut détruire le Bouclier. Ton rôle se borne à lui dire comment.

— Nous arrivons, annonce Lily Noctis.

47

L'hélicoptère se pose sur le toit d'un gigantesque hôtel-casino, semblable à tous ceux qui se dressent autour. Piscines vitrées, jardins suspendus, enseignes de néon géantes… Je n'ai jamais vu un tel mélange de luxe et de monotonie. Sudville, c'est la ville des retraités, des lunes de miel et des congrès.

— À plus tard, dit la ministre du Hasard en nous ouvrant la porte du cockpit. Les Forces de libération comptent sur vous.

Elle serre la main de Brenda, la patte de l'ours, et m'embrasse sur la joue gauche, très près de la bouche.

Décoiffés dans le vent du rotor, Brenda et moi échangeons un regard où se mêlent l'angoisse, l'incertitude et l'exaltation. Contre ma hanche, je sens gigoter d'impatience le professeur Pictone, que Lily Noctis a invité à se planquer dans une serviette en cuir de congressiste. Les pales ralentissent et s'arrêtent, mais la ministre reste à l'intérieur de l'hélico, feuilletant un dossier.

Un comité d'accueil tout mielleux vient nous chercher, Brenda et moi, et nous emmène cinquante étages plus bas dans un auditorium plein à craquer. Un chauve solennel postillonne au micro, sous la colossale lettre A de la pancarte « XXIVe congrès de l'Académie nationale des sciences ».

Les hôtesses nous conduisent à nos places, au quatrième rang. Les deux seuls fauteuils libres portent, sur une feuille épinglée au niveau de l'appui-tête, les inscriptions « Dr Logan » et « M. Pictone Junior ». Impressionné, je m'assieds à la droite du minuscule vieillard étiqueté « Pr Henry Baxter ». La ministre du Hasard a vraiment tout prévu.

— ... Et je tiens à saluer parmi nous la courageuse présence d'un jeune représentant de sa famille, tonne le chauve au micro. En hommage à cet immense physicien, donc, nous allons observer une minute de silence.

Mon voisin m'étreint les mains avec une ferveur tremblante, les yeux humides. Je le remercie d'un hochement de tête courageux. Pendant la minute de silence, je lui glisse à voix basse ce que mon prétendu grand-père attend de lui. Son poing s'abat sur l'accoudoir.

— Ah, l'enfoiré ! s'exclame-t-il.

— Chut, font les voisins, concentrés dans leur silence en hommage à Pictone.

— Bien sûr que c'est ça, la solution ! se réjouit Henry Baxter avec un peu plus de discrétion, dans le creux de mon oreille. Moi, je m'étais focalisé sur la fusion du lithium.

— C'est des choses qui arrivent, dis-je avec ma compétence de petit-fils.

— Toutes mes condoléances, mon enfant. Vraiment, tu ne pouvais pas me faire un plus grand plaisir. Mais pourquoi Léo ne m'a-t-il jamais parlé de toi ?

Pour endormir ses soupçons, je lui réponds qu'en revanche on parlait beaucoup de lui, et de la façon dont il lui avait chipé sa fiancée Amanda. Avec un coup d'œil nerveux pour la vieille asperge à chignon blanc qui trône à sa gauche, il se dresse en m'attrapant le poignet.

— Viens !

Un regard d'alarme vers Brenda, et elle se lève pour nous suivre vers une sortie de secours, sous les applaudissements saluant l'arrivée sur scène du ministre de l'Énergie.

— Chers académiciens, mesdames et messieurs, lance Olivier Nox dans le micro. Le gouvernement, soucieux d'honorer la mémoire du professeur Pictone, a décidé de diffuser sa cérémonie de Dépuçage national lors de notre pause-déjeuner, afin que nous puissions partager en direct ce dernier hommage.

— Il est quelle heure ? trépigne l'ours dans ma serviette.

— Onze heures moins le quart.

— Vite ! s'affole-t-il.

Le Pr Baxter s'engouffre avec nous dans une voiture officielle du congrès, donne l'adresse du Centre de production d'énergie défensive dont il est le directeur.

Mon portable me signale un message. Je le consulte aussitôt, pensant que c'est Lily Noctis. Ma déception se change très vite en incrédulité. Jennifer m'a envoyé trois photos d'elle, radieuse, sous trois angles différents, avec dix kilos de moins. Elle a écrit :

Tu es un génie, merci, je t'aime.

— Un souci ? demande Brenda.

Je referme vivement le portable, fais non de la tête en cachant ma fierté.

— Je n'en reviens pas de ce que je vais faire ! chevrote le professeur Baxter en se rongeant un ongle. Depuis le temps qu'on retournait le problème dans tous les sens, avec Léo… Ça y est, l'heure a sonné ! L'Histoire retiendra mon nom comme celui qui… Oh la la, quelle émotion…

— Je n'aime pas sa main qui tremble, grince la voix dans ma serviette.

— « Henry Baxter, celui qui a osé » ! clame-t-il comme s'il prononçait son propre éloge funèbre.

Dix minutes plus tard, l'identification de sa puce nous ouvre les grilles d'une installation militaire souterraine, dominée par le gigantesque canon de la lentille émettrice de Sudville. On est à la frontière sud des États-Uniques, face à la double protection d'un grillage électrique et de la lueur jaunâtre du Bouclier.

Prétextant le danger d'une fuite d'antimatière, Henry Baxter déclenche la sirène d'évacuation. Puis, dans l'unité centrale de l'accélérateur de particules, il procède à l'opération de sabotage en suivant la recette de Léo Pictone.

Le doigt en suspens au-dessus d'un bouton rouge, le petit vieux tourne soudain vers moi un regard d'angoisse.

— Ton papy t'a dit qu'en provoquant la libération spirituelle de notre pays, nous le livrons peut-être à la menace d'une attaque nucléaire ?

— Il n'y en aura pas, assure l'ours dans la serviette.

Je répercute son assurance, en m'efforçant de la partager. Il ne nous ferait quand même pas courir ce risque… De toute manière, c'est trop tard pour reculer.

— Officiellement, il n'y a plus de vie ailleurs sur Terre, reprend Baxter, la main tremblante, mais nous pouvons très bien être victimes du brouillage de nos informations satellites. Quand je te regarde, petit, je pense aux générations futures…

— Mais qu'il se grouille, enfin ! hurle l'ours. On est en train de me dépucer, je le sens !

— Allez-y, professeur Baxter, dit Brenda avec une fermeté douce. Pensez plutôt aux milliers d'enfants morts qui attendent de monter vers la Lumière…

— Et s'il n'y a pas de Lumière ? s'obstine le vieillard, véhément. Si on s'était tous trompés ? Non, je ne peux… je ne peux pas prendre la responsabilité de…

Sa main se retire soudain du clavier de commande, se crispe sur sa poitrine. Il vacille sur ses jambes.

— À toi, Thomas ! crie l'ours. Vite !

Brenda s'agenouille au-dessus de Baxter, lui cogne les côtes, lui masse le cœur. Elle tourne vers moi un regard paniqué. Je la rassure d'un mouvement de paupières. J'ai treize ans moins le quart et je suis le seul à pouvoir sauver le monde. Si je veux. Autant je déteste qu'on me manipule, autant j'aime cette responsabilité de décider, là, tout de suite, si je vais ou non modifier le destin. J'ai vaincu ma graisse, j'ai fait maigrir Jennifer, je désalcooliserai les personnes que j'aime, et je vais libérer les morts. Parce que je le veux.

J'appuie sur le bouton rouge.

48

On est remontés à la surface, pour que le vieux Baxter se remette de son malaise. Là, entre les bâtiments, une immense limousine noire s'est approchée de nous au ralenti, s'est arrêtée dans un appel de phares.

En reprenant son souffle, le physicien nous a dit de ne pas nous inquiéter : il racontera qu'il nous a pris en otages, il assumera seul les conséquences de son acte.

J'ai regardé le petit homme marcher vers le sacrifice d'un pas résolu, presque léger. Puis j'ai fixé l'énorme lentille émettrice, d'où s'échappait la légère brume jaunâtre que j'avais toujours connue entre le ciel et moi. Soudain, Brenda m'a pris la main. On a vu la brume se déliter peu à peu, le bleu du ciel prendre au-dessus de nous une densité claire, aveuglante, magnifique…

Quand j'ai sorti Pictone de sa serviette pour qu'il profite du spectacle, son corps était tout raide.

— Ne sois pas triste, Thomas, murmure-t-il avec lenteur, d'une voix très faible. Nous avons réussi. Plus encore que je ne l'espérais… On vient de retirer la puce de mon cerveau, là-bas à Nordville, je l'ai perçu, et ça ne me fait rien. Rien. Je sens que je m'éloigne… Je monte vers d'autres plans… Ils sont là, ils m'entourent, ils m'aident à m'oublier, à me détacher de la matière… La petite Iris, cet abruti de Vigor, ton vieux copain Physio… Ils sont tous là… C'est extraordinaire… C'est comme un essaim d'amitié qui m'emporte. Adieu, Thomas. Merci. Et pardon pour ce qui t'attend… N'oublie pas ton pouvoir. Tu en auras bien besoin…

— Quel pouvoir ?

Il lève les doigts vers mon visage.

— Le pouvoir absolu. Et le plus fragile aussi. Le pouvoir de l'amour.

Ses lèvres se referment, son bras retombe dans l'axe du corps. La peluche a cessé de vivre.

— Ça veut dire quoi, « pardon pour ce qui t'attend » ? s'inquiète Brenda.

— Je ne sais pas.

— J'ai envie de faire quelque chose de très symbolique, Thomas. Tu me fais confiance ?

Je la fixe et je dis oui, de tout mon cœur, comme pour m'excuser des moments où j'ai douté d'elle. Même si, en regardant la silhouette de cette belle blonde un peu abîmée qui creuse le sol avec ses doigts, c'est à Lily Noctis que je pense.

Elle me prend l'ours des mains, le couche au fond du trou. Je m'agenouille, ramène la terre par-dessus le corps en peluche. Ce que je suis en train d'enterrer, c'est à la fois mon enfance et le premier souvenir de ma vie d'homme.

Un son bizarre tourne autour de ma tête.

— Une abeille ! s'exclame Brenda. Je croyais qu'elles avaient toutes disparu.

Je me relève, fixant la frontière des États-Uniques, ce rideau d'arbres sombres qui n'est plus voilé par la brume jaunâtre du Bouclier. Une autre abeille passe près de nous. Une troisième. Un nuage de pollen me fait éternuer.

— Petit, viens vite !

Le Pr Baxter trottine vers nous, essoufflé, le regard désemparé mais le ton véhément.

— Je n'y comprends rien ! J'ai tout avoué : aucune réaction. Rien ! Comme si je n'existais pas ! Apparemment, il n'y a que toi qui comptes… Allez, dépêche-toi ! On ne fait pas attendre les ministres !

Je me redresse, je bombe le torse et je me dirige vers l'immense limousine qui stationne devant la lentille émettrice que nous avons sabotée. Une porte arrière s'ouvre toute seule. Qu'est-ce qui m'attend ? Des félicitations, une décoration, un baiser ? Avec une désinvolture de héros qui a su rester très simple, je me laisse tomber sur la banquette.

Mon cœur se fige tandis que mes fesses s'enfoncent dans le cuir. Ce n'est pas Lily Noctis qui m'a appelé. C'est son demi-frère.

— Bravo, Thomas. Tu ne viens pas seulement de déclencher une crise économique sans précédent, en privant ton pays du rendement énergétique des âmes. Toute l'industrie va s'arrêter, en quelques heures, mais ce n'est qu'un détail. Eh oui, ton cher professeur Pictone ignorait de quoi son invention nous protégeait *réellement*. Le plus grand secret d'État de l'histoire de l'humanité, même la mort ne pouvait y donner accès… Mais l'heure de la Révélation a sonné, grâce à toi.

Il abaisse d'une caresse de l'index une de ses vitres noires, désigne Henry Baxter qui parle d'un air agité avec Brenda. La branche d'un chêne, au-dessus de lui, casse brutalement, s'abat sur son crâne. Je sursaute, pousse un cri. Le savant est tombé face contre terre. Brenda se jette à son chevet, le retourne, lui saisit le poignet. La vitre noire remonte. Olivier Nox prend une longue inspiration, joint les doigts sous son nez.

— Vois-tu, cher Thomas, le Bouclier d'antimatière ne servait pas seulement à retenir les âmes pour en faire une source d'énergie. Ça, c'était la conséquence, pas la cause. Non, la raison d'être du Bouclier, c'était d'empêcher l'invasion des pollens et des ondes électromagnétiques, au moyen desquels la forêt a détruit l'homme sur le restant de la planète. Demain jeudi, les arbres étrangers auront diffusé leur ordre d'attaque à toute la végétation des États-Uniques.

Ses doigts se dénouent, viennent se poser sur mes épaules. Comme s'il m'investissait d'une mission. Son regard vert me paralyse, sa voix passe de l'ironie à la menace, de la fatalité au défi.

— En voulant sauver le monde, tu as condamné l'espèce humaine. À toi de choisir, à présent, de quel côté tu vas combattre.

FIN

Thomas Drimm revient dans :
La guerre des arbres commence le 13

Table

Site internet : thomas-drimm.com

Didier van Cauwelaert dans Le Livre de Poche

L'Apparition n° 15481

Le 12 décembre 1531, l'image de la Vierge Marie apparaît devant témoins sur la tunique de Juan Diego, un Indien aztèque. Quatre siècles plus tard, des scientifiques découvrent, dans les yeux de cette Vierge, le reflet des témoins de l'apparition.

Attirances n° 30875

Un écrivain harcelé par l'étudiante qui lui consacre une thèse ; un peintre qui s'accuse de tuer les femmes à distance avec ses pinceaux ; une maison qui envoûte jusqu'à la folie ceux qui s'y attachent... Faut-il résister à l'attirance ?

Cheyenne n° 13854

On peut tomber amoureux à 11 ans, et pour la vie. C'est ce qui est arrivé au héros de ce livre. Dix ans plus tard, il a retrouvé Cheyenne, le temps d'une nuit trop brève à l'issue de laquelle elle a disparu.

Cloner le Christ ? n° 30797

C'est la plus grande énigme du monde, ou la plus belle arnaque de tous les temps. De la quête du Saint-Graal aux manipulations génétiques, le sang de Jésus n'a jamais nourri autant de fantasmes qu'à notre époque.

Corps étranger n° 14793

Peut-on changer de vie par amour, devenir quelqu'un de neuf sous une autre identité, sans sacrifier pour autant son existence habituelle ? C'est ce que va oser Frédéric.

La Demi-Pensionnaire n° 15055

Que faire lorsqu'on tombe amoureux d'une jeune femme au cours d'un déjeuner, et qu'on découvre au dessert qu'elle se déplace en fauteuil roulant ?

L'Éducation d'une fée n° 15326

Comment sauver le couple de ses parents quand on a 8 ans ? Une fille à la dérive peut-elle devenir une fée parce qu'un petit garçon a décidé de croire en elle ?

L'Évangile de Jimmy n° 30639

« Je m'appelle Jimmy, j'ai 32 ans et je répare les piscines dans le Connecticut. Trois envoyés de la Maison Blanche viennent de m'annoncer que je suis le clone du Christ. »

Hors de moi n° 30280

J'ai tout perdu, sauf la mémoire. Il m'a volé ma femme, mon travail et mon nom. Je suis le seul à savoir qu'il n'est pas moi. Qui va me croire ?

Karine après la vie n° 30002

Karine a 27 ans. Elle s'apprête à partir en vacances avant d'entrer dans la vie active. Un accident de voiture en décide autrement. Ses parents sont brisés par le drame. Jusqu'au jour où ils commencent à recevoir des messages…

La Maison des lumières n° 32199

À 25 ans, Jérémie Rex, boulanger à Arcachon, est entré dans un tableau de Magritte. Là, il a retrouvé pendant quatre minutes trente la femme de sa vie. Mais comment recréer le bonheur dans la réalité ?

La Nuit dernière au XVe siècle n° 31759

Comment vivre une histoire d'amour avec une jeune femme du XVe siècle, quand on est contrôleur des impôts de nos jours à Châteauroux ? C'est tout le problème de Jean-Luc, qui était un homme normal et rationnel... jusqu'à la nuit dernière, où tout a basculé.

Le Père adopté n° 31240

En révélant ses rapports avec son père, Didier van Cauwelaert nous offre son plus beau personnage de roman et un irrésistible appel à inventer sa vie en travaillant ses rêves.

Rencontre sous X n° 30094

Elle est la star montante du X. Il est une gloire déchue du foot. À 19 ans, ils ont tout connu, tout défié, tout subi. Au milieu des marchands d'esclaves qui transforment les êtres humains en produits dérivés, ils vont se reconnaître.

Les Témoins de la mariée n° 32525

Cinq jours avant son mariage, notre meilleur ami meurt dans un accident. Sa fiancée arrive de Shanghai, elle n'est au courant de rien. Nous nous apprêtions à briser son rêve, et c'est elle qui va bouleverser nos vies.

THOMAS DRIMM

2. *La guerre des arbres commence le 13* n° 32799

Thomas est passé du rang de super-héros clandestin à celui d'ennemi numéro 1 des États-Uniques. Par sa faute, les végétaux, devenus toxiques, semblent avoir programmé l'extermination des humains. Thomas dispose de quatre jours pour arrêter la plus hallucinante des guerres.

Un aller simple n° 13853

Né de parents inconnus et recueilli par les Tziganes des quartiers nord de Marseille, Aziz a grandi sous la nationalité marocaine n'ayant pas les moyens de s'offrir un faux passeport français. Un jour, le gouvernement décide une opération médiatique de retour au pays. Voilà Aziz confié à un jeune et idéaliste « attaché humanitaire ».

Un objet en souffrance n° 9708

Simon, vendeur de jouets, est désespéré de ne pouvoir donner d'enfant à sa femme. François, homme d'affaires impitoyable, a toujours refusé d'être père. Quelle relation s'établit entre ces deux hommes qui n'auraient jamais dû se rencontrer ?

La Vie interdite n° 14564

« *Je suis mort à sept heures du matin. Il est huit heures vingt-huit sur l'écran du radio-réveil, et personne ne s'en est encore rendu compte.* » Ainsi commence l'aventure de Jacques Lormeau, 34 ans, quincaillier à Aix-les-Bains.

Du même auteur :

Romans

Les Seconds Départs :

VINGT ANS ET DES POUSSIÈRES, *1982, prix Del Duca, Le Seuil et Points-Roman*

LES VACANCES DU FANTÔME, *1986, prix Gutenberg du Livre 1987, Le Seuil et Points-Roman*

L'ORANGE AMÈRE, *1988, Le Seuil et Points-Roman*

UN ALLER SIMPLE, *1994, prix Goncourt, Albin Michel et Le Livre de Poche*

L'ÉVANGILE DE JIMMY, *200ì4, Albin Michel et Le Livre de Poche*

HORS DE MOI, *2009, Albin Michel et Le Livre de Poche*

DOUBLE IDENTITÉ, *2012, Albin Michel*

La Raison d'amour :

POISSON D'AMOUR, *1984, prix Roger-Nimier, Le Seuil et Points-Roman*

UN OBJET EN SOUFFRANCE, *1991, Albin Michel et Le Livre de Poche*

CHEYENNE, *1993, Albin Michel et Le Livre de Poche*

CORPS ÉTRANGER, *1998, Albin Michel et Le Livre de Poche*

LA DEMI-PENSIONNAIRE, *1999, prix Fémina Hebdo, Albin Michel et Le Livre de Poche*

L'ÉDUCATION D'UNE FÉE, *2000, Albin Michel et Le Livre de Poche*

RENCONTRE SOUS X, *2002, Albin Michel et Le Livre de Poche*

LE PÈRE ADOPTÉ, 2007, *prix Marcel-Pagnol, prix Nice-Baie des Anges, Albin Michel et Le Livre de Poche*

LES TÉMOINS DE LA MARIÉE, *2010, Albin Michel*

Les Regards invisibles :

LA VIE INTERDITE, 1997, *Grand Prix des lecteurs du Livre de Poche 1999, Albin Michel et Le Livre de Poche*

L'APPARITION, 2001, *Prix Science-Frontières de la vulgarisation scientifique, Albin Michel et Le Livre de Poche*

ATTIRANCES, *2005, Albin Michel et Le Livre de Poche*

LA NUIT DERNIÈRE AU XVe SIÈCLE, *2008, Albin Michel et Le Livre de Poche*

LA MAISON DES LUMIÈRES, *2009, Albin Michel*

LE JOURNAL INTIME D'UN ARBRE, *2011, Michel Lafon*

THOMAS DRIMM :

LA FIN DU MONDE TOMBE UN JEUDI, *t. 1, 2009, Albin Michel et Le Livre de Poche*

LA GUERRE DES ARBRES COMMENCE LE 13, *t. 2, 2010, Albin Michel et Le Livre de Poche*

LE TEMPS S'ARRÊTE À MIDI CINQ, *t. 3, à paraître aux éditions Albin Michel*

Récit

MADAME ET SES FLICS, *1985, Albin Michel (en collaboration avec Richard Caron)*

Essai

CLONER LE CHRIST ?, *2005, Albin Michel et Le Livre de Poche*

Beaux livres

L'ENFANT QUI VENAIT D'UN LIVRE, *2011, tableaux de Soÿ, dessins de Patrice Serres, Prisma*

J. M. WESTON, *2011, illustrations de Julien Roux, le Cherche-Midi*

Théâtre

NOCES DE SABLE, *Albin Michel*

LE RATTACHEMENT, *Albin Michel*

L'ASTRONOME, *prix du Théâtre de l'Académie française* – LE NÈGRE – LE PASSE-MURAILLE, *comédie musicale (d'après la nouvelle de Marcel Aymé), Molière 1997 du meilleur spectacle musical. À paraître aux éditions Albin Michel.*

Composition réalisée par NORD COMPO

Achevé d'imprimer en octobre 2012 en France par
CPI BRODARD ET TAUPIN
La Flèche (Sarthe)
N° d'impression : 70638
Dépôt légal 1re publication : novembre 2012
LIBRAIRIE GÉNÉRALE FRANÇAISE
31, rue de Fleurus – 75278 Paris Cedex 06

31/7411/7